大方
sight

Feathered
Serpent,
Dark Heart of Sky:
Myths of Mexico

by
David Bowles

羽蛇与苍宇之心

墨西哥神话

［美］大卫·鲍尔斯 /著

张礼骏 /译

中信出版集团 | 北京

图书在版编目（CIP）数据

羽蛇与苍宇之心：墨西哥神话 /（美）大卫·鲍尔
斯著；张礼骏译 . -- 北京：中信出版社，2025. 3.
ISBN 978-7-5217-5093-5

Ⅰ. I731.73

中国国家版本馆 CIP 数据核字第 20255GG594 号

Feathered Serpent, Dark Heart of Sky: Myths of Mexico by David Bowles
Copyright © 2018 by David Bowles
Published arrangement by with Cinco Puntos Press C/O Nordlyset Literary Agency
through Bardon -Chinese Media Agency
Simplified Chinese translation copyright © 2025 by CITIC Press Corporation
ALL RIGHTS RESERVED

本书仅限中国大陆地区发行销售

羽蛇与苍宇之心：墨西哥神话
著者： 〔美〕大卫·鲍尔斯
译者： 张礼骏
出版发行：中信出版集团股份有限公司
　　　　（北京市朝阳区东三环北路 27 号嘉铭中心　邮编　100020 ）
承印者： 河北鹏润印刷有限公司

开本：880mm×1230mm　1/32　　　印张：12.125　　字数：221 千字
版次：2025 年 3 月第 1 版　　　　印次：2025 年 3 月第 1 次印刷
京权图字：01-2019-8059　　　　　书号：ISBN 978-7-5217-5093-5
定价：59.00 元

目　录

引　言   I

世界的前三纪   001

召唤   003

起源   005

天界与亡灵界   013

世界的前三纪   019

第四纪及英雄兄弟   029

召唤   031

英雄兄弟   034

第四个太阳和洪水   069

第五纪及半神统治   075

召唤   077

创造人类   079

第五个太阳与黑暗预言者   087

大负鼠神为人类带来火源   095

黑曜石蝶与云蛇   100

维茨伊洛波奇特里诞生   107

太阳弓箭手   112

多尔德卡人与文明崛起   119

召唤   121

多尔兰与多尔德卡女王   124

兄弟转世   135

玛雅传说   165

召唤   167

乌希玛尔的侏儒国王   170

胡纳克·塞尔崛起   179

希塔巴伊传说   204

阿兹特克民族的崛起   211

召唤   213

梅希卡人迁离   215

哈布恩达与巴茨夸洛湖 237

火山 247

德诺奇蒂特兰 256

特拉卡埃莱尔和梅希卡的崛起 267

征服与勇气 297

召唤 299

玛里纳里和科尔特斯的到来 302

夸乌德莫克受刑 312

希特拉里之痛 321

艾兰迪拉 330

多纳希 347

古典纳瓦特语音译表（译者制） 358
专有名词表 362

引　言

500 年前的墨西哥和现在大不相同。阿纳瓦克的三国联盟（如今我们称之为阿兹特克王国）统治了自墨西哥湾至太平洋沿岸之间的地区。王国周边还有许多其他民族：玛雅、普雷佩查、萨波德卡、亚基、维乔尔、瓦斯德卡、塔拉乌马拉，等等。他们说着不同的语言，信仰不同的神灵，拥有不同的传统。然而，几百年间的迁徙、贸易和冲突使得各民族产生了不少共性特点。

1519 年，西班牙人来到这片土地，当时这儿已生活着两千多万人。然而，征服者对墨西哥的文化财富毫无兴趣。他们一心想要荣誉和黄金，急切地想看到土著人向他们的基督天主下跪，于是用刀枪和铁蹄横扫墨西哥。西班牙人还带来了许多疾病，造成土著民众大量死亡。

这是种族屠杀。75 年后，只剩下了一百万原住民。多数幸存者皈依了天主教。还有不少人与前来占领被征服土地的西班牙殖民者结合，这一过程即民族融合。很快，等级制度就建立起来，对混合民族进行了细致的划分。不论是出生在西班牙的半岛西班牙人，还是出生在墨西哥的克里奥尔人，他们都拥有最高特权。接下来则根据血管中流淌的有多少西班牙血统，以及融合的民族进行排序：卡斯蒂索人（75% 西班牙血统和 25% 土著血统）、摩里斯科人（75% 西班牙血统和 25% 黑人血统）、梅斯蒂索人（50% 西班牙血统和 50% 土著血统）、穆拉托人（50% 西班牙血统和 50% 黑人血统）。纯土著人和黑人后代社会地位最低。

在等级划分制度之下，一个人声称祖上拥有多少西班牙人祖先对他的生活具有决定性的影响。浅色的皮肤和眼睛，这些欧洲人的特点可以带来社会晋升与地位提高的机会。于是，那些混血后代总是背离自己的民族传统，而去效仿西班牙征服者的样子，甚至去压迫那些西班牙血统比他们少的人。

即使在墨西哥从西班牙的统治独立，民族等级制度也被废除后，陈旧的偏见思想却仍根深蒂固。不过到了 19 世纪末，人们对于前哥伦布时期各民族的光辉荣耀有了全新的认识，一个新兴墨西哥民族身份开始冉冉升起。许多传统都已逝去，仅存的也破碎不堪失去了原貌，但是这些传统还是留存下来了，传到了我这一代人。

我祖父曼努埃尔·加尔萨出生时，他家族的土著背景就被抹去了。他们起初是说西班牙语的墨西哥人，然后是墨西哥裔美国得克萨斯人，是大洋彼岸文化的继承者。牛和农场是墨西哥北部和得克萨斯南部人的命根。

略带当地特色的墨西哥北方音乐及每周的弥撒是欧洲习俗的遗存。"印第安"是对他们最大的侮辱。所有人都说自己的祖先是纯正的西班牙人。

尽管小时候祖父母和叔叔阿姨给我讲的故事中满是当地传说，有奇怪的夜鬼和哭泣女，但是从未提到过前哥伦布时代墨西哥古老的神祇、祭司和英雄。

我和父亲一样，在学校里接触了北欧、埃及、罗马，还有最主要的希腊神话。我曾疯狂学习《奥德赛》，渴望青铜时代的那种文艺感，一种联结人类与神性的感觉。我自己还读了些其他伟大的西方神话传说：《伊利亚特》和《埃涅阿斯纪》。随后，我拓宽视野，阅读了印度的《罗摩衍那》，还有西非的《松迪亚塔》。

然而直到我在大学选了世界文学这门课，我才读到了一两篇阿兹特克和玛雅神话。震撼无比。我在一所离墨西哥边境只有几千米远的学校念书，但是没有一位老师说到过"羽蛇"或伊察姆纳，也没人提过"蛇女"或伊西切尔。我的家人对这些中部美洲神也是一无所知。

某种重要的东西一直与我还有其他墨西哥裔美国学生相隔绝。起初，我感到震惊，还有点生气。然而 500 年的同化与消磨，这我又能怪谁呢？我没有因我所失去的进行发泄，而是走进图书馆寻找每一本能找到的关于前哥伦布时期墨西哥神话的书。最后，我意识到自身在这方面的不足，我有责任把这部分已被遗忘的过去与当下重新连接起来。

有部殖民时期的玛雅抄本《茨伊特巴尔切颂》[1]，收集了为数不多遗存下来的玛雅诗歌，其中一首非常好地讲述了传承民族历史的责任。

> 我们不能忘记
> 自遥远的时代
> 经历多少代人
> 那时的土地上
> 人们伟大强壮
> 建起巨城高墙
> 残垣古老震撼
> 塔庙高耸如山

1　*Songs of Dzitbalché*，写于18世纪，收录了玛雅尤卡坦地区玛雅人的诗歌。同名城市茨伊特巴尔切现位于坎佩切州北部。

在卑微的城镇

从悠久的符号

我们尝试理解

黄金时代先人

留下隐藏之义

当下仍有裨益

祖先催促我们

去天空中找寻

我们担此重任

面向无边苍穹

黑暗慢慢降临

从天顶到天际

天空满布星星

众人占卜命运

　　在这些零星的神话中，我发现了很多意义和价值，在我人生低谷给予了我很大的帮助。很快，我成了学校教师，然后是大学教授。尽管没有任何标准要求我，但我会尽我所能和学生分享自己重新发现的文化遗产。我对我们遗失的过去充满热情，这推动我更进一步：我开始学习纳瓦特语和玛雅语，因为我不想通过翻译者有筛选的话语去了解古代墨西哥，而是自己去解读土著语言写的原始文本。

太多资源被摧毁，这点是最困难的方面。征服者不仅屠杀墨西哥原住民，还摧毁了他们的文学和历史。西班牙战士和激进的祭司把大多数的原住民手抄本付之一炬，对原住民进行洗脑，让他们远离千年的文化。虽然一些西班牙人和美斯蒂索人尽力保存了一些古老神圣的文字，用拉丁字母记录歌曲和格言，但覆水难收，毁坏难以恢复。

如今，我们无法把原住民的手抄本像《奥德赛》那样拿来就读，除了《波波尔·乌》，一本来自危地马拉用基切玛雅语写的神话传说，中部美洲再也找不到第二本这样完整的作品。我们能够了解的，只有那些从古抄本和殖民历史记载中被零星地保存下来的故事和故事的片段，还有就是在偏远的土著社区里几百年来人们口口相传的口述历史。

所以在这一方面，编年史家或教师的工作变得非常困难：关于墨西哥的神话没有连贯的描述，也没有神话历史可以与其他经典史诗相媲美。我反复思考这个问题，觉得有必要把不同的故事融合在一起，让中部美洲神话在西方人眼前栩栩如生，就像威廉·巴克在印度史诗《罗摩衍那》上进行缩减一样，他的文字通俗易懂、引人入胜、永不过时，也像罗伯特·法格勒斯翻译的《伊利亚特》《奥德赛》和《埃涅阿斯纪》。

于是，我写下了这本在你们手中的书。

当然，我肯定不是重新讲述这些神话的第一人。大一时我在不同的边境图书馆找到一些神话集子，感谢那些出色的学者和作者把墨西哥神话传说记录下来。这本书的不同之处在于我没有分开讲述这些故事，而是建立了一条时间线。

这本书取材自不同的源头（主要是纳瓦特语和玛雅语文本，例如《波波尔·乌》《梅希卡之歌》《齐玛尔波波卡抄本》《最初记事》和《佛罗伦萨抄本》），模糊了神话与历史的边界。我的想法就是把神话和传说缝合在一起，重新组织历史故事，追溯中部美洲的神话历史，从太初创世讲到西班牙人来到墨西哥。

作为墨西哥裔美国作家及翻译家，我把自己定位为文化传统的传播者。我怀着亲近与尊重的情感完成翻译，就好像叙述的是当下真实的事情一样。然而，考虑到现有传说的状态，我用了不同的方法创造英语版本。一些篇章直接翻译过来，仅仅做了一些格式调整，以适应整体文本。另一些则是部分翻译加上对已有神话、传说的自由改编。大部分都是真实记录的重述，主要来自口口相传的故事。

有不少神话本身是多个版本的综合形式，交织融入前后连贯的历史主线中，我把它按时间顺序排列在书中。大部分章节里，我综合了来自单一文化传统的多个文本。有时，我也会把玛雅和阿兹特克世界观融合在一起，因为两者本身的重合意味着两个民族的版本来自同一个中部美洲神话源头。这种情况下，我并不会刻意消除两种不同文化的差异和独特性，只是想反映出墨西哥长期以来的融合性民族特点。

书中我做了注解，提供了全面的参考书目。我希望读者可以被我编织的神话历史所吸引，希望这本书可以激发大家探索土著原文的欲望，如同大学时的我一样，在古老永恒的文字中找到自己的倒影。

大卫·鲍尔斯

2016 年 8 月 22 日

世界的前三纪

召唤

望着我们挚爱的墨西哥。古老的歌唱者给了她可爱的名字：

月亮之脐。
天界之基。
海围之地。

从茂密的雨林半岛、地峡到云雾笼罩的高地，再到野性的沙漠，千年里，墨西哥这片土地上孕育了几十个文明。这些民族都崇拜围绕着他们的神圣力量，他们给这些力量赋予名称和传说，相互呼应而各有不同。

如果你们细细聆听，将会听见我们祖先的声音，在漫长的岁月中，以上百种语言低声交谈，时刻提醒我们不能忘记我们从哪而来、墨西哥如何而来，以及先人为建设我们的民族所付出的代价。

你们能否听见古老的合唱，颂歌伴着木鼓的节奏和螺号低沉的音响？这是花之歌，神圣的赞歌。仔细听，兄弟姐妹们：捕捉细微的旋律。让我们用新的言语唱出古老的思想。

你们能否看见我们祖母们的织布机，来回穿梭，将那么多民族、部落的经纬编织出绚烂的色彩？随着时间推移，铺陈开来，像穿旧了的彩色莱博索[1]，在时光和征服中磨损拆散。拾起这些布线，你们每一个人，和我一起编织多彩的历史锦缎，从虚空中黑曜石般的黑暗到海岸边外来钢铁的闪光。

我们从头开始。

---

1 西班牙语 *rebozo*，指妇女用的披肩，多为彩色。

起源

二元神

世界之初，一切皆无。

在你我及其他一切事物出现以前，宇宙间充满着神秘的生命力，我们称其为库[1]或德奥特[2]。这股神力平静而缓慢地搅动着，将无声的气息在慵懒的涟漪中融入无垠的时空。

---

1 玛雅语 *ku*，"神"或"神圣力量"的意思。

2 纳瓦特语 *teotl*，"神"或"超自然力量"的意思。

随后，在宇宙的核心，力量压缩，合为强大的本元，其中阴阳各半，互为补充。在纳瓦特语中，这位二元神被称为奥梅德奥特[1]，古人亲切地称其为"我们的祖父母"。后来二元神开始做梦，并和自己讨论这些梦境，他描绘了一个有多层天空的广漠世界，那里生长着各类生灵，它们如此美好，一想到它们就会为我们的祖父母带去欢乐。

在万物的中心，最初的权力之地，二元神认为那是一面镜子，可以将梦反射出来，成为现实。

阴阳两股力量虽为一体，却愈发不同。因此，我们给它们起了很多名字：建造者与铸模者、二之主与二之妇、吾肉身之母与吾肉身之父、媒人与助产士、祖母与祖父。他们把生命力推向两极，铸就了无垠的穹海和空寂的重天，穹海在下，重天在上。在永恒之水的最底层，我们的祖父母绘出了一个庞然怪物，斯伊巴克特里[2]。它皮肤突起，拥有鲨鱼剃刀般的牙齿，在海中潜行。这是一只集爬行动物、两栖动物和鱼类特征于一身的恐怖怪兽。它总是饥肠辘辘，不断潜在水中寻找食物，一刻也不停歇。我们的祖父母曾想在怪物背上建立一个世界，却意识到创造远比他们想象的要复杂得多。

---

1 纳瓦特语中，*ome* 即"二"的意思。

2 纳瓦特语 *Cipactli*，根据阿兹特克神话记载，为一条鳄鱼形的原始怪兽。

他们需要帮助来完成任务。

时间之主与年迈的神

另一个神出现了，或许是诞生于穹海的涌流中，二元神为此感到高兴。这位新晋神很年轻，全身绿松石色，双手握着燧石，相互敲击，擦出的火花带着温暖传遍宇宙。随着他的诞生，时间最终也运转了起来，其环环相扣的齿轮缓慢而不停地转动，标志了日与年。这样，我们的祖父母便命名他为修德库特里[1]，即时间之主，让他成为火神。

同二元神一样，时间之主也有二元的本质，他可以随意变身为他的守护兽或精神形态，一条龙形的火蛇，其盘踞的身躯象征着年岁的轮回。最终，复杂的时间之轮被解译，时间之主建立了支配中部美洲生活的两大历法：太阳历和神历，两大历法相互联结，永恒交替。

宇宙的第一年逐渐消停，时间之主发生了变化，他变得疲弱，开始弯腰驼背，在时空中蹒跚而行。他的发丝变得灰白，他的皮肤松弛下垂。简单地说，他变老了。最后，这位年迈的神躺了下来，一样不曾出现在宇宙中的事物将他袭倒，那就是死亡。不过，

---

1 纳瓦特语 *Xiuhtecuhtli*，*xiuh* 意味"火"，*tecuhtli* 指"受尊敬的男性"。

最后的生命之火在时间之主的灵魂中闪烁，我们神圣的祖父母懂得了时间的价值，献出了一点他们创造自身的神秘力量[1]，将这股力量快速注入将死的火神，将他年轻的活力留存下来，进入下一年的循环。这就解释了为何我们每年都要通过舍弃一些珍贵的东西，把我们拥有的些许力量献给时间之主的心脏，以此来除旧迎新。

兄弟两人与大地之主

我们的祖父母意识到，他们可以通过延展自己的身体，生产拥有强大、神圣力量的下一代，来帮助他们创造和维护预想的世界。首先，他们创造了两个儿子，他们的力量相对而互补：羽蛇[2]生于穿海，飞向天空，他修长的身子不停摆动，上面长有红、绿、蓝三色的羽毛。"苍宇之心"[3]出生在天空中，随后落入海水，他如旋风般转动，浓烟从他前额的黑镜中升起。两位神望着他们的父母，静候指令。

"强大的孩子们，"二元神说，"你俩各执一半创造的钥匙。羽蛇，你代表秩序与爱，爱源自同情。苍宇之心，你驾驭力量，激情与斗争——毁灭与重生的欲望。你们将一同创造一个世界，孩

---

1 根据阿兹特克神话，纳瓦人的原始神创造了自己。

2 纳瓦特语 Quetzalcoatl。

3 纳瓦特语 Tezcatlipoca，即"烟雾从黑镜中冒出"之意。

子们可以在那里茁壮成长、努力工作，让时间之轮永远转动。"

最初，这对兄弟花了许多年测试自己能力的边界。两人都发现自己拥有一个守护神。羽蛇可以变成一只巨大的猎犬，操控闪电与火光。当他拥有这一外形时，就被称为肖洛特[1]，即胞兄或双重的意思。苍宇之心则能变为美洲豹（"群山之心"[2]的意思），其有力的踏步可以让大地震颤整整一日。

最后，兄弟俩聚在一起，想着他们父母梦到的在穷海之上的世界。他们想了很久如何去实现，还为此争论了许多个世纪。最终，羽蛇说服了苍宇之心，决定尝试与巨大的贪食海兽希巴克特里商量，他用带有回声的嗓音冷静地呼唤它，怪物便浮出水面。

"强大的希巴克特里，"羽蛇说，"你被我们的父母，也就是二元神选中，来背负土地。你的力量使你成为能够胜任这一任务的唯一生灵。被海围住的世界，那里的所有人都将以你的名字为荣，称你为'大地的主宰'。"

"我饿了！"希巴克特里吼道，"我管他什么崇拜赞美！"

苍宇之心向海兽靠得更近些。"野兽，住在你背上的生灵将用许多祭品填充你的饥饿，你想要多少就有多少。"

希巴克特里愤怒地咆哮，在海浪中扭动身子，把恐怖的爪

1　纳瓦特语 *Xolotl*。

2　纳瓦特语也写作 *Tepeyollotl*。

子重重压在苍宇之心的一只脚上，把它撕下吞入腹中。"我现在就饿！"

苍宇之心，又恨又痛，开始剧烈旋转，攻击海兽。羽蛇赶忙上前帮助兄弟，将身体缠绕在希巴克特里身上，这样海兽就无法动弹了。在两人合力之下，巨大的野兽被分为两段，使它再也无法潜入水下。

"现在真正的工作才开始，"羽蛇对兄弟说，"得在这个凹凸不平的背脊上制作出一个适合生存的世界。然后我们才能创造新的生命，成为他们的守护者、管理者。"

苍宇之心低头看了看他的腿。原先脚的地方露出了一点骨头。他从额头上取下烟镜，放到受伤的下肢上。

"没错，守护者。但也是他们的裁决者，在做错事的时候我们可以随时惩罚他们。"

羽蛇尊重他的兄弟，默认了。他能够理解苍宇之心的愤恨，但是他希望随着时间推移，他兄弟灵魂中燃烧的怒火可以熄灭。而现在，他拿起希巴克特里在打斗中被切断的尾巴，把它插在新造世界的中心。

"变成树吧！"羽蛇叫道，"把你自己深深沉入世界的内部。将根须遍布世界的四方，然后长成四棵树苗。要长得高，枝叶繁茂，撑起重天，将天地分开，这样未来在大海包围的世界上，居住者可以在敬畏中观察、生存、呼吸。"

就这样，五棵世界树诞生了，准备充当广袤无垠的天空、大地表面和曾经是大海兽内脏的黑暗饥饿的洞穴之间的通道。

兄弟俩看着他们的工作，对这个开始感到很满意。

母亲，保护者及新的神祇们

二元神女性的一面，我们敬爱的祖母，开始懂得为母之责，懂得有人要去养育、去保护神祇们的孩子，他们受命要为未来的居住者准备好大地。于是，她展开自己的身体，生下了神圣之母和守护者。他们站在二元神面前，手挽着手，二元神这样说道：

"神圣之母，你代表爱、关心和无私。之后，你将会得到很多名字：基拉斯特里[1]，多南琴[2]，重天女王。神祇和凡人都将在最黑暗的时刻望着你，在你那里寻求安慰，而你将给予他们同情。"

"守护者，你展现母性的其他方面：忍受巨大痛苦的力量、永不放弃的奋斗精神，还有护子时的凶猛。他们会称你为伊西切尔[3]，或斯伊瓦科瓦特[4]，即蛇女。助产士和生产的女子都会在痛苦、恐惧和无望中哭喊着叫你的名字，你将在这场'战斗'中帮助她们把

---

1 纳瓦特语 *Quilaztli*，意为"生育者"。

2 纳瓦特语 *Tonantzin*，意为"我们亲爱的母亲"。

3 玛雅语 *Ixchel*，意为"彩虹之女"。

4 纳瓦特语 *Cihuacoatl*。

新的生命带到世上。"

神圣之母随即产下了第二代神祇：两眼突出、长有尖牙的雨神特拉洛克[1]，他的力量可以滋养世界，也可以淹没世界；春神[2]，每年蜕下干燥的皮肤以获新生；花与繁育之神——"花羽"[3]，她将大地装点得五彩斑斓；"玉裙"[4]，河湖之神，她将淡水顺着绿玉裙倒下用来饮用、施洗。这一切只是开始，越来越多的神诞生，从玉米神、龙舌兰神到石神、星神和死神。神圣之母和守护者将他们聚在一起，称他们的家园为达莫安壨[5]，即雾气弥漫之地。那里，在最新形成的大地之上，神祇们得知了他们的命运。

之后，年轻的神祇们开始工作。用有爱的双手，将贪得无厌的希巴克特里破碎的身子改造为肥沃翠绿的梅斯伊特里[6]，即繁育之源——大地神。在她宽广的肉身上，神祇们造了山川、平原、绿树、野兽和禽鸟，以此赏心悦目。他们已经让世界为人类的到来做好了准备，人类的赞美与祭献将推动时间之轮永不停歇。

---

1 纳瓦特语 *Tlaloc*。

2 纳瓦特语 *Xipe Totec*。

3 纳瓦特语 *Xochiquetzal*，由 *xochitl* "花"与 *quetzalli* "羽毛"构成。

4 纳瓦特语 *Chalchiuhtlicue*。

5 纳瓦特语 *Tamoanchan*。

6 纳瓦特语 *Mecihtli*。

天界与亡灵界

　　当年轻的众神在大地上为人类的到来做好了准备时，羽蛇和苍宇之心开始管理宇宙，以维持这个刚成型的世界。在世界树的枝干上，他们动手建造，划出充满神力的层层天界。总共十三层，对应完美的神圣历法。第一层为月亮而筑，两兄弟同意以此照亮夜空。在此之上是群星层，成千上万颗闪烁的宝石将会为游荡的灵魂带去欢乐。但最亮的光将在群星宝石之外的第三层天空中航行：耀眼的太阳是两兄弟的巅峰之作。

　　羽蛇，为了想离自己的成果更近些，把第四层占为己有。他向头顶的第五层放置彗星和流星，以此把自己和兄弟所住的第六层分隔开来，那里是无尽的浓绿，羽蛇的兄弟杂乱无序，决定在其中化身黑色旋风。

第七层一片深蓝，白天的天空中，太阳的弧线从地平线的一头划向另一头。这层之上，苍宇之心创造了风暴层，那里充满了大风、闪电和雷声，好似巨型黑曜石刀剑在碰撞。

剩下的天界留给了诸神。在耀眼夺目的白、黄、红层之上，兄弟两人在天空之巅第十二层筑造了达莫安廛，那是一座天堂，人间的言语永远难以描绘。这样，我们的神圣母亲和守护神在一座神造的令人敬畏的大城市最高处即位，那里高耸的塔庙和宽阔的街道震撼人心：德奥蒂瓦坎，众神之城。

在一切之上，是第十三层天界：奥梅约坎[1]，二元之境，我们敬爱的祖父母的住所。在奥梅约坎神秘的中心，矗立着多纳卡夸威特，母亲树，人的灵魂都在那里萌芽，如同婴儿从胸脯汲取营养。时间之主也在那里，燃烧着从每一次神祭中获取的能量，静观宇宙之轮滚滚向前。

完成这些工作之后，羽蛇和苍宇之心回到被大海包围的世界，在茫茫宇宙的正中心，天界的华盖笼罩着这片大地。两位神把世界分成四部分——北、南、东、西——世界树横贯巨大十字交叉点中央，成为宇宙的轴心。

---

1 纳瓦特语 *omeyocan*。

"现在，"苍宇之心说，"生命有了家园，有守护者支撑着它。我的兄弟，我们同样要为死亡筑造一个王国。正如时间之主老去、死亡、重生一样，大地也要在重生前变得寒冷，回到没有耕种的状态。人类也必须感受死亡的精神之痛。他们的灵魂必须在宇宙之轮中轮回。来吧，一起来建造一个地下世界，同天界一样分层，通过死亡来净化灵魂，再把灵魂送回源头。"

　　但羽蛇拒绝了："不是所有灵魂都要经历同样的命运，我的兄弟。那些自愿献出生命来维持宇宙之轮转动的人怎么办？那些夭折的孩子怎么办？一定要考虑到特殊情况。"

　　他们争论了很久，最终苍宇之心离开了，他大步走向北方，走进由世界树根旁希巴克特里身体变成的巨大山洞中。他从自己的身子上又分裂出两个新的生命：初雷和迅雷，也被称为蓝烟镜和红烟镜。

　　"我们三者一体，"他对两位烟镜说道，"一同挖掘到希巴克特里身体的深处，不用理会它的痛苦，为人类的灵魂建造一条惩戒之路。亡灵世界会有九层。第一层，一条涌动的河，河水深，水流快，水面宽。任何男女，独自一人将无法穿过湍流的河水，这是要提醒他们拥有天生的弱点。他们将会需要一个同伴，一只忠诚的动物。家人们要把狗和逝者一同埋葬，这样他就能坐在狗的身上渡河。在河的下面，我们要立起几座大山，它们可以移动，相互碰撞，把石块磨成细沙。在这里，亡灵要懂得不能虚度光阴：

不论生与死，都需争分夺秒。然后，亡灵进入下一层：黑曜石之锋。刀锋会削去血肉。紧接着的一层刮着凛冽的寒风，不断鞭笞亡灵的身体，直到他们的身子变得很轻，第五层的旋风围绕他们抽打，碎得像一面面破旗帜。"

"更深处我们还要继续挖掘出一条窄道，亡灵会被无数箭矢刺穿身体，直到进入第七层。在那里，美洲豹最终会吃掉他们的心脏，释放灵魂的精髓。此外，我们还要凿刻出一个巨大的盆地，装下宇宙中最黑最冷的水。穿过这片湖水，人类灵魂的每一片记忆和物理存在会被剥离殆尽。"

"最终，在死亡的世界，我们要造一座大宫殿，用土地上的尸骨雕刻而成。那些灵魂将站在强大的国王和王后面前，他们是这片黑色领域的主宰者。如果灵魂真的脱离了肉身，将会得到遗忘并可能重生，这肯定是二元神的意愿。"

苍宇之心宣布后，就和他的两个分身去工作了。当亡灵世界按照他的计划造好之后，他在每一层安排了一位黑色领主来监督。接着，他把米克特兰斯伊瓦特和米克特兰德库特里[1]从天界第十二层带下来，他们是死亡之神，苍宇之心安排他们登上宇宙最低处的王座。

"守住你们的王国。用智慧好好管理。以你们认为恰当的恐惧

---

1 纳瓦特语 Mictlantecuhtli 和 Mictlancihuatl，即"亡灵界之王"和"亡灵界之后"。

来支配它。让亡灵界充满畏惧，只有当人类畏惧死亡时，他们才会珍惜生命。恐惧也可以帮助他们在来这里的路上摆脱肉身，直到仅剩下骨头和灵魂。只能允许亡灵进来。其他人都不行，连我的兄弟也不行。"

在大海围绕的世界里，羽蛇也忙着与死亡相关的事情。看到北方进入亡灵界的入口，他开始在另外三个方向塑造天界。在东方，他创造了多纳蒂乌廛[1]，太阳的家，那里雾蒙蒙的，满是花朵，还有长着靓丽羽毛的鸟。这里将是那些在祭祀中及在战场上献出生命的男人的归宿，他们为推动宇宙之轮而献身。每天早晨，他们化身蝴蝶和蜂鸟，或其他长有漂亮翅膀的东西，这些灵魂会陪伴太阳到达天空正中，再回去享受他们永恒之家的凉爽美好。每四年他们会飞回世间，吮吸花蜜，歌唱圣歌，让人心欢愉。

在西方，羽蛇创造了斯伊瓦特兰巴[2]，高尚女子的王国，为在生产中丧命的母亲们建造的永恒休憩处。她们会化身为令人恐惧的战士，因为她们在一生中最重要的一场战役中失去了生命，每天下午她们会陪着太阳在西边的天空落下。羽蛇想让这些内心凶猛的母亲像战士们那样回到世间，但考虑到她们对失去的孩子的渴望会使得她们变得很危险，羽蛇安排她们每 52 年回去一次。

---

1 纳瓦特语 Tonatiuhchan，即"太阳所在之地"。

2 纳瓦特语 Cihuatlampa，即"女子之地"。

在南方，这位创造神建立了翠绿的特拉洛坎，水的王国，那里充满了泉眼、溪流、湖泊和山泉。那里，每种又好又有用的水果都能丰产，每个角落都能听到蛙叫和鸟鸣。羽蛇把年轻的特拉洛克神带到这里。

"你用这里的新鲜泉水来为世界供雨。但这珍贵的液体，对生命无比重要，不会无限流淌，和所有事物一样，必须更新。所有因水造成的死亡会把神圣的能量送到你的王国。那些被淹死、被雷劈死、因病或因畸形而死的人，他们确保了生命之雨的降临。在大旱时节，人们可以选择献出生命来向天界求雨。他们的祭献也是你的。"

"所有这些亡灵会住进你的王国。他们在这里将不再受苦，而是感受到我为他们准备的愉快，作为恩惠。"

最后，羽蛇思索着人类将会面对的最悲惨的死亡：婴儿夭折，生命的提前终结。为了找到答案，他扇动自己闪光的绿色翅膀，飞向奥梅约坎。面对我们的祖父母，怀着爱与希望看着母亲树上正要绽放的人类灵魂之花，羽蛇说出了自己的想法。

"那些还未真正开始生存的幼小灵魂，"他争辩说，"应该回到这里，回到起点，等待另一次诞生，另一次欢乐的机会。"

二元神同意了。

羽蛇的内心又高兴起来。尽管苍宇之心怀有怒气，但现在因为羽蛇，死亡带来恐惧的同时，也带来了希望。

世界的前三纪

第一纪

时候到了。在满怀爱意的创造之后，两位年轻的神启程回天界。羽蛇和苍宇之心站在被海水围绕的大地之上，准备创造有思想、能说话的生物，不同于之前创造的游走于陆地、水下和空中的无声动物。他们就用世界上的骨头，造了一个男人和一个女人，高大、专横的巨人，雪白的头发，粗犷的身体。两兄弟给这对巨人注入神性，命名他们为奥肖莫克和斯伊巴克多纳尔[1]。在时间之神

---

1 纳瓦特语 *Oxomoc* 和 *Cipactonal*。

的帮助下，兄弟俩还造了一个火球放在天界第三层。但是这个瘦小的太阳太虚弱了，生命在它微弱的光线下凋谢。巨人在寒冷中瑟瑟发抖。

羽蛇知道，"神必须献出自己的生命才能给世界带来光，必须融合火焰，成为一个完美的太阳，倾泻出多纳尔里[1]，光芒四射的神性，来维持生命"。

看到自己的兄弟打算献出自己的生命，成为最受尊敬的神，苍宇之心旋入天界，投入大火之中，成了第一个太阳，把他的温暖洒向山川平原、江河湖海。

教育第一对人类的重担落在了羽蛇身上。他教给了他们语言，告诉他们每一种动物和树木的名字，向他们展示如何加工石料，种植有用的植物。

羽蛇同时间之神一同帮助他们设计了历法，来测量太阳年，还安排了相关的农业季节和仪式：18个月，每月20天，再加上没有命名的5天——共365天。

一个月中的每一天都有对应的符号，总共20个：鳄鱼、风、屋子、蜥蜴、蛇、死亡、鹿、兔子、水、狗、猴子、草、芦苇、豹、鹰、秃鹫、地震、燧石、雨、花。

两位神还给了最初的人类另一个历法，来把握时间的流逝，

---

1 纳瓦特语 *Tonalli*。

占卜可能的未来：20周，每周13天，共260天。

两个历法如同齿轮一般相互咬合。随着20天1月的历法在循环，13天1周的历法也在轮转。我们的祖先通过组合周的数字和月的符号来命名日子。所以宇宙的第一天是"一·鳄鱼"，因为鳄鱼是第一天的符号。接下来的日子是"二·风""三·屋子""四·蜥蜴"……

先人也以每年开始的第一天命名这一年。因此我们可以知道创世那年是"一·鳄鱼"，第一天也是"一·鳄鱼"。

两个历法每52年完成一次循环，回到原点。新的一年，新的轮转将以"一·鳄鱼"开始。

每当夜晚降临，苍宇之心溜进地平线，来到亡灵世界，在那享受他部下的照料。羽蛇告诉奥肖莫克和斯伊巴克多纳尔不要害怕黑暗，而要在群星中感到高兴，给每颗星起一个名字。

一段时间后，奥肖莫克和斯伊巴克多纳尔两人有了孩子，是个儿子，名叫比尔钦德库特里[1]，"年轻的主公"。他长成了一位帅气高大的男子，但是还没有女子可以成为他的妻子。神圣母亲见状，从美与丰产女神——"花羽"的头上剪下几缕又黑又长的头发，她用这头发编织成了一位可爱的新娘。

时间慢慢流逝，时间之轮一圈一圈转动。巨人越来越多，布

---

1 纳瓦特语 *Piltzintecuhtli*，有"贵公子"之意。

满了海水包围的世界。他们筑起宏伟的庙宇和石碑，以此更好地敬仰诸神。他们在那里修行、放血、祭祀，这样宇宙的秩序才得以维持。

苍宇之心向下看着大地，并不高兴。那些祭祀对他来说似乎微不足道，就连每52年进行一次用来恢复他能力的"新火祭"也不够。听着巨人们送入天界的祈祷与崇拜声，苍宇之心确信他们是在为他的兄弟羽蛇唱赞歌。为羽蛇建造的庙宇看上去更为精致，他的祭司队伍盛装打扮更为华丽，给他的祭品也更加芳香甜美。

烟镜之神冷酷无情，决心消灭所有巨人。他唤起大量储存的神力，派自己的纳瓦尔里[1]——美洲豹去大海围绕的土地，"群山之心"找出生日符号[2]是美洲豹的巨人。烟镜教会他们黑暗巫术，教会他们如何变成自己的纳瓦尔里，以及如何改变其他巨人的思想，最终扭曲他们以达到自己的目的。当他训练自己的巨人去彻底鄙视其他巨人时，他带领他们进行了一场罪恶的战争，与兄弟姐妹反目的战争。

"一·芦苇"这一年，"四·美洲豹"这一天，群山之心和他的美洲豹军队几乎把大地上所有的巨人都吞噬了。这一年是苍宇之心成为太阳的第676年，第十三个循环之末。山中少数几位男

---

1 纳瓦特语 *nahualli*，根据阿兹特克人的民间信仰，每个人出生时都对应大自然的一个动物，互为"他我"，拥有对应的超自然力量。

2 出生的日子决定了一个人的历法符号。

子和女子幸存下来。他们向羽蛇哭诉，羽蛇听见后来到大地上，看见自己心爱的造物被夺去生命或失去亲人。他看见群山之心跳到太阳上，与自己的神形重新会合。羽蛇知道，这一定是他兄弟所为。

盛怒之下，羽蛇在太阳到达天顶之时袭击了它。一场恶战，几乎把天界撕破。羽蛇分裂出自己的纳瓦尔里"肖洛特"，一齐捉住了苍宇之心，羽蛇的羽毛欲火熊熊，他拽起了一棵世界树，当作巨棍，把他的兄弟从天界第三层打落，重重地掉入宇宙之海，力量之大，差点杀死了烟镜。

就这样，世界的第一纪以悲剧告终。

第二纪

很快，诸神降临大地，修复大海围绕的世界所遭受的创伤。

神圣母亲和羽蛇一道用木头刻出新的人类。一旦羽蛇给他们注入了生命之液——他的恰尔齐乌阿特[1]，"玉水"——男人和女人就活了起来，和之前巨人活得一样长。

这次羽蛇成了太阳，他面带微笑，看着亲手创造的人类有了他们自己的孩子，他们筑起木屋、庙宇，过着有尊严的小生活，

---

1 纳瓦特语 *chalchiuhatl*，由 *chalchiuh* "玉米"和 *atl* "水"两个词构成。

崇拜他们宽宏大量的诸神。

随着时间齿轮转动，一股黑色旋风开始悄悄在宇宙之海中形成，起初很慢，但是一年一年地，旋转越来越快，一场憎恨与复仇的台风。

第二纪第七个时间轮回结束时，"一·燧石"年，"四·风"日，羽蛇成为太阳的第 364 天，苍宇之心——飓风——烟镜，从没有痕迹的大洋中升起，暴风雨般从大地上席卷而过。

他的风吹过山丘，一扫而光；撕碎了田野和森林；令湖泊干涸；把巨大的砾石击碎成小卵石。人类的木屋处所统统化为乌有，比巨人轻的木人被大风扔进虚无之中。

羽蛇怔住了，不知所措，伸手给了仅存的男女一个绝望的礼物——尾巴，用来将他们固定在所剩无几的树上，还有脚掌，可以抓住树枝，如同另一双手。就这样，"特拉卡奥索玛丁"[1]——猿人，诞生了。现在他们仍然生活在世界上黑暗的角落中。

在拯救了这些人后，没过多久，羽蛇被他兄弟蓄势已久、愤怒、咆哮、骇人的大风所包裹。尽管他伸展开火焰翅膀与大风斗争，但还是从天空中被撕扯下来，扔进遗忘深渊中去。

就这样，世界的第二纪以复仇告终。

---

1 纳瓦特语 *tlacaozomahtin*，由 *tlacatl* "人"、*ozomahtli* "猴子" 及复数后缀 *tin* 构成。

第三纪

飓风——因为他已经不再是苍宇之心了——发泄了自己的怒气，然后独自站在苍凉的大地上。他把诸神叫来，重新创造，恢复花草和动物，填满江河湖海。同时，磨平世界周围崎岖的棱角。

烟镜之神同他的红色和蓝色儿子，用大地内部的泥土创造出为他服务、崇拜他的生灵。他想要更好地观察、控制他们，于是说服了特拉洛克[1]——雨和闪电之神，离开自己的住所和他的新娘花羽，成为新的太阳。

几个时间轮回之后，飓风对自己创造的生灵的祭献和谄媚很满意。但是这位黑暗神内心的嫉妒不断膨胀。他看着特拉洛克的妻子花羽，觉得她是宇宙中最美的存在，但竟然和一个不重要的神配成一对，这令烟镜难以忍受。

于是飓风进入特拉洛坎[2]，偷走了丰产女神花羽，逼迫她与自己在一起，并住在自己黑暗的天界中。特拉洛克，感觉遭受了蹂躏，把天空照得更亮，带着背叛与愤怒之情，愤怒地看着。

---

1 纳瓦特语 *Tlaloc*。

2 纳瓦特语 *Tlalocan*，意为"特拉洛克所在之地"，即雨神之所。

在没有主人吩咐的情况下，特拉洛凯[1]——特拉洛克的助手们，停止从空中倒水。雨便停止了。一场大旱席卷了世界。

第三纪的人们哭喊着特拉洛克，祈求雨水，祈求他停止令人痛苦的炎热。但是他们的祈祷惹恼了太阳。这次对人类的攻击是他敌人一手造成的，所以与他何干呢？他心怀怨恨，拒绝下雨，他要让所有拥有思想的生灵都承受他失去挚爱的痛苦。男人和女人们不断哀求他，河湖逐渐干涸。

飓风很长一段时间里都放手不管，他享受着连续不断的哀求和祭祀。但他最后受够了特拉洛克的怒火，来到地上面对雨神特拉洛克。

特拉洛克不愿理会背叛者的命令。他们在炎热的大地上相撞，太阳用巨大的火浪轰击飓风，但被漩涡搅动，旋转进入海水围绕的世界。整个世界燃烧起来，熔炉般的热浪咆哮而过，横扫大地。大多数人死去了，但少数几人躲在山洞中逃过一劫。特拉洛克感到愤怒，他敌人的创造物不该留任何活口，于是他让手下将地底的岩浆取出，使其从地上爆发，形成巨大的火山，熔岩贪婪地吞噬了地表。

就在此时，被兄弟驱赶后的第 312 年，羽蛇回归了，他闪耀着全新的能量，决心尽力拯救。他与飓风和特拉洛克同时战斗，

---

1 纳瓦特语 *Tlaloque*。

最终征服了他们并迫使他们进入自己对应的天界，帮助世界免于灭顶之灾。

幸存的一小群人请求羽蛇善待他们。羽蛇取下自己带有血肉的翮，为这些最后的人类添上翅膀。现在，他们有了飞翔的技能，飞到燃烧的熔岩之上，凭借热流盘旋在空中。

羽蛇知道重塑这个燃烧的世界是在挑战诸神的能力极限。他希望他能避免曾经的错误和嫉妒，他试图创造可以成为他伙伴的人类，以此维持宇宙的秩序。但是至于长着翅膀的幸存者，他允许他们在悬崖峭壁上筑巢，只要他们安分守己就行。

第三纪，在大火中结束了，历法仅仅转了六轮，这一天是"一·燧石"年，"四·雨"日。

第四纪及英雄兄弟

召唤

现在，跟着我进入第四纪的暗淡开端。灾难结束了，烈火消退，化为烟灰，海水围绕的大地几乎一片黑暗，除了群星的光辉和东方地平线上一抹永恒的微弱晨曦。

这是诸神的时代，不论大神、小神，他们都全力恢复破碎的大地。

一些神屈膝顺应宇宙的秩序，顺应羽蛇和飓风对抗的意志，完成各自的任务，没有一句怨言。

另一些神选择开辟新的道路。

有几位成了英雄。

特别是有两位神，一直以来以不同的形式存在于墨西哥南部地区：残存饰带上鲜亮的图案、腐朽纸张上弯曲的线条、石柱上永恒的年轻身影，既反叛又勇敢。

两位兄弟。双胞胎。

他们被反复描画，头戴不同的束发带，一条暗黑，另一条由美洲豹皮制成。我们时常会发现他们和父亲——玉米神一同出现。

千百年来，时光抹去了他们在诸多玛雅语[1]中的名字。考古学家们，为遗忘的神祇编码分类，称父亲，即玉米神，为 E 神，他的两个儿子为 CH 神和 S 神。

但在危地马拉高地，尽管困难重重，在庞大帝国使用的玛雅文字被弃用的背景下，玛雅基切文化[2]保存了那些古老的故事。基切人使用从西班牙传教士学来的文字，把古老的语言转写成自己的语言。

他们称这一圣典为《波波尔·乌》[3]——人民之书。

来吧，朋友们。让我来打开这本卷册，找到那一页，来给你们讲述英雄兄弟的奇幻事迹：希巴兰克和胡纳合普[4]，这是基切人称呼他们的方式，爱玩又勇敢的两位年轻人，他们嘲弄了死亡。

---

1 玛雅语实际并非一种语言，而是玛雅语系下诸多语言的总称。

2 危地马拉的一个玛雅文明分支，玛雅语写作 *K'iche'*。

3 基切玛雅语 *Popol Vuh*。

4 基切玛雅语 *Xbalanque* 和 *Hunahpu*。

然后，让我们一起把阿兹特克文明的发展线路融入这部史诗，来探索短暂却令人难忘的第四纪。众所周知，它以我们世界所经历过的最大洪水告终。

英雄兄弟

英雄兄弟父母的悲剧

在第四个太阳升起前的漫长黑夜里，两个兄弟诞生了，他们是米尔巴[1]的小神，米尔巴是混合种植玉米、豆子和西葫芦的田地。他们的名字分别是"一·胡纳合普"和"七·胡纳合普"，源自出生那日的历法符号。他们和母亲伊西姆卡内[2]住在一起，她是

---

1 西班牙语 *milpa*，源自纳瓦特语 *milpan*。

2 基切玛雅语 *Ixmucane*。

一位玉米女神。

一段时间后，"一·胡纳合普"娶了"白鹭女"为妻，她为他生下两个儿子："一·猴子"和"一·工匠"。这个小家庭和"一·胡纳合普"的母亲和兄弟一同生活在没有太阳的黑暗世界里。

其他的神视"一·胡纳合普"和"七·胡纳合普"为知识渊博、机智聪明的神，认为他们是世界上最出色的先知。他们教会了"一·猴子"和"一·工匠"许多技能。不久，两位年轻的神变得和父亲、伯伯一样。他们成了：歌手、音乐家、诗人、雕刻家，以及玉石和金属的加工者。

虽然两位兄弟拥有独特的先天优势，但是他们打算偷懒，去玩骰子和股球[1]，每天他们都会和父亲、伯伯一同进行股球对抗，在球场上二对二进行比赛。每轮开始时，一只猎鹰就会低飞观望他们，它是飓风和飓风的孩子们派来的。猎鹰可以一瞬间从大海围绕的土地飞到飓风在天界第六层的住所，也可以下到亡灵之地去执行主人的命令。

白鹭女离开大地，回到神圣母亲身边，留下四位股球运动员。他们的球场在巨坑中，那里通向地下世界，这片黑暗的土地，后

---

[1] 在中部美洲文明中广泛存在的球类运动，不可用手打或脚踢，一般用肩部、臀部和胯部撞击球。

人称之为希巴尔巴[1]——恐怖王国。死亡之王和死亡之后只能听见兄弟两人的声音但看不见他们。

两位死亡之神被欢腾的吵闹声烦得不行，他们叫来自己的部下商讨，这些部下都是恐怖之地上的主人，负责用各种野蛮的方式将死亡带给人类。

"那些平庸之辈是谁？跑来跑去震得大地抖动，还大声喧闹搅得墓地不得安宁。"死亡之王问道，"他们没有表现出应有的恐惧，践踏了自然规律。我们应该把他们带到这里进行股球比赛。既然他们一点儿也不尊重我们，我们就应该在他们最喜欢的运动中打败他们，然后毁灭他们。"

黑暗之主们都同意统治者所说的，并补充道，在胜利的时刻，他们可以夺取兄弟俩的衣服、护具、轭架和带有羽饰的头盔等配件。

召唤"一·胡纳合普"和"七·胡纳合普"的任务落在了王国守卫的身上，它们是四只恐怖的猫头鹰，来自死亡之地的御座房间。一瞬间从地下世界飞出来，落在球场的看台上。四位球员停下了他们的比赛，走近四只猫头鹰信使。

"我们是地下世界的主人们派来的。"信使代表宣布，"请听好死亡之王和死亡之后捎来的话：'你们一定要来。在我们黑暗的球场上展示你们的球技，让我们高兴一下。你们的球技让我们惊讶。

---

1 基切玛雅语 *Xibalba*。

把你们的衣服、护具、轭架和橡胶球都带来吧。'"

"这就是恐怖之地的神祇们所说的原话？""一·胡纳合普"问道。

"是的。就现在，跟我们来。我们会带你们过去。"

"好的，但请等一下，我们要让我们的母亲知道。她需要在我们离开期间照顾我的孩子。"

"一·胡纳合普"和"七·胡纳合普"把孩子带回家，把情况告诉了他们的母亲伊西姆卡内。

"我们别无选择，只能去。这几位是死亡之王的信使。但我们会回来的，我们发誓。我们把我们的球留在这儿，作为信物。"他们把橡胶球挂在房梁上。"别担心，我们很快会再来用这球的。"

"一·胡纳合普"对他的孩子说道："你们两人继续训练你们的音乐、艺术和球技。我们不在的时候，看好这个家，让你们祖母的心感受到温暖。"

他们的母亲因两人的话而哭泣。

"我们离开是为了一段旅行。"他们告诉母亲，"不是去死的。别伤心。"

两兄弟说完便离开了。在王国守卫的引路下，他们向北方行进，走向地下世界的入口。他们不断向下，穿过奇怪的峡谷，蹚过蝎子小溪，还有血与脓的河流。但没有一样事物能够减慢他们行进的速度。

但很快他们来到一个巨大的岔路口，有四条路通向死亡之地：红色的、黑色的、白色的和绿色的。信使猫头鹰指明了是黑色之路。"这是你们要走的路。国王之路。"

　　这儿，便是他们失败的开端，因为两兄弟听了王国守卫的话，没有怀疑这条路是死亡之路。他们沿着恐怖的道路，被径直带去黑暗之主们的屋子。在那里，两兄弟的命运更将确定无疑。令人恐惧的死亡之主们，在这丑陋地方一字排开坐着，但最前面的两位——死亡之王和死亡之后，姿态优雅，是由地下世界的工匠雕刻出来，装饰打扮过的。

　　"向您问好，陛下。"他们对第一尊雕像说。

　　"晨曦之光落您身上，陛下。"他们向第二尊雕像说。

　　死亡之主们发出一阵狂笑，因为兄弟两人再次失误。他们咯咯大笑，嘲弄两人。

　　"最好的预言家，还真没错！那些不过是假人而已，傻瓜！"在这些死亡之主们的心中，他们对自己的胜利确信无疑。

　　真正的死亡之王和死亡之后来到了，骷骨似的脸上挂着微笑。

　　"太棒了。你们终于到达了。明天你们将用轭架和护甲展示你们的技艺。但现在，请坐在我们准备好的长凳上吧。"

　　当兄弟两人坐下，他们发现，长凳是块正在燃烧的热板。碍于面子，他们扭动了一阵，但最终不得不跳起来，不然真得遭受伤害了。黑暗之主们又一次狂笑不止。他们笑得连内脏都痛起来，即便痛得满地打滚，还是止不住自己的嘲弄和谩骂。

地下世界是充满各种折磨的地方，其中有五间是刑罚室。但正如命运的安排，兄弟两人将只会经历一间。他们被这个恐怖地方的管理者护送至所谓的休息屋，护送人微笑着说：

"进去吧，朋友们。好好休息。很快会有人送来火把和两支烟。"

"一·胡纳合普"和"七·胡纳合普"走进房间，迎面而来的是墨汁般的黑暗。一个未知的世界，兄弟两人暂住在黑屋里，一个没有光的地方。

与此同时，黑暗之主们在商议。"他们肯定会败。明天我们就把他们祭祀了。用不了多久的。我们要用骨白色的刀杀了他们俩，然后留下他们的衣服。"

死亡之王和死亡之后派来一位使者，带着引火松木做的火炬和两支点好的烟。"给你们。你们得在明天早上把这些还回来，原封不动地还回来。"

兄弟俩接过火炬和烟，他们又一次败了。他们让火炬燃烧成灰烬，抽了烟剩下烟蒂。一早，他们被带回死亡之主们的房间，内心惶恐不安。

"我的烟在哪里？还有昨晚借给你们的火炬？"死亡之王问道。

在害怕的同时，兄弟两人看到天界飞下一个幻象。他们看到了自己的命运。

接着，在他们绝望的深处，他们也看到了自己的胜利。

所以他们承认了自己的失败。"火炬和烟都没了，陛下。"

"很好。今天你们的日子到头了。你们将会死在这里。你们将从这个世界上被消除掉。你们的脸将永远被藏起来。你们将被祭祀！"

就这样，兄弟两人当场被屠杀身亡。他们的尸体被埋在靠近球场的同一个墓穴中，但按照死亡之王的要求，"一·胡纳合普"的头被移走了。

"把这头拿去，"死神说，"插在路旁枯树的枝杈上，作为我们强大威力的纪念。"

但是，当头刚被放上树枝，大树神奇地结出了果子，又圆又重，像个头颅。那是蒲瓜树的果子。一会儿，所有枝头都挂满了果子，以至于分不清"一·胡纳合普"的头在哪里了。

黑暗之主们惊讶地聚集在一起。他们确信果子的突然出现是个不祥的兆头。于是，国王夫妇下令：

"任何人不得摘树上的果子，也不允许坐在树枝下。"

恐怖世界里的所有人都遵从了命令，除了一位女子。

母亲的胜利

黑暗之主"集血神"有一个女儿，名为"血女"。出于对女儿的信任，他告诉了她大树的事情，也说了国王的禁令。但"血女"

充满好奇。她想尝尝果子的味道，思索着果子可能的来源。

最后，她忍不住要去亲眼见见奇迹，于是独自走到大树下，紧挨着球场和被祭祀的受难者之墓。

"啊！"她大呼，"这是什么果子？应该很甜。要是我能摘一个而不被处死或被驱逐该多好。就一个。"

随后，"一·胡纳合普"的头从树杈上对她说：

"来吧，你对这些挂在枝头上圆溜溜的东西不会感兴趣的。就是些头颅罢了。你不会想要一个的。"

"但我真想要。"血女回答。

"那好吧。伸出你的右手。"

"好。"血女来到声音发出的地方，"一·胡纳合普"的头颅喷出一点唾沫到她的手上。血女大吃一惊，吓得缩回了手，仔细地看着手上，但唾沫已经不见了。

"我刚吐给你的，只是一种象征。""一·胡纳合普"和"七·胡纳合普"的声音一起说道，他们已经相融，以同一思想在说话。"你看到了，我的头已经被剥得不剩血肉：只有骨头留下了。但和一位重要的神的头没什么区别。他看起来优雅，是因为有血有肉。一旦死去、腐烂，那么人们就会害怕得躲起来，远离裸露的头骨。"

"他的孩子们，现在……就像他的唾液，依旧包含了他的精华，即便已经离开了他的嘴巴。不论是死亡神或智者或演讲者的儿子，他们都保留了他们父亲的基本特征。他的脸没有完全遗失，而是会传给他的孩子们。这就是我正在通过你做的事。现在你快离开这片恐怖的土地。在他们杀死你之前，去往大海围绕的土地上。去找我的母亲伊西姆卡内。一定要相信我。"

血女出发前，"一·胡纳合普"的头颅给了她很多其他的指引。在血女回到家的时候，"一·胡纳合普"的唾液在她的子宫里迸发出新的生命。她怀了一对双胞胎，"一·胡纳合普"和"七·胡纳合普"两人的孩子。但她没有离开死亡的土地，而是留在了父亲家中。

6个月过后，集血神发现他的女儿怀孕了。他前去拜见死亡之主们，对死亡之王和死亡之后说：

"我女儿怀孕了。该死的杂种。"

"很好。"死亡之后说，"你去质问她。如果她拒绝说出真相，就必须惩罚她。把她带去远方，祭祀掉。"

集血神和血女面对面。"闺女，你肚子里的孩子是谁的？"

"这儿没孩子，父亲。我连男人的脸都没见过。"

"我知道了。你竟然未经我的允许就享受了肉体的欢愉。"他把王国守卫唤来，当那四只恐怖的猫头鹰来到时，他用手指着女儿。"把她带走祭祀了。把她的心脏放在葫芦里带回来，今天就要交给死亡之王和死亡之后。"

王国守卫出发了，在空中用黑色的爪子抓着血女、葫芦和死亡之主给的骨白色刀子，他们将用这把刀把血女祭祀了。当他们远离地下世界的中心区域，猫头鹰们开始下降，不情愿地准备完成他们的任务。

血女祈求守卫们再三考虑。"信使，你们不应该杀死我。我的子宫里没有不光彩的东西，反倒是奇迹。全是因为我去球场边上看了'一·胡纳合普'的头颅。现在这里有更强大的力量在发生，尊敬的朋友，你们不能祭祀我。"

猫头鹰们看了她好一会儿，眼睛眨也不眨。他们很了解她，从小看着她长成动人的年轻女子。欺骗绝不是她的本性。并且就算她在撒谎，他们一开始就能发现，他们不想让她死。

"但是我们用什么代替你的心脏呢，血女？你的父亲要求我们今天把你的心脏带给死亡之王和死亡之后。"

"我的心脏永远都不属于他们。朋友们，你们也别再把这里称为自己的家园。别再让他们强迫你们不公正地处死他人。在大海围绕的土地上，你们可以去惩罚真正的罪犯。从现在开始，让死亡之王和死亡之后只能尝到血液、树液和树脂。不再有心脏在他们面前焚烧。我的心脏不会，别人的也不会。"

她把手放在一棵胭脂红色的巴豆树上。"从这棵树吸出汁液，放在你们的葫芦中吧。"

猫头鹰们用刀割树干，直至汁液流淌出来。红色的树脂在临时使用的碗中凝结起来，形成的块状物形似心脏，周围一圈如同干了的血迹。

"在世界的地表之上你们会得到保佑。"血女微笑着对猫头鹰们说，"你们会得到所有你们想得到的。"

"那就这样。我们将陪伴你、服侍你。但你先走吧，我们把这假心脏先去交给黑暗之主们。"

当王国守卫来到黑暗之主的房间时，他们已经都聚集起来了。

"任务完成了？"死亡之王问。

"是的，陛下。她的心脏在这个葫芦里。"

"很好，让我们瞧瞧。"死亡之王拿起凝结的树脂，所有人都觉得是心脏，还带有血块的红色光泽。

"非常好。生火，我们把心脏扔进炭火中。"

树脂做的血块一扔进火中，黑暗之主们就因为它燃烧的香气而感到快乐。他们走得更近，探着身子进入烟气中，沉醉在甜蜜的香味中。

趁死亡之主们看着心脏冒着泡还嘶嘶作响时，猫头鹰们溜走了，追上了血女并带着她穿过洞穴，飞出黑暗的亡灵世界，来到地表。

这是黑暗之主们第一次被欺骗，每个人都被血女骗了。

出生与童年

根据"一·胡纳合普"和"七·胡纳合普"所给的指示，血女最终来到了伊西姆卡内和"一·猴子"还有"一·工匠"的住所。她的肚子里怀着两个儿子，很快将出生。这对双胞胎的名字分别是"胡纳合普"和"希巴兰克[1]"。

站在儿子们的祖母面前，血女说：

"母亲大人，我是您的媳妇，您甜蜜的孩子。"

"什么？"伊西姆卡内问，"你是谁？从哪儿来的？我的儿子们在死亡之地都去世了，你怎么可能是我的媳妇？你看看这两个孩子：'一·猴子'和'一·工匠'，是他们的亲生骨肉和继承人。快走，给我出去！"

血女痛苦不安，皱起眉头，但没有离开。"不管怎样，我都是您的媳妇。我属于您的儿子们。'一·胡纳合普'和'七·胡纳合普'没有死，母亲。他们还活着，在我体内。他们将黑暗的悲剧转化成明亮的希望，您将在我儿子们的脸上亲眼见证。"

伊西姆卡内笑道："还媳妇呢，你就是个骗人的姑娘。我不需要你，也不需要你不可见人的果实。我的儿子们已经死了，我告诉你。你就是个大骗子！"

血女依旧原地不动，高高地抬起头。一会儿过后，伊西姆卡内皱起眉头。"好吧，你说你是我的媳妇。如果是真的，那就去给这些孩子找吃的。从我们的米尔巴摘来满满一网的熟玉米穗来。"

---

1 玛雅语 *Xbalanque*。

"听您的吩咐。"血女回答。她沿着"一·胡纳合普"和"七·胡纳合普"曾经清理出的小道走到米尔巴。一棵玉米秆孤独地长在中间，只有一根玉米穗垂在那里。

"啊，我就是个罪人，欠债的人！"血女哭道，"我要从哪儿弄来她要的一整网玉米呀？"

但很快，她就记起自己的身份，来自死亡之地的一位贵妇，威严、强大。她举起双手，唤来食物守护者们：

"出现吧，哦，贡品之女；哦，玉米黄金之女；哦，可可豆之女；哦，无耻日之女！你们来吧，'一·猴子'和'一·工匠'食物的守卫者们。"

接着，她抓住玉米穗顶端的花丝，快速一拉。尽管她没能拔起玉米，但是玉米神奇般地复制起来，把她的网装得满满的。血女唤来田地中的动物，她得到了它们的帮助，一同把玉米运回家。刚一到家，动物们给她送来一个运送架，她让自己出了一身汗，这样她的婆婆就会认为她是自己把网运回来的。

伊西姆卡内从家里走出来，被食物的数量惊呆了。"你从哪里找来这么多玉米？是偷来的吗？让我看下你有没有把米尔巴清除干净！"

她跑到田里，发现玉米穗完好无损，网兜的痕迹深深地留在土地上。一定发生了奇迹。哪里发生一个奇迹，其他奇迹就会接踵而至。她赶忙回家对血女说：

"这的确证明了你是我的媳妇。我会持续关注你所做的一切。你身上怀了我的两个孙子一定也是不可思议之事。"

日子终于到了，但血女在山上，所以伊西姆卡内没能见到孩子出生。血女突然一阵疼痛，双胞胎出生了：胡纳合普和希巴兰克。

当血女把两个孩子带下山回家时，他们睡不着觉，折腾不停。

"把他们带回山上，留在那里。"伊西姆卡内对他另外两个孙子说，"他们会不停地尖叫的。"

于是，"一·猴子"和"一·工匠"把两个婴儿扔在了一个蚁丘上，希望他们会死去，但是这两个婴儿睡得很香，也没有受到伤害。两兄弟心怀嫉妒又把他们扔进荆棘里，但血女很快把他们救出来了，没受到任何擦伤。

最后，两个大孩子无法接受他们同父异母的兄弟和血女进家门。她只能在山中抚养孩子，不断得到动物和其他生灵的帮助。多年后，他们学会了控制神力——与生俱来的力量，同动物交流，用吹箭筒捕猎，靠笛子旋律诱捕，最重要的是，还会用高超的技艺玩股球，这令他们的父亲很骄傲。

当两个孩子能够靠自己生活后，血女离开了他们，她明白他们的未来不能在她陪伴下实现。血女离开后，胡纳合普和希巴兰克整日吹箭筒捕猎。虽然他们从来没有从父亲的家人那里得到过爱和食物，但是两个男孩开始再次拜访祖母的家，避开了吃饭时间，尽可能避免冲突。他们默默无闻，深知自己在家中的地位很低，忍受祖母和两个哥哥的傲慢无礼。他们知道自己的行为不会有成果，但每天会带去一只禽鸟作为礼物，两个哥哥吞下鸟肉，连句谢谢也没有。

"一·猴子"和"一·工匠"因为失去父亲和伯伯而痛苦不已，但终究长大成人了，在很多方面与"一·胡纳合普"和"七·胡纳合普"旗鼓相当。然而，虽然两人和父亲一样有天赋、有智慧，但他们对自己这对同父异母的双胞胎兄弟心怀嫉妒，他们的内心充满憎恨，这使得他们没能展现出真正拥有的智慧。他们与生俱来的远见告诉他们，弟弟们注定会做大事，但是他们并没有帮助弟弟们培养能力。

最后，胡纳合普和希巴兰克决定结束哥哥们的残忍行为。"我们要以兽性还以兽性。这样才是恰当的回报。要是他们已经得逞了，我们不是夭折了，就是丢失了。他们把我们当仆人。在他们看来，我们谁都不是，是时候给他们个教训了。"

当天晚上，他们空手来到祖母家。

"你们怎么什么鸟都没带来？"祖母问。

"是这样的，祖母，我们射杀了几只鸟，但是它们卡在了树枝顶端。我们太笨拙，爬不上去，所以想等哥哥们帮助我们。"

"好的。""一·猴子"和"一·工匠"说，"我们明天早上跟你们去。"

第二天，双胞胎弟弟把哥哥们带到一棵南洋樱下，无数的鸟儿在上面歌唱。他们连续投射，但没有一只鸟掉下来。

"看到没？鸟都卡住了。得爬上去把它们取下来。"

"好的。""一·猴子"和"一·工匠"吃力地爬到树的最高处找鸟。就在此时，双胞胎弟弟让树不断长大，触及天空，长成一棵巨大的树。当两个哥哥意识到正在发生的一切时，他们想下来，但为时已晚。

"弟弟们！"他们向下喊，"可怜可怜我们！说什么好呢，这树看起来太恐怖了。"

"这样，你们的腰带妨碍了你们自如的行动。解开来，重新系一下，把另一端系在身后。这样就能更方便地下来了。"

"一·猴子"和"一·工匠"照做了。在他们取出腰带一端的时候，立马变成了尾巴。诅咒被激发了。几秒钟内，两个哥哥变成了蜘蛛猴。他们从巨型南洋樱的树枝上跳到邻近的树上，然后晃晃悠悠地进入茂密的山林，嚎叫个不停。

就这样，"一·猴子"和"一·工匠"被胡纳合普和希巴兰克的神圣魔法打败了。当然，祖母那边还没有解决。当他们到家时，立马叫唤祖母。

"祖母，我们的兄弟出了点事儿！他们的脸变了，现在他们看起来像动物！"

"你们要是对他们做了什么，会伤了我的心。快告诉我，你们没有对他们使用魔力！"

"别伤心，祖母。你会再次见到哥哥们的脸。他们会回来的。但这取决于你。你不能嘲笑他们，好吗？现在来看看什么事情将要发生。"

他们坐到屋外，开始吹笛子敲鼓，唱着自己起名为"胡纳合普蜘蛛猴"的歌。歌曲中，哥哥们的名字被反复唱出来。很快，"一·猴子"和"一·工匠"靠近了，非常兴奋，跟着音乐跳起舞来。当伊西姆卡内看见他们丑陋的猴脸，忍不住笑出了声。她的大笑声吓到了猴子，它们惊慌地逃入森林。

"祖母！我们不是说了不能笑吗？你看，我们只能尝试四次。还有三次机会。你只要下次别笑就好。"

两人又开始演奏，变形的哥哥们冲进院子，肆无忌惮地跳起舞来。伊西姆卡内努力克制住不笑，但是猴子们的脸实在是有趣。小肚子晃动着，生殖器也露在外面。祖母忍不住了，一阵狂笑，两只猴子立马逃入山中。

"我们还能做什么呢，祖母？第三次尝试吧。"

歌声又起，舞蹈又来。但现在，祖母保持冷静。猴子们便爬上高墙，做怪动作。他们皱起自己的红嘴唇，对双胞胎弟弟们用鼻子哼哼。这下伊西姆卡内又忍不住了，边笑边叫，她的孙子们撒腿就跑。

"这是最后一次。"胡纳合普和希巴兰克警告，他们再次打起节奏。但猴子们没再回来，而是留在了树林中。

双胞胎弟弟失望地摇了摇头。"我们尽力了，祖母。他们走了。但你别伤心。你还有两个孙子，现在就在你跟前。你把你的爱给我们。哥哥们将被永远记在心上。因为他们有了名字和头衔。多年以后，音乐家、艺术家和文人将以他们为灵感。他们高傲又吝啬，他们的残忍行为给自己带来了灾难。但人们永远会记得'一·猴子'和'一·工匠'完成过伟大的工作，在遥远的过去，他们曾和祖母住在山中的一间小屋里。"

恐怖王国之旅

胡纳合普和希巴兰克作为他们父亲的继承人取得了正当的家庭地位。他们照看了家里的米尔巴一段时间，通过对斧子和锄头还有动物们施法，来完成大量田间工作，而他们自己会带上吹箭筒出门打猎。

很快，他们发现了父亲留在房梁上的橡胶球。他们高兴地穿上了哥哥们的装备，径直跑去球场。两人玩了好一会儿，把父亲的球场都给扫干净了。

恐怖王国的黑暗之主们无奈地听着。

"又有人开始在我们脑袋上玩股球了。他们在地上来回重重地踏着难道不感到羞耻吗？"死亡之王问，"'一·胡纳合普'和

'七·胡纳合普'不就是因此而死的吗？跟他们一样无赖，就是想证明自己多么重要。去吧，信使们，把这群笨蛋也叫来。"

飓风的猎鹰，看过两人父亲无数次比赛，飞到地表，在地下世界的守卫来到之前，大声对兄弟俩叫道："哇——叩！哇——叩！"

"什么声音？"胡纳合普大喊，放下他的轭架。"快，拿起你的吹箭筒！"

他们朝空中的鸟吹箭，猎鹰的眼睛中弹了。当两人走去捉它的时候，问它为什么在那里。

"我有一个消息要告诉你们，但先得治好我的眼睛。"

兄弟俩从他们的橡胶球上刮了一条下来，给猎鹰治疗伤口。当它的视力恢复之后，立马对两兄弟用腹语说道：

"死亡之王和死亡之后要求你们 7 日内去见他们。带上你们成套的器具，因为你们将要和地下世界的黑暗之主们进行股球比赛。他们保证一定会很有趣。"

两兄弟回去见祖母，听到这一消息，她感受到毁灭性的打击。

"我们得去，肯定的。"他们对祖母说，"但我们得先做您的劝导者。我们每人都会在屋子的中央种上一棵未成熟的玉米穗。如果其中一棵干了，那就说明对应的孙子死了，但如果它们长大了，那就说明我们还活着。"

种好之后，兄弟俩便带上衣服、器具，还有吹箭筒，出发了。他们向恐怖王国进发，经过世界边缘，沿着大峡谷，穿过奇怪的鸟群。他们来到了脓河和血河,那是黑暗之主们刻意设下的圈套,但是兄弟俩有南洋樱,他们让箭筒膨胀,轻轻松松渡过了河。

随后,两兄弟来到了岔路口,他们的母亲血女教过他们:四条路分别是黑、白、红、绿。胡纳合普从膝盖上拔下一根汗毛,然后低声念咒语,把它变成了一只虫,他起名为蚊子——最好的间谍。

"去吧,小东西。去逐个吸血直到把他们尝个遍。以后过来的人都是你的盘中餐。"

"太棒了。"蚊子说。它沿着黑路飞去。当它到了黑暗之主们的房间,它先停在了装饰成死亡之王和死亡之后的木雕上。它咬了第一个,没有反应。第二个也没有反应。

接着他咬了第三个,那是真正的死亡之王。

"哦!"他叫出声。

"怎么了,陛下?"黑暗之主们问,"发生什么了?"

"有东西蜇了我!"

死亡之后看着他,"就是一只······哦!"

"什么,王后?"死亡之王问,"那是什么?"

"有东西蜇了我!"

"哦!"第五个坐在那儿的死亡之主叫出声。

"什么,去痴神?"女王问,"是什么?"

"有东西蜇了我,陛下!"

第六人被咬了。

"哦！"

"什么，集血神？"去痂神问，"是什么？"

"有东西蜇了我！"

于是，蚊子飞到每一位黑暗之主身上，咬了他们。这样，它认清了每一张脸，每一位神的名字：脓魔、黄疸魔、骨权杖、头颅权杖、翅膀神、裹扎神、血齿、血爪。

希巴兰克和胡纳合普此时走在绿色之路上，那是只有活着的生灵应该走的路。蚊子听到所有黑暗之主的名字的同时，胡纳合普也听到了，他告诉了他的兄弟。

最后双胞胎兄弟到了死亡之主们的房间。

"伟大的死亡之王和死亡之后，正坐在你们的面前。"黑暗之主们说。

"嗯，不是。他们不是。这两个只是雕塑。"兄弟俩回答。他们面向死亡之主们，逐个报出他们的姓名。

"早上好，死亡之王。"

"早上好，死亡之后。"

"早上好，去痂神。"

"早上好，集血神。"

"早上好，脓魔。"

"早上好，黄疸魔。"

"早上好，骨权杖。"

"早上好，头颅权杖。"

"早上好，翅膀神。"

"早上好，裹扎神。"

"早上好，血齿。"

"早上好，血爪。"

死亡之主们个个都惊呆了。

"你们好。请在这边的长凳落座吧。"死亡之王说。

兄弟俩没有被诡计骗到。"呃，这不是板凳，陛下。"希巴兰克回答，"那只是一块滚烫的石头。"

"很好。你们旅途艰辛。在比赛前肯定需要休息。现在可以去那边的房间了。"

两兄弟走向黑屋，那是恐怖王国里的第一个惩罚。黑暗之主们确信他会在那里被击败，所以他们就派人送去一根火炬和两支烟。

"拿去，点燃吧。"信使说，"死亡之王请你们明早把这些原封不动地带回去。"

"我们会的！"双胞胎兄弟回答。他们没有点燃火炬，而是用闪耀着魔力光辉的金刚鹦鹉尾羽代替火焰。夜晚的守卫看见了，以为是点亮的火炬。以同样的方法，兄弟俩让萤火虫围绕着两支烟的尖端舞蹈。就这样，黑屋整晚都亮着。

"我们击败他们了！"守卫们狂喜地跳起来。

然而一早，当兄弟两人走到黑暗之主面前，火炬上没有任何燃烧过的痕迹，烟也完好无损。于是黑暗之主们一起讨论起来：

"他们到底是谁？从哪儿来？父亲是谁？母亲是谁？我们内心不安，因为他们会对我们不利。他们的外貌，他们的本质，太特别了。"

死亡之王和死亡之后面对胡纳合普和希巴兰克。"告诉我们，你们到底从哪儿来？"

"好吧，我们肯定是从某个地方来的，但是我们自己也不知道。"他们不会再多说什么。

"很好。那就开始股球比赛吧，年轻人。"

"好的。"

他们到了地下世界的球场。"那么，我们接下来会使用我们自己的橡胶球。"黑暗之主们说。

"不行，用我们的。"

"不，用我们的。"

双胞胎兄弟耸耸肩。"好吧。"

"只不过我们的球上雕了一个图案。"黑暗之主解释。

"不是，那很明显就是一个头颅。"兄弟俩反驳。

"不是头颅。"

"行。如果你要这么说的话。"胡纳合普说。

黑暗之主们将球用力投向胡纳合普的轭架。他旋转臀部将球击开。股球撞击到地上，爆裂开来，同时把骨白色的祭祀匕首撞到球场外，不断旋转，造成死亡的威胁。

"这是什么？"兄弟俩喊道，"这就是你们派信使通知我们的理由：你们想杀了我们！你当我们是什么？我们这就要走了！"

事实上，这是黑暗之主的诡计：他们想用刀杀了两人，从而击败他们。胡纳合普和希巴兰克再次挫败了他们的计划。

"别走，年轻人。我们继续比赛。用你们的球。"

"这样的话，可以。"兄弟两人同意了，把父亲的橡胶球放到球场上。

"我们来讨论下奖励。"黑暗之主们说，"我们赢了的话能得到什么？"

"任何你们想要的。"

"我们只要四大碗花。"

兄弟俩点头表示赞同。"好的，但要什么样的花呢？"

"一碗红花瓣，一碗白花瓣，一碗黄花瓣，一碗巨型花瓣。"

"没问题。"

比赛开始了。双方势均力敌，但是兄弟两人经验更足，他们心中充满善意，最后，兄弟俩决定输给对方，黑暗之主们宣布双胞胎被打败了。

"我们做得很好。在第一轮尝试中就击败了他们。现在，就算他们扛过了下一轮惩罚，他们又要去哪里采来我们要的花朵呢？"

由于唯一可能采到花的地方是死亡之王和死亡之后的花园，黑暗之主们告诉皇家花卉的守护者们说：

"看好那些花儿。别让别人来偷了，这些花是击败双胞胎的工具。想想要是他们得到这些作为奖励的花将会怎样吧！今晚不能睡觉。"

回到胡纳合普和希巴兰克身边，黑暗之主们提醒他们立下的合约。"你们明天一早要给我们花朵作为奖励。"

"没问题。早上第一件事，我们要再比一次。"

随后兄弟俩一同回顾了下他们的计划，直到被送进刀锋屋，恐怖王国的第二项惩罚。在里面，刀锋在周身不断旋转，黑暗之主们本想着他们能迅速被切割成碎片。但是他们并没有死。反倒是匕首听从了他们的指令：

"停下来吧，动物们的血肉将永远是你们的。"

刀锋停止了旋转。一个个落到地上。

由于兄弟俩今晚在刀锋屋休息，他们把蚂蚁唤来。

"切割的蚂蚁，征服的蚂蚁，来吧！去把花瓣摘来，作为给黑暗之主们的奖励。"

蚂蚁们走向死亡之王和死亡之后的花园，开始聚集在花朵上，但是长着翅膀的守卫们没有注意到任何迹象。守卫们感到无聊透顶，落到树枝上休息，低声叫着，或在花园中漫步，不断重复着他们的歌曲：

"唯—噗—喂！唯—噗—喂[1]"这也是我们如今给它们的外号。

守卫鸟们没有发现蚂蚁。它们成群结队，在黑暗中爬上枝叶，采下守卫们应该看护的花朵。蚂蚁登上高大的树，采下更多花，守卫们丝毫没有察觉。就连它们的翅膀和尾巴被咬了也没有反应。

破晓时分，蚂蚁已经采到足够多的花朵来填满四个大碗。当信使们来到刀锋屋的时候，他们很沮丧地看到兄弟俩还活着。

"黑暗之主们要你们俩过去。"信使们说，"主人们要你们把奖励交到他们手中。"

"马上就来。"兄弟两人说。他们比黑暗之主们先到，把碗放在桌上。黑暗之主们随后看着花瓣，面露悲伤的神色。他们被打败了。所有黑暗之主的脸色变得愈发苍白，他们充满恐惧。

认出所有的花朵是来自死亡之王的花园后，黑暗之主们唤来守卫鸟。它们拖着被蚂蚁咬破的翅膀和尾巴，对自己的无能没有任何解释。于是，它们的嘴被劈开，之后每次哇哇唱歌时，都张大了嘴巴。

两兄弟和黑暗之主们又进行了一次股球比赛，但这回打成了平手。结束之后，双方各自开始制订计划。

"明天黎明时分。"黑暗之主说。

---

1 英语 *Whip-poor-will*，即三声夜鹰及其鸣叫。

"我们会准时到的。"双胞胎回答。

兄弟俩被带去了第三项酷刑——寒屋。刚进门，他们就感到超乎寻常的寒冷。屋里堆满了积雪和冰雹。但是两位年轻男孩很快用魔法驱散了寒冷。雪和冰雹慢慢融化。尽管黑暗之主们想让他们死去，他们还是安全度过了夜晚，第二天清晨，信使来的时候他们好好的。

"怎么回事？他们没有死？"黑暗之主们问道。

他们再一次被胡纳合普和希巴兰克的行为所震撼。

当天晚上，他们进入了美洲豹之屋，里面满是饥饿的美洲豹。但是兄弟俩早有准备。

"等等，别吃了我们。我们会把属于你们的东西给你们。"

随后，他们把骨头分给美洲豹，这些是前三纪留下的人类尸骨，兄弟俩在来到死亡之地的路上收集到的。美洲豹美味地啃着骨头，兄弟两人得以休息。

第二天早上，信使们看到这些野兽身边散落的骨骸，满心欢喜。"他们终于完蛋了！美洲豹吃了他们的心脏，现在正咬着他们的骨头！"

然而，兄弟两人当然好好的。他们从美洲豹之屋走出来，出现在黑暗之主们面前，令他们惊讶无比。

"他们到底是何方神圣？从哪里来？"

接下来的一个晚上，他们踏入火中——火屋，恐怖世界的第五项折磨。屋里只有大火，但是胡纳合普还有希巴兰克都没有被烧伤。黑暗之主们想着他们会被烤干，但事与愿违，第二天，他们又出现在了黑暗之主面前，毫发无伤。

黑暗之主们垂头丧气。下一夜，他们把兄弟俩带去最终刑罚地——蝙蝠屋。屋里满是死亡蝙蝠，个个巨大无比，长着用来屠杀的剃刀鼻子。黑暗之主们确信这里将是他们的墓地，但是兄弟俩把吹箭筒变大，舒舒服服地睡在里面。

夜晚，听到翅膀扇动和尖叫的声音后他们醒来。双胞胎两人祈祷了好几个小时直到整间屋子安静下来，蝙蝠停止飞翔。

希巴兰克问他的兄弟："胡纳合普，他们睡了吗？已经到了早晨了吗？"

"我来看下。"

胡纳合普爬到吹箭筒的一端，探头望了望。就在此刻，一只死亡蝙蝠俯冲下来，把胡纳合普的头从他肩上割了下来。

过了一会儿，希巴兰克又问了一遍。"是早上了吗？"

没有任何回答。

"怎么了？发生什么了？"

没有动静。他唯一能够听到的是翅膀挥动的沙沙声。

"啊，该死。我们输了。"希巴兰克吼道。

守卫很快就到了。希巴兰克把兄弟的尸体从蝙蝠之屋拖出来，而死亡之王和死亡之后要求把胡纳合普的头颅挂在球场最高处。

黑暗之主们这下高兴极了，他们认为这个年轻人已经死了。

然而希巴兰克突然有了灵感，决定采取行动。他把所有的动物，大的小的，都唤到他的身边，告诉他们把他们吃的各种食物都带过来。长鼻浣熊带来了鱼翅瓜，她用长鼻子把瓜滚过来。希巴兰克见到这圆形的果子，打算用来代替他兄弟的头。

他照着兄弟的外形，刻入瓜皮，同时呼唤天界聪慧的神明降临来帮助他。在多人的合作下，他用瓜完成了胡纳合普头颅的完美复制品，瓜做的头还被赋予了说话的能力。一放到胡纳合普的肩膀上，就活了过来。

"不错。"胡纳合普说。

"好了，是时候商量下对策了。"希巴兰克对胡纳合普说，"股球也别比了。看起来就很神秘又充满威胁。我来处理。"

希巴兰克对一只兔子说：

"你去球场的尽头，藏在番茄地里。当球落在你旁边时，你就跳走别停，直到我的计划完成。"

黑暗之主们在见到兄弟两人前来挑战时大吃一惊。"怎么回事？"他们问，"我们已经赢了啊！这是你的头，你们失败的证明。投降吧！"

胡纳合普呵斥：

"错了！这只是一只和我头长得一样的球，蠢货领主们。扔过来吧。我们不怕任何伤害……你们呢？"

于是黑暗之主们拿起头，向下扔去。头颅在希巴兰克面前弹起。他用轭架让头颅跳出球场，落入了番茄地，兔子立马跳走。所有的黑暗之主紧追兔子，大喊大叫，四处奔跑。他们认为那是头颅。

当对手们因此分心的时候，希巴兰克重新拿回头颅给他兄弟装回原位，把瓜做的头扔下球场。

"嘿，来吧！"兄弟们大声叫道，"我们找到球啦！"

黑暗之主们跑回来，纳闷他们在追的到底是什么。比赛重新开始，双方实力相当，直到希巴兰克用力敲击球，瓜碎开，种子在恐怖世界的主人面前四处飞散。

"怎么可能！那本是一颗头颅，怎么变成瓜了？哪儿来的瓜？谁带来的瓜？"他们很快意识到自己彻底被胡纳合普还有希巴兰克打败了。不论黑暗之主们花多大的精力，两兄弟都死不了。

兄弟的死亡与重生

然而，胡纳合普和希巴兰克知道，死亡之王和死亡之后是不会让他们活着离开恐怖王国的。胡纳合普和希巴兰克唤来两位伟大的先知，旭鲁和帕卡姆[1]。他们将和死亡之王还有死亡之后商讨胡纳合普和希巴兰克死去后处理尸骨的方法。

---

1 基切玛雅语 *Xulu* 和 *Paqam*。

"上天让我们死在这里。但我们有一个请求。当他们问怎么处理我们尸骨的时候，让他们把我们的骨头磨成粉，然后撒到那条流向山中的河水中去。这样，我们的命运才算圆满。"

黑暗之主们此时挖了一个井炉，放入热炭和燃烧的石块。他们想骗兄弟俩在运动中从上面跳过，但是胡纳合普和希巴兰克揭穿了他们的虚张声势。

"你骗不了我们。我们很早就知道自己死亡的方式。你们看着就好。"

兄弟两人面对面，举起双手，跳入深井。他们死了之后，祖母家中和米尔巴里的玉米枯萎了，整个海水围绕的土地上，所有的玉米都枯萎了。没有两兄弟或他们父亲的保障，色如黄金、穗如丝线的玉米将不会生长。

当尸体烧得仅剩骸骨时，黑暗之主们询问旭鲁和帕卡姆应该如何处置，他们按照兄弟俩的要求说要磨碎撒入河中。然而，他们的骨灰没有跟着河水流走，而是直接沉入河底。

五天后，兄弟俩以蝾螈的形式在河中再次出现，死亡之地的诸神望着他们鱼形的面庞，惊恐万分。第二天，他们俩像可怜的孤儿，穿着破布出现了。黑暗之主们一得知消息便赶紧去看他们。他们发现这两人跳着危险的舞蹈，口吞锋利的刀剑。他们还烧了一间屋子，然后又从废墟中重建了屋子。

就在黑暗之主们吃惊地看着他们的时候，胡纳合普和希巴兰克轮流从高处跳下自杀，然后让同伴复活自己。没有人意识到，这为死亡之地的永久失败奠定了基础。

死亡之王和死亡之后唤来两兄弟。两人不情愿地被带去恐怖的宫殿。他们尝试表现谦卑，将身子靠在地上，脸蒙上破布，显得无比惭愧。

"你们从哪里来？"死亡之王问。

"我们不知道，陛下。我们也不知道我们的父母长什么样。我们很小的时候，他们就去世了。"

"很好。让我们听听，你们想要什么？"

"我们什么也不要。我们真的好害怕。"

"别怕。也别害羞。跳舞吧！展示下你们如何祭祀自己然后又复生。烧了这座宫殿，再让它恢复如初。让我们见识一下你们所有的本领。既然你们是可怜的孤儿，我们会给你们任何想要的。"

兄弟俩开始他们的常规动作，跳起危险的舞，吞下剑。消息刚传开，宫殿里就挤满了观看者。

"把我的狗祭祀了。"死亡之后命令道。

"如您所愿。"兄弟俩回复，他们杀了那只狗再让它复生，狗尾巴还高兴得摇晃起来。

"现在，把宫殿烧了。"死亡之王命令。

他们靠意念把包括黑暗之主在内的宫殿烧了，但没有人烧伤，宫殿后也恢复如初。

"现在，杀死一位死亡之主。"女王下令，"把他祭祀了，但别让他真的消失。"

他们听从了女王的命令，捉来一位死亡之主，杀了他，取出心脏，放在死亡之王和死亡之后面前。两人惊奇地发现这位死亡之主立马就复活了并且还很高兴。

"太棒了。你们现在把自己祭祀了吧。我们全心全意渴望看到这项壮举。"

于是他们照办了。希巴兰克杀死他的兄弟，切下他的手臂和大腿，割下他的头放到远处，把兄弟的心脏再挖出来放在一片叶子上。肢解的过程看得黑暗之主们眼花缭乱。希巴兰克继续他的舞蹈。

"起来！"他叫道，随后他的兄弟瞬间活了过来。黑暗之主们频频点头。死亡之主和死亡之后一同庆祝，好像是他们自己完成了这一神迹。他们代入感太强烈，以至于他们觉得自己是舞蹈的一部分。

国王从王座上站起。"把我们也祭祀了再复生吧！"

女王也站起来，全身颤抖。"是的，以同样的方式祭祀我们吧！"

希巴兰克和胡纳合普点了点头。"如两位所愿。毋庸置疑，你们一定会重生。毕竟你们不是死亡之神吗？我们在此就为了把欢乐带给你们、你们的下属还有仆人。"

兄弟俩继续跳着，他们捉住恐怖之地的国王，杀死了他，撕下他的四肢，取出他的心脏。然后轮到女王，但她见到丈夫没有重生，她趴下来哭泣。

"不！可怜可怜我吧！"她迷失了方向，大哭道。

但是兄弟俩对她的哀求无动于衷，他们把她的内脏也都挖了出来。

黑暗之主和仆人们一同沿着黑色之路逃向峡谷。所有人把峡谷都填满了，挤在黑暗的深渊中。然后蚂蚁来了，成百上千万的蚂蚁，在兄弟两人力量的指引下，瀑布一般冲下峡谷的山壁，把黑暗之主和仆人们从藏身之处逼出来。当他们再次来到双胞胎兄弟面前，他们卑躬屈膝，无声地投降了。

"听好了！现在是时候告诉你们我们的名字和我们父亲的名字。看着我们，我们是小胡纳合普和希巴兰克，'一·胡纳合普'和'七·胡纳合普'的儿子，是你们杀了他们。我们来这里是为了替我们父亲所受的折磨复仇，这也是为什么我们忍受了你们的折磨。现在我们在预想的地方抓住你们，我们将杀死你们，一个不剩。"

黑暗之主们恳求留他们活口。他们给兄弟俩指明了他们父亲的坟墓和长着头颅的树所在之处。

"好的。我们将宽恕你们。"兄弟俩同意了，"但你们不可以再像从前一样。人类神圣伟大的祭祀品不是你们应该品尝的。你们不能再触碰出生在光明世界的男人和女人的灵魂，他们是善良诚实的人。你们的祭品将是破碎之物，树脂和昆虫。只有土地上的渣滓可以献身给你们：恶棍、腐败的人、离经叛道的人。只有当他们的罪昭然若揭了，你们才能攻击他们，不可以再抢夺无辜的人！"

在海水围绕的土地上，他们的祖母，好几天因孙子的死亡迹象悲伤无比，现在看到屋子中间新的玉米发芽了，她兴奋不已。在地下世界恐怖的深处，兄弟俩复活了他们的父亲，两位复活者旋转冒出地表，像卷须，冲破土地，以玉米神的身份出现，无限地更新这种人类赖以生存的珍贵食物。他们冒出地面的地方被称为帕西尔[1]——裂石，多年来被人们一直膜拜，作为最神圣的地方。

那英雄双胞胎兄弟呢？他们进入了天界，在光的中心，守护太阳和月亮，他们的光辉洒在新的人类民族的脸庞上。

拂晓将尽，第四纪开始。

---

1 玛雅语 *Paxil*。

第四个太阳和洪水

当英雄兄弟的冒险接近尾声，恢复大地的工作也即将完成。羽蛇和神圣母亲站在一起，相互给对方建议。

"黎明将近，我们的工作还没做完。大海围绕的世界上还没有人类来迎接初升的太阳之光。"

他们把自己的思想融入天色之中，想着怎样是创造新人类的最佳方式。就在漫长的黎明中，他们发现了想要的答案。

羽蛇去寻求帮助，四只动物来到他身边：狡黠的森林狼，爱好比赛；神出鬼没的狐狸，听力超群；巧舌如簧的鹦鹉，聪慧美艳；黑色野性的乌鸦，记忆不佳。

"石头、黏土和木头都不是好原料，我们最先创造的人都有缺陷而且很虚弱。新的人类必须要用更有价值的原材料制作。圣鸟，你飞去南方寻找玉米，那是生命的基础原料——神圣母亲的恩典。森林狼和狐狸，帮我寻找泉水，要富含硫、从地底冒泡的温泉水。"

于是，鹦鹉和乌鸦展翅飞向阳光明媚的天空。多日广泛寻找，寻找到一块岩石，上面长着野生的玉米，石块因为某种强大的力量被劈裂。这块就是"裂石"，玉米神从地下世界出生的地方。乌鸦感到饥饿，飞到玉米上，吞下了蓝色和红色的玉米粒。鹦鹉飞回羽蛇身边，向他汇报他们的重要发现。

森林狼和狐狸悄悄进入雨林、峡谷和山间的草地，寻找最好的泉水。一段时间后，它们在悬崖不远处找到了带有咸味的水塘，泉水从地下涌出。森林狼把泉水起名为"苦流"，他驻足喝了口泉水，然后把身子浸入其中。而狐狸则赶回去报告神圣母亲。

羽蛇和神圣母亲被带去裂石和苦流，他们见到丰富的食物时感到非常高兴，不仅有白色和黄色的玉米，还有可可树、柿子树和红酸枣树，一切可以食用、维持生命所需的植物。

神圣母亲摘下白色和黄色玉米，在她的磨盘上磨了九次。羽蛇从苦流汲水，混着石灰洒在神圣母亲手上，清洗她的双手。羽蛇用苦流的水做成面块，他对面块揉捏塑形，做出了第一个男人和女人的四肢，在晨曦照亮天空的时候，羽蛇做出了新的人类的外貌和神情。男的起名为"大轭"，他的妻子名为"内奈"[1]，羽蛇和神圣母亲要求他们让海水围绕的世界重新布满人类。

新的太阳亟待升起，但众神不想重蹈覆辙。过了一会儿，他们看着"玉裙"，她穿着翡翠绿色水一般的裙子，是特拉洛克新的妻子，他们的孩子叫"贝壳神"[2]，代表贝壳和石头的一位年轻帅气的神。她法力强大，谦逊有爱，是一位理想的太阳候选者。

飓风立马同意了，他想选她来进一步报复特拉洛克，让他们两人分开。而羽蛇因为其他更高尚的理由同意了。最后，玉裙的儿子和丈夫也为她感到骄傲，在无记名投票中选择了她。

于是，玉裙成了新的太阳，每天在天界行使着她的轨迹。大轭和内奈有了很多孩子，这些孩子又生了更多的孩子。大地充满了人类，他们的赞美和祭祀维持着太阳运转，也令众神愉悦。

十二个历法轮回过去了，一切平安祥和。

突然，天界开始充满雨水。

具体什么原因不太清楚，但据说玉裙哭泣了 52 年，她的泪水注满天空，直到她的悲伤压弯了天界。哭泣的缘由永远是个谜团，但迹象显示与飓风脱不了关系。至少，他是唯一意识到危险

---

1 基切玛雅语，分别为 *Tata* 和 *Nene*，即"爸爸、妈妈"之意。

2 纳瓦特语 *Tecciztecatl*。

的神。

"大鞑和内奈。"他从黑色天界下来，向最古老的人类父母问好，"停下你们愚蠢的工作。洪水就要来了。砍一棵柏树，把它挖空。在里面装满成熟的玉米。当天塌下来的时候，就躲进去。在你们吃完最后一根玉米时，潮水会退去。到时我会再指引你们该怎么做。没有我的指令，不要离开你们的船，也别吃其他东西。"

夫妻两人准备好了大圆木。随后，大雨倾泻而下，几乎把空气都填满了。两人马上躲进柏树，把自己关在里面。

天空开始颤抖，破裂，撕开了很大的口子。天界落了下来，大海围绕的世界成了一片汪洋，看上去成了宇宙之海的一部分，彻底消失。多数人都淹死了，羽蛇冲入缺口，试图止住大水，把一部分幸存者变成鲛人、强悍的水妖和蛟螭，他们躲到水下免遭暴风雨的击打。据说，现在他们还住在水下，把水手和渔民拽入水中。

就这样，第四个太阳在大雨中完结了，那年是"一·屋子"年，"四·水"日。是玉裙成为太阳的第 676 年。第十三个历法轮回的末年。

羽蛇叫来他的兄弟。"天界需要放回原位，重新由世界树来支撑。"

飓风同意了。他的两个孩子：红烟镜和蓝烟镜一同加入了他们。他们跪在大海围绕的世界四方，把多层的天界扛在背上，用力托起，帮助宇宙恢复秩序。为了防止天界再次崩塌，兄弟俩创造了四位巴卡布[1]——天空支撑者，他们能力强大，守护世界之树，在必要之时，可以用肩膀扛住天界。

在天界被放回原位后，兄弟两人看着大水在天空中造成的破口。他们走进去，尽全力用魔法和星星封住豁口，但是一条黑色的瘢痕留下来了，闪耀着幽灵似的光。后来人们把这条通向视野之外世界的路称作银河。

52 年里，一片黑暗。大水慢慢退去，群山再次显露。永不老去的大鞑和内奈吃完了最后一根玉米，柏树圆木搁浅在一座大山的山巅。他们跳到星光闪亮的山尖，看到鱼鳞在水中闪烁。极度饥饿的他们捉了几条鱼，打算用柏树钻火来吃一顿荤的。

"耀星"和"裙星"——群星之主和群星之后，最先发现袅袅炊烟。"诸神，是谁在约定时间之前就生起了火？是谁把柏树灰随风送入天界？"

飓风从黑色王国旋转而下，来到人类夫妇面前。

"你们在做什么？我不是说了要你们等我的指示吗？是什么迷惑了你们现在开始生火？"

盛怒之下，他砍下了两人的头。但死亡这一惩罚还不够。一

---

1 尤卡坦玛雅语*Bacab*。

声咆哮之后，飓风又把他们的头放回到两人的屁股上，对他们释放黑暗的力量，直到把两人变成狗，从此他们失去了说话的能力。

这就是第四纪最后两人的结局。

第五纪及半神统治

召唤

请和我一同看一看，洪水慢慢退去，大水被宇宙之海吸收殆尽。我们站在不断扩张的干旱大地之上，再次望着没有太阳的天空。

"四·运动"——第五纪的第一天。也就是现在，我们的世纪。

众神从他们的错误中吸取教训，要创造更好的人类。然而，在这片大海围绕的世界上，在我们人类上升到突出地位之前，我们需要滋养、教育和引导。

众神为了确保我们能活下来，做出了更多的牺牲，给了我们光，给了我们食物。然后，他们在我们之上，创造了聪明的神明和半神——秩序管理者，负责让我们走在神圣的命运之路上。

羽蛇坚信我们会成功，会努力，会回报他的爱与信任。

苍宇之心——飓风，则嘲笑我们的念想，奚落我们的失败，无视我们的进步。总想着毁灭，他寻找同伴和部下，准备再次毁灭世界。

我们通过古老的传说，深入遥远的过去，那些是几个世纪以前米西德卡、科拉、玛萨德卡、奥多米和维乔尔[1]民族留下的传说。阿兹特克民族长者的话，在殖民后，被记录在精美的《佛罗伦萨抄本》和《齐玛尔波波卡抄本》上了。

朋友们，让我们一起走近这些古书，再时不时看看《波波尔·乌》和尤卡坦上搜集来的玛雅诗句——《茨伊特巴尔切[2]颂》。

我们再次齐唱正反观点，用全新的旋律唱出优美的古老诗文。

---

1 对应西班牙语分别为 *mixteca*（常见翻译为米斯特克）、*cora*、*mazateca*（常见翻译为马萨特克）、*otomí*（常见翻译为奥托米）、*huichol*。各民族拥有自己的语言。

2 尤卡坦玛雅语 *Dzitbalché*。

创造人类

　　第四纪终结了。众神为大地的毁灭而感到悲伤。他们聚集在德奥蒂瓦坎[1]。

　　"大海围绕的世界出现了。天界也恢复了正常。但谁会为我们歌唱？谁会崇拜我们？谁会让宇宙之轮不断转动下去？"

　　羽蛇对神圣母亲说："我们必须再一次尝试创造人类。这次尝试要融合先前的所有优点。"

　　"若要如此，"神圣母亲说，"我们需要用到那些死者的骸骨。"

1　纳瓦特语 *Teotihuacan*，"众神聚集之地"的意思。

飓风笑了。"兄弟，如果你要骸骨，你将不得不下到死亡世界，向死亡之王和死亡之后索要那丑陋的东西。"

"的确如此。"羽蛇说着便出发了。

他来到地下世界边缘的河边，死者必须骑在一只猎犬的背上才能过河。羽蛇通过分身的方法，分出自己的纳瓦尔里，他对这只没毛的灵犬说：

"肖洛特——我内心的另一面，带我穿过阿巴诺瓦亚河[1]，这样我就能在远处的彼岸找到亡灵的尸骨。"

"乐意为您效劳，我的主人。请抓住我背后褶皱的皮肤，我会游泳把你带去对岸。"

因为这个原因而同主人一起埋葬的狗被称为"肖洛特狗"[2]，以此向羽蛇的纳瓦尔里表示尊敬。

在肖洛特的帮助下，羽蛇轻松地通过了另外八项关卡，站在了死亡之王和死亡之后的面前，在地下世界正中心没有窗户的恐怖宫殿里。

"什么风把你吹来了？都过了这么多年啦，哦，羽蛇！"死亡之王问，他的眼睛像两点小火星嵌在黑色的骷髅头上，戴着猫头鹰羽毛做的头饰。死亡之王的披肩[3]和腰布上沾满鲜血，他的脖子

---

1 纳瓦特语 *Apanohuaia*。

2 即墨西哥无毛犬，*xolotl* 在纳瓦特语中有"怪物"之意，即"长得奇怪的狗"。

3 纳瓦特语 *tilmahtli*，阿兹特克人的一种服饰，形如披肩。

上戴着人眼球做的项链。

"我来取你保存着的珍贵骨头。"

"那你要这些骨头干什么呢，创造之主？"死亡之后问。

"达莫安鏖的众神需要人类来缓解他们的悲伤。用这些骸骨，我将创造新的人类，这样他们就能赞美我们、尊敬我们。他们会死去，所以他们的骸骨还会回到你的手上。只要第五纪延续下去，他们孩子的尸骨和孩子的孩子的尸骨都会回到你这里。"

"很好。"死亡之王回答，"但首先，为了表示你的尊敬，你拿着我的海螺壳，围着我的王国绕四圈，边走边吹出喜悦的螺角声。"

羽蛇答应了，但是当他要吹响螺角的时候，他发现海螺没有可以吹的洞。他唤来蠕虫，在海螺的角尖挖出一个洞，并把内部打磨光滑。然后他让蜜蜂和黄蜂飞进去，把不同的嗡嗡声注入海螺的螺旋内。于是螺角声传遍了地下世界的每一个角落，就连死亡之主和死亡之后的王座室都能听见。

在死亡之地饶了四圈之后，羽蛇回到中心，再次站在两位统治者的面前。

"很好，拿走骨头吧。"死亡之主愤愤不平。

羽蛇刚离开地下宫殿准备去拿骸骨，死亡之王便召集了所有的黑暗之主。

"你们跟着那条长着羽毛的蛇，告诉他我改变主意了。他必须马上离开，不可以带走骨头。"

那些面色惨白的信使追上羽蛇，把主人的话重复给他听。

羽蛇很不情愿地答应了。"那我就离开吧。你们可以告诉死亡之王和死亡之后了。"

黑暗之主们看着羽蛇飞离，向着东方，每天太阳升起的地方飞去。他们回到可怕的城堡，去向他们的主人禀报。

但他们被骗了。原来之前羽蛇通过内心听到死亡之王的命令之后，他便告诉肖洛特：

"我必须将这些骨头永远带走。我需要你和我互换外形。有了假冒我的外貌，你就答应死亡之王的要求。你和信使们离开之后，我会偷走骸骨，然后逃跑。"

所以，羽蛇以他纳瓦尔里的形态从一个躲避处出现了，他拾起男人和女人的骸骨，捆在一起，随后为了避免被人发现，他像一阵风一般迅速逃离。

然而，死亡之王发现了羽蛇的计谋，他再次叫来部下，对他们说："黑暗之主们，羽蛇现在正在偷珍贵的骸骨！趁他还没有到达大海围绕的世界，赶快切断他回去的路，你们挖一个深坑，让他掉进去，困住他！"

死亡之主们通过暗道，赶上了羽蛇，在他前进的路上挖了一个掩饰得很好的大坑。羽蛇被一群绕着他的鹌鹑吓到了，那是死亡之王派来的，他旋即跌落陷阱，把骸骨摔成了小碎片。

羽蛇把鹌鹑驱走，因为这群鸟开始啄食骸骨，羽蛇把骨头重新拾起来，拼回原来的样子。"啊，肖洛特！我怎么这么容易就被骗了呢？这下没有一块骨头是完整的了。"

肖洛特在他的内心回答他："一切随缘。骨头碎了，但肯定够了。"

羽蛇把骸骨牢牢咬在嘴里，飞向达莫安廛。他把骨头放在守护者的手中，哭道：

"神圣母亲，骨头碎了！我们该怎么办？"

神圣母亲笑了。"完整的前提便是破碎。我的妹妹和我这就把骸骨磨成粉末。然后，我们所有人都要做恰当的苦行，献出自己的鲜血沾湿骨粉，这样才能重新塑形。"

在神圣母亲和守护者用磨盘和磨石粉碎骸骨的时候，羽蛇刺破自己的皮肤，让血流进骨粉。随后，每一位神都轮流献出自己的鲜血。这样做出来的粉团被搓成男人和女人的形状，"我们的祖父母"从奥梅约坎释放灵魂，注入这些强壮的人形骨粉团。

人类睁开双眼的时候，羽蛇低下头看着。"我们的希望就这样诞生了。我们为了他们能存在世上，献出了自己的鲜血。现在，他们也要为了我们能够延续而献出他们的鲜血。"

飓风看着人类脆弱的形体。"你想让他们吃什么呢，我的兄弟？这里没有太阳，没有植物。恢复世界的艰难工作才刚刚开始。看，他们现在已经开始到处寻找吃的了。"

羽蛇放眼望向远方，看见一只红蚂蚁背着一粒玉米粒。"告诉我你在哪儿找到这个的，我的朋友。"

蚂蚁起初不想回答，但羽蛇再三请求。"跟着我吧，就在那儿。"

蚂蚁把羽蛇带去裂石的遗迹，那座长满可食用植物的大山。羽蛇把自己变成一只黑蚂蚁，陪着红蚂蚁钻进巨石的裂口，找到了许多贮存的玉米，那是米尔巴里的诸神为这样特殊的时期刻意留存的。他尽可能拿了一些玉米带回达莫安廛。众神咀嚼玉米粒，然后放在人类的嘴唇上，以此滋养他们，让他们得以延续。

要让人类能够获取玉米，需要把裂石打开得更大。特拉洛克找来手下特拉洛凯，他们是强大的雨水之主，特拉洛克让他们把特拉洛坎里的大雨缸打破。然而，不管是蓝特拉洛凯，还是白特拉洛凯，还是黄特拉洛凯，还是红特拉洛凯，都没能把裂口开得更大。

于是羽蛇唤来一位新的神，浑身长着脓疮，年老色衰。"纳纳瓦钦[1]，"羽蛇命令他，"把裂石撑开吧！"

这位丑陋的神叹了口气，点点头，随即将一道闪电举起，用力砸向大地。巨石完全破碎了，所有贮藏的食物都展露在星光之下。

男人和女人们见到那么多食物，冲上前去抢玉米。但其余的食物：豆子、奇亚籽、苋菜都被特拉洛凯偷走了，他们感到很没有面子，同时非常嫉妒新来的纳纳瓦钦的力量。

---

1 纳瓦特语 *Nanahuatzin*。

"他是谁？"其他神问。

"我的儿子。"羽蛇简单地回答，没有任何解释。

现在，在世纪之初已经有四对人类夫妻："豹林"和他的妻子"海空屋"、"豹夜"和他的妻子"虾屋"、"初冠"和他的妻子"蜂鸟屋"，以及"黑豹"和他的妻子"鹦鹉屋"。他们成为独立个体，能说话交流，会看会听。

这些出众的人类、被选中的人类很有远见，也很聪明。他们在天界之下，视角很全面，知识面也很广。他们所见之处，可以迅速看清、看透天地事物。他们不需要走遍广阔的大海围绕的世界，从落脚的地方，就能理解一切。

他们的脑中充满知识。他们的视野穿透树木岩石、江河湖海、高山峡谷。那几对夫妇，也就是我们的祖先，备受尊敬。

四位最老的神：神圣母亲、守护者、羽蛇和飓风，他们对男人和女人们发问：

"请你们解释下自己的存在。你们能通过知觉感受到吗？你们能看能听，你们的语言和行动能力很强。现在，看看天空之根。群山在你们眼中清晰吗？你们能看见山谷吗？"

这时的人类具有全视野。他们感谢创造者们：

"我们再三感谢各位神创造了我们，给了我们嘴巴、灵魂。我们能说能听，可以思考，可以行动。我们懂得很多，因为我们到处学习。我们在四方、四角、天地正中看见伟大和渺小。感谢各位神给了我们形态。我们因你们而存在。"

四位二元神的孩子单独商议起来，他们很关心人类说的这些话。

"他们说自己学到了天界和地上的一切。"飓风提醒所有人，"这样的知识难以接受，是很危险的。他们是创造物，由更为伟大的双手塑造而成。让他们变得和神一样，我们已经犯下大错了。"

守护者表示同意："我们能做些什么来让他们视野变小，这样他们只能看见大海围绕的世界的一小部分。"

羽蛇提醒道："但我们也不能太过。如果他们不增长繁衍，那什么时候他们才能开始种植？什么时候黎明才能到来？"

"那我们现在只要削减一下他们的数量即可。"神圣母亲说道，"这是最佳方案。"

飓风隆隆作响表示满足。"是呀。我们不能让他们的行动和我们的相提并论。如果他们的智慧继续传播开来，那么就会到达宇宙的每个角落，他们就能看见一切了。"

重担落在飓风身上。他简简单单地把人类的眼睛变得模糊。就好像对镜子哈了口气，迷雾浑浊了他们的视野，这样他们只有在靠得很近的时候才能看清事物和生灵。同样，他们的理解也限于大地和天空的表层，不再能够深入事物内核。就这样，四位人类夫妇在最开始——人类起源之时，就失去了他们的智慧。

第五个太阳与黑暗预言者

在第五次创造人类之后，众神聚集在黑暗笼罩的德奥蒂瓦坎，时间之主在神圣火炉中燃起大火。宇宙需要太阳，唯一的办法就是众神中有一位需要献出自己的生命。

起初，没有人愿意。最后，羽蛇走到他浑身是疤的丑儿子身边。"纳纳瓦钦，你就是那位必须维持天界和大地永恒的神。"

"但要怎么做？父亲，你看看周围这些伟大的神们。在他们身边，我就是一个满身伤疤、毫无用处的神。希望你理解我，我不是因为害怕才这么说的。还是让我成为月亮吧，闪耀更灰暗的光芒。我没有资格成为太阳。"

特拉洛克也对他的儿子——帅气的贝壳与石头之神，说："德克斯伊斯德卡特[1]，你的母亲和我都曾经是太阳。好好想一下你成为太阳后，将会给特拉罗坎，你的父母，还有你自己带来的荣耀吧。"

德克斯伊斯德卡特立马同意了。"没有人比我更适合了，我肯定会接受这个重任。"

于是，两位年轻的神开始准备，他们进行了四天的斋戒和苦行。纳纳瓦钦用龙舌兰叶刺向身体，用圣洁的鲜血作为祭品。德克斯伊斯德卡特则用羽柄和碎玉。

最后一天，他们在沐浴之后穿上礼袍，全身涂上白垩粉，再用彩色羽毛装点，就和往常用来祭祀的人一样。

其他神将大火燃得更高，这样就能用神圣之火锤炼神圣的肉体。他们叫来特拉洛克的儿子：

"来吧，德克斯伊斯德卡特，该你上场了。"

德克斯伊斯德卡特自以为是，大步迈向火炉，但火焰滚烫，蹿得很高，他吓得退缩回去。年长的众神盯着他表示不满，他严肃起来再次冲进大火，但又一次很快退缩回来。试了四次之后，其他神把他推向一边。

"纳纳瓦钦，你来！你愿意先跳入火中，成为新的太阳吗？"

这位满身是伤、谦卑的神闭上眼睛跳入火中。大火噼啪四溅，

---

1 即贝壳神 Tecciztecatl。

发出响声，就好像在吞噬他的身体。

特拉洛克生气地看着他的儿子。德克斯伊斯德卡特为自己的行为感到不堪。他跟着跳进慢慢变弱的火焰和闪着火光的火炭。

大火逐渐熄灭，就剩下冷却的灰烬。所有的神双膝跪地，等待着新的太阳升起。他们等了一段时间，突然周围的天开始变红。晨曦仿佛从每个方向划破黑暗。许多神被搞糊涂了，觉得太阳可能不是从东方升起的。他们开始转身四处寻找，想确定纳纳瓦钦出来的准确位置。

只有羽蛇和飓风看着东方，两道光开始照在地平线上，以同样的亮度照耀在宇宙间。羽蛇看着两个升起的光球，感到很不满意。他向其他神说：

"太阳和月亮不应该拥有同样的光辉。纳纳瓦钦在两人中更为勇敢。应该尊他为太阳。我们要削弱一点德克斯伊斯德卡特的光辉。"

所有神都完全赞同他，于是羽蛇拿起一只兔子投向玉裙和雨神的儿子，减弱了他的亮度，因此在月亮上留下了我们今天能看到的兔形阴影。

然而，太阳并不能在空中划出轨迹。众神看着通红的太阳在地平线抖动，他的光辉狂野又致命地射向所有方向。

羽蛇恳求他的儿子在空中循环起来，但是纳纳瓦钦原地不动。

羽蛇感到非常愤慨，他是晨曦的第一位主人，陪伴太阳的启明星和长庚星。他大声叫道：

"动起来！没看到你待在地平线上造成的破坏吗？"

羽蛇边说边拉紧木弓，向太阳射出一组箭，但没有一支射中。纳纳瓦钦本能地自卫，吱吱作响，放射出大量光线，如同一根巨大的红金刚鹦鹉的羽毛，向生气的金星神袭去，把他撞入地下世界的正中心，他的脸于是永远覆上了9层死亡。

这时，羽蛇理解了给予人类永恒光线的真正代价：所有的神必须献出自己的生命来让太阳动起来。他把众神聚集起来，向他们解释了必须要做的事。所有人都同意了，除了飓风，他坚持要有条件地做。

"亲爱的兄弟，我们献身就必须要求人类用更大的祭祀来回报。如果我们的生命被用来换取活力及你儿子的运动，那么他会不断需要神力的注入。每一个轮回中，宇宙之轮转动将两个历法——圣历和太阳历，转回原点。会有一段危险的时期，宇宙在五天没有命名的日子里变得很不稳定。这点时间足够将太阳熄灭。为了避免世界灾难，人类在这五天要停下劳作，净身，斋戒，祈祷，还要放血祭祀。所有家中的老旧事物都要除掉：瓦罐、衣服、鞋子和席子。所有的明火都要熄灭。大海围绕的世界将寂静无声。

历法的最后一天，太阳可能永远落下，所以要有一个人被用来祭祀，新火在他掏空的胸膛里诞生。这样先前的年岁可以完结，新的轮回可以开始。新火引入篝火后，将点亮许多火炬，这些火炬再被带去每一个神庙，这样神圣之火就会苏醒，滋养每家人家的火炭—— 一万个希望的光点，向太阳注入能量，直到新一年的晨曦照亮东方昏暗的天空。"

羽蛇，出于对混乱与创造之间平衡的尊重，他答应了飓风提出的各项要求。随后，他便杀死了所有聚集在达莫安壨的神，释放出他们珍贵的神性，再把能量吸入自己体内，然后展现出埃赫卡特[1]——风神的面貌。羽蛇释放出一阵神力，如暴风一般吹向太阳，纳纳瓦钦便缓缓升至天空的最高处。

现在，羽蛇是唯一能够完成使命的神，他把自己内心另一面分化出来，担起日落神的职责。他的纳瓦尔里——肖洛特变成了长庚星，陪伴太阳在暮色中进入地下世界，把太阳领向巨大的火炉，在那里，火神可以在夜晚滋养纳纳瓦钦。羽蛇自己则担负起启明星的责任，引导他的儿子在每天凌晨离开死亡之地。

诸神在达莫安壨重生，恢复了一些原来的神职。但是烟镜——飓风，想利用时间轮回之间的空隙，把第五纪带向毁灭。他得到了伊茨巴巴洛特[2]——利爪蝴蝶的帮助，这位女神掌管分娩中死亡的母亲和夭折的孩子。他们一同创造了茨伊茨伊米梅[3]，她们是一群女神，负责让人类记住祭祀的必要性，同时也想威胁太阳。

这些黑暗的预言者和月亮合作准备袭击太阳。在日食的日子

---

1 纳瓦特语 *Ehecatl*。

2 纳瓦特语 *Itzpapalotl*，作者笔误，应为 *Itzpaplotl*，意为"黑曜石蝶"。

3 纳瓦特语 *Tzitzimime*。

里，德克斯伊斯德卡特意欲遮住纳纳瓦钦，在茨伊茨伊米梅的帮助下，毁灭太阳，这时的茨伊茨伊米梅会从天界的星星层以恐怖的骷髅形态出现。人类将不得不祭祀一些浅肤色的人，以防止月亮吞噬太阳，同时也防止预言者们像邪箭一般落在大海围绕的世界上毁灭第五纪的住民。

茨伊茨伊米梅在太阳历每年最后无名的五天给大地带去灾难。死亡之王和死亡之后会在暗中协助他们，他们可以在这几天给世界带去祸害，没人能够阻止他们。好运会在这些天内消失，剩下的只有哭喊声。

20天为一个月，一共18个月，日子有名称的整年过去了。接下来是悲伤的夜晚，被遗忘的大地上充斥着不祥的黑暗。五天内，众神会计算每个人的罪恶，不管男人还是女人、伟大或渺小、贫穷或富贵、愚蠢或聪明。从主教到村长，再到他的副手、官员、治安官和议员等各类公职人员和雨神的祭司：所有大地上剩下的人。

所有人的罪过在这几天得到计算，因为据说在不可知的未来，世界的末日会到来，罪恶积累引发的地震将在"四·运动"那一天结束第五纪。因此，众神要仔细计算人类的罪恶。智者们说，为了完成这一任务，众神用白蚁泥制作了一个罐子，他们把人类在世间行恶后流下的最后一滴眼泪收集起来，当泪水积累到罐口时，一切将完结。

这样飓风毁灭世界的欲望得到了满足，混乱与创造的平衡也得以维持下去。

羽蛇和其他的神望着黑暗，望着人类生命中的不安。他们聚起来商讨："如果我们不创造点东西让男人和女人们感到高兴，他们会觉得非常悲伤的，只有高兴了，他们才会满意地住在这片大地上，通过歌曲和舞蹈来赞颂我们。"

羽蛇思索了片刻，想到一种可以吸入的液体，来让人的内心感到愉悦。他的脑海中有了一项计划。他想到了能够帮助他的最佳女神：美丽的玛亚韦尔[1]，但是她被茨伊茨伊米梅中的一位看管着，是她充满妒忌心的祖母。

羽蛇立马展翅飞向天界的星星层，发现玛亚韦尔在睡觉。他把她唤醒，对她说：

"我来是为了把你带去大海围绕的世界。"

玛亚韦尔当即就同意了。她坐在羽蛇的羽毛鳞片上从天界下来。刚到地面，他们化身为两棵树，树枝充满爱意相互缠绕。羽蛇是柳树，玛亚韦尔是油橄榄树。

玛亚韦尔的祖母醒来，发现玛亚韦尔不见了，她把其余的茨伊茨伊米梅都叫来。这些黑暗的预言家们像破碎的箭头，大雨般落在大地上，追寻着羽蛇从天而降的痕迹。

在茨伊茨伊米梅接近时，两棵树松开缠绕的树枝。骷髅似的

---

1 纳瓦特语 *Mayahuel*。

年迈女神一眼就认出了玛亚韦尔。她抓住自己的孙女，把她连根拔起，再撕裂开来，把枝干和树根，还有碎片递给姐妹们。她们把树皮剥了，把树叶、果实和多汁的果肉都吞下去。

茨伊茨伊米梅中，没人碰柳树。羽蛇看着她们冷漠无情，疯狂地吞咽着。这是他计划的一部分。他需要破碎的原生材料来做他的作品。

当茨伊茨伊米梅回到星星层后，羽蛇恢复了本来的形态。他把她们吃剩的骸骨深埋了起来。很快，一棵新的植物从玛亚韦尔的尸体上长出来了，那是龙舌兰，用来做普尔科酒[1]和梅斯卡尔酒[2]的原料，让灵魂充满生机的烈酒。

从龙舌兰[3]中复活后，玛亚韦尔变成了龙舌兰及丰产女神。她和巴德卡特[4]——药物与乌羽玉[5]之神一起，生下了一批又一批的孩子——森琮多多奇丁[6]，也叫"四百兔子"，他们是酒醉之神。这一家子很快将帮忙把饮酒这把双刃剑带给人类。

---

1 普尔科酒是龙舌兰酒的原型，经过蓝色龙舌兰汁液初步酿造的低度酒。

2 使用绿色龙舌兰酿造的龙舌兰酒。

3 此处指植物龙舌兰。

4 纳瓦特语 Patecatl。

5 分布于墨西哥沙漠地区的一种仙人球，含有麦司卡林，具有致幻物质，一些印第安部族用作宗教致幻剂。

6 纳瓦特语 Centzontotochtin。centzon 即"四百"之意；totochtin 为"兔子"的复数形式。

大负鼠神[1]为人类带来火源

　　大负鼠神在第五纪的起初几年里，负责管理大海围绕的世界，那时动物们还会说话，人类也没有夺取大地的主权。他是一位亲切的国王，凭借聪明的头脑掌管一切。对他来说，看到自己的臣民活得快乐是最舒心的事了。

　　实际上，大负鼠神曾经用他敏捷的双手在一棵成熟的龙舌兰中心深挖了一个洞，从中吸出积聚起来的琼浆。在玛亚韦尔女神的指点下，他把蜜汁藏在葫芦里进行发酵。就这样，我们称为普

---

1 科拉语 *Yaushu*，对应纳瓦特语 *Tlacuache*，即"负鼠"之意。

尔科的酒被发明出来了，这酒具有娱乐身心的功效。很快，巨大王国中上上下下的动物开始生产这种饮料。在欢庆的时候，大负鼠神喝得烂醉，跌跌撞撞地从一家酒馆走向另一家，身后留下蜿蜒的痕迹，最终成了大地上的河流。

大多数生灵都对世界上的盛衰消长感到满意，在大负鼠神的广阔王国里，他们过得安全舒适。

除了人类。

人类觉得食物不够充足，他们需要更多。

人类觉得根据自然法则，猎物屈服于他们还不够，他们要烹煮猎物。

当闪电劈在树上，燃着了大树后，人类发现了火，但是由于人类笨拙、贪婪又愚蠢，他们无法维持火焰燃烧。

人类在太阳每天从西边落入恐怖的死亡世界之时，徒劳地追寻着太阳。他们想抓住徐徐落下的温热光束，带回自己的洞穴中。

然而这些愚蠢的想法化作泡影。达巴奥斯伊莫阿[1]——大海围绕的陆地上最受尊敬的长者们，陷入绝望，他们来到大负鼠神的面前。

"我们很冷，吃的食物也是生的。请帮帮我们，聪慧可敬的负鼠大人！"

---

1 原文为 *Tabaosimoa*，词源应是纳瓦特语，但拼写有受西班牙语影响的痕迹。

"你们从燃烧的树上得到的火焰怎么了？"大负鼠神问。

"我们喝了普尔科酒之后睡着了，所以炭火就灭了。现在我们饥寒交迫。"

大负鼠神看着达巴奥斯伊莫阿，心生怜悯。他不想让他掌管的人们忍饥挨饿，也不想让他们难受。然而，要得到火种是项很艰巨的任务。他得冒生命危险去做。尽管如此，他的内心还是渴望为人类带去欢乐，于是便同意了。

"我会给你们带去火种，但这次你们必须保护好它。"达巴奥斯伊莫阿感到羞愧，向大负鼠神磕头并答应不让火源熄灭。

大负鼠神首先收集起他的普尔科酒葫芦，然后带着它们一同前往西方，跟着太阳西下的轨迹。这位大地之主到了天边，悄悄沿着太阳留下的痕迹前进，凭借尾巴和灵活的双手在狭窄的小道上爬行。每当地下世界的骷髅守卫出现，他就装死躲避。

没多久他便快要追上太阳了，但是肖洛特陪伴着大火盘，他是地下世界里的巨大猎狗，满口獠牙。大负鼠神无意要和咆哮的引灵兽正面冲突，于是他躲在肖洛特的视线之外，跟着他和太阳一起进入亡灵界的中心。

最终，太阳进入了火神修德库特里的火炉中，肖洛特则去引导更多的灵魂到达最终归宿。火神准备补给太阳，用木头和炭火来加热，让太阳稍作休息。

大负鼠神装作受邀，跳到修德库特里的面前，递出一个碗。

"我的主人。"负鼠吟诵道。

火神也是国王和勇敢战士们的守护神，他惊讶地看着负鼠，不过很快认出他来。

"大负鼠神！你怎么来到地下世界的中心了呢？哦，人类之主啊！你是在我不知情的情况下突然死去的吗？"

"不，并没有！只是距离我们上次见面已经有很多年了。我不想再多等了，就主动来你的地盘拜访你。我给你带了点自己珍藏的普尔科酒。你一定会觉得很美味。"

"普尔科酒？让我尝一点。"

于是，两位神坐在火炉前，一瓢一瓢地喝酒。很快，修德库特里因不习惯喝发酵过的蜜汁，不胜酒力，倒头就睡，满足地打着呼噜。

大负鼠神露出笑容，朝周围看了看，找了点木头作为给人类取火的工具。但是太阳吞噬了所有的东西，聪明的负鼠便开始反复思考，直到想出该怎么办。

他又喝了几口普尔科酒壮胆，他把自己灵活的尾巴伸入火炉，一动不动，直到尾巴尖的皮毛燃烧起来。随后，他忍受着痛苦，穿过正在升起的太阳和守卫太阳的战士亡灵，急急忙忙冲回地上世界。他到了人类居住的地方，把尾巴上的火种猛地甩入干燥的木堆中，为他最需要的人类重新点燃他们想要的火。

人类见状高兴地哭了出来，他们立马开始为主人的伟大庆祝。

所有人边唱着赞歌边跳舞，献给伟大而足智多谋的大负鼠神。

大负鼠神，舔着自己没有毛的尾巴，看着人们充满爱和满足的狂欢。现在，人们无比欢乐，失去皮毛给每一个人带来幸福感算是很小的代价了。

众神很快发现了负鼠的偷窃行为。盛怒之下，他们来到大负鼠神的住处，准备结束他爱管闲事的命。

但是当他们找到他时，大负鼠神已经死去了，僵硬地躺在地上，他的尾巴和墓穴一样冰冷。

众神的怒气消散了，他们低声表达了各自哀伤的尊敬，随后便回到天界和亡灵界中去。

而大负鼠神，已是装死的老手，坐起来，对着太阳微笑。

黑曜石蝶[1]与云蛇

第五纪之初，到处都是半神人和神圣巨人，他们在大地上漫步，原始人类敬畏他们的伟大和智慧。其中最早的一批是森琮米米西科阿[2]——"四百云蛇"。

云蛇是在"一·燧石"这年出生的，他们的母亲是大地之神梅希特里，她身穿带有白色泡沫斑点的玉裙。她的孩子们刚出生，她就冲入海中，滑进一个深沟里。在那里她又生了另外五位云蛇：

---

1 纳瓦特语 *Itzpapalotl*。

2 纳瓦特语 *Centzon Mimixcoa*，*centzon* "四百"之意，*mimix-* "云"（复数）之意，*coatl* 即 "蛇"。

阿潘德库特里、卡玛西特里、夸乌特里科瓦乌、德洛德佩特和他们的妹妹奎特拉奇斯伊瓦特[1]。

这些年轻的孩子离开母亲进入海水中，独自待了四天。当他们最后浮到陆地上时，梅希特里把他们拽到胸前，给他们喂奶，直到他们长得很强壮为止。

与此同时，他们的父亲——太阳，看着自己四百个最年长的孩子在北方的沙漠中打打闹闹。熊熊燃烧的纳纳瓦钦，因为缺少神力，光辉有所减弱，他向下对云蛇叫喊。

"哦，我的女儿、我的儿子！我需要祭祀品。你们应该放血作为祭品来满足我的需求。拿好这些箭，上面装饰着美丽的绿咬鹃、白鹭、黄鹂、苍鹭、朱鹭和伞鸟的羽毛。你们的母亲特拉尔德库特里[2]——生命之源，会给你们食物的。"

但是四百云蛇没有听从他的命令。反而是用飞行迅捷的箭头射杀天空中的鸟，然后把翅膀上的羽毛拔下来给自己做装饰。他们打倒了一只美洲豹，但没有献给他们的父亲。他们用美洲豹的血肉来举办盛宴，大口喝着普尔科酒，最后喝得烂醉，便去找人类女子满足自己的肉欲。

纳纳瓦钦非常生气，他对更年轻的五个孩子说："我的孩子，

---

1 纳瓦特语 *Apantecuhtli*、*Camaxtli*、*Cuauhtliicohuauh*、*Tlotepetl*、*Cuitlachcihuatl*。

2 纳瓦特语 *Tlaltecuhtli*，有"大地主人"之意。

听我说。你们的四百个哥哥姐姐一点也不懂得尊敬，他们拒绝尊崇自己的父亲和母亲。现在轮到你们结束他们的生命了。"

太阳把武器交到孩子们手里，带钩刺的箭和用来阻挡各类袭击的精神盾牌。五位年轻的云蛇躲在牧豆树丛里，他们惊讶地看着醉醺醺的兄弟们。

"他们和我们一模一样。"五位云蛇相互说道。尽管如此，他们还是趁四百云蛇昏迷恍惚的时候袭击他们，双方开始大战。

五位年轻的云蛇被迫撤退，但是他们计划伏击大部队。夸乌特里科瓦乌躲进一棵树里，卡玛西特里沉入土中，德洛德佩特进入山里，阿潘德库特里钻入潟湖。

奎特拉奇斯伊瓦特——熊女，就站在球场上等着，引诱残兵。

其他云蛇到了，把她包围起来，这时夸乌特里科瓦乌从躲藏的树中发出一声吼叫，他冲出来，木片和碎枝雨点般落在袭击者们的身上。土地开始抖动开裂，卡玛西特里出现了。大山也裂开倒下，因为德洛德佩特向此处飞来。潟湖的水也剧烈搅动起来，阿潘德库特里旋转着身子离开湖水。

这次，他们没有停下，几乎把所有兄长姐姐们杀死了，他们的心脏被取出作为给父亲纳纳瓦钦的祭品，他们的鲜血缓解了太阳的饥渴。五位云蛇把祭祀用的心脏放在一块石头的裂缝上，然后根据宗教礼仪规则烧成灰烬。

五位云蛇的兄长姐姐们的灵魂升入天界，成了北方天空中的无数繁星。

少数几个幸存者请求宽恕。"我们激怒了太阳父亲。我们也就激怒了你们。但请你们消消气，兄弟姐妹们。我们把我们共同的家——'七穴洞'[1]给你们，你们就住在里面吧。我们住在这里很高兴，在大地的边缘上。我们听从你们的意愿。"

双方达成契约。剩下的云蛇离开了战场。

夜色渐浓，笼罩大地。一位充满野心的女神伊茨巴巴洛特——黑曜石蝶，降临大地，她是茨伊茨伊米梅中的一员。她停落在沾满鲜血的石堆之间，吞噬着死亡的残体。

没过多久，两个幸存的云蛇：修内尔和米米奇[2]开始在七穴洞附近的荒地里寻找食物。在他们搜寻猎物的时候，空中传来一声呻吟，一只双头鹿从天而降奔向他们。

当它看到修内尔和米米奇时，立马跳起。两个云蛇开始追赶，向鹿投掷箭矢，但它轻松地躲避开了。他们追了一整夜，加上第二天一整天，直到最后在日落时精疲力竭，累瘫在地。

"该死的鹿。"米米奇唾弃道，"我们得休息一下。你去那里造个披棚。我就在那边牧豆树下搭个床。"

很快两个云蛇都睡着了，没有发现有个女子走近他们，她

---

1 纳瓦特语 *Chicomoztoc*，*chicome* "七"的意思，*oztotl* 为"洞穴"之意。

2 纳瓦特语 *Xiuhnel* 和 *Mimich*。

怀里揣着一个土罐。她弯下腰进入修内尔的茅草屋檐下，坐到他身旁。

"亲爱的修内尔，"女子用气声说道，"快醒来。我给你带来了美酒。"

修内尔睁开双眼，对意料之外的场景感到喜悦。"啊，欢迎你，妹妹。"

修内尔向女子伸出手，但她狡猾地躲开。"你不喝一口？"

他斜眼看了看土罐，从她手中拿过来，大口大口喝起来。那不是普尔科酒，也不是果酒。那是人类的鲜血，温暖甜美。修内尔喝得干干净净。

随后他把女子拉到地上，躺在她身边。

两人激情退去，修内尔喘着气问："你是谁？"

女子爬到修内尔身上，露出凶残的微笑。

"我是伊茨巴巴洛特，黑曜石蝶。我吃了你兄弟姐妹们的尸体，现在轮到你们了！"

伊茨巴巴洛特趴在修内尔身上，用牙齿撕下修内尔的喉咙，徒手剖开他的胸膛。修内尔恐怖的哀号声里充满痛苦，把米米奇吓醒了，他赶忙冲过来，看见伊茨巴巴洛特在啃食云蛇兄弟的肉。

"我的兄弟啊！"他倒吸一口凉气。

"啊，我深爱的米米奇！"女神喊道，"来吧，亲爱的。你不想加入我的盛宴吗？"

年轻的云蛇没有回答，他用颤抖的手拿起火钻点燃了火焰，让火星落在断枝上。伊茨巴巴洛特站起来，身上沾着修内尔的血块，向前走了一步。

　　米米奇毫不犹豫，他拿起一片燃烧木块开始奔跑，把周围干枯的灌木都点亮。大火燃起，米米奇冲出火墙，他相信伊茨巴巴洛特已经被困在里面了。

　　然而，她跟着米米奇，穿过大火和荒地，往七穴洞跑。米米奇腿脚灵活，但是女神慢慢地追了上来。

　　卡玛西特里碰巧看到他们，从远处赶来。他预感到了他的兄弟会有危险，于是他躲入一颗仙人球，手拿弓箭等着。

　　米米奇最终跑过仙人球，卡玛西特里冲上前伏击，他向伊茨巴巴洛特的身体不断快速射箭，直到她被打败倒下。

　　米米奇绕回来，站在女神边上。

　　"伟大的米米奇，"她哭喊道，"还有尊敬的卡玛西特里，请饶了我吧。我是伊茨巴巴洛特，黑曜石蝶，来自达莫安麈，要完成伟大的意志，我的任务很重要。请给我尊严，以恰当的仪式对待我。让圣火燃烧我的身体，然后把我的骨灰收集起来。人类正在蓬勃发展，很快齐齐梅卡人就会充斥这片荒地，他们没有主人会迷失的。你们，强大的云蛇，将和我引导他们。我们要教会他们维持宇宙的秩序。"

　　"我会的，母亲。"米米奇发誓，一边把箭矢从她身上拔下来。

他小心地准备着，洗净她的身体，然后涂上白垩粉。随后米米奇的兄弟姐妹们为女神装点上美丽的羽毛。

大地上的火焰不足以焚烧一位神，所以卡玛西特里把四位火之主叫来，他们是修德库特里的蓝、黄、白、红化身。他们带着亡灵界火炉的火焰前来，那里是太阳每晚重新燃起的地方。

伊茨巴巴洛特熊熊燃起，直到烧成灰烬和一块白色燧石。云蛇把手指伸入骨灰，把灰烬涂在脸上，把眼窝涂成黑色。随后，卡玛西特里把伊茨巴巴洛特的骨灰装入两节竹筒里，用皮绳捆住，和燧石一同放入动物皮里。

就这样，特拉基米洛里[1]——神圣捆束诞生了。卡玛西特里在大海围绕的陆地上将带着这把神圣捆束行走几百年。捆束的深处会不断传来伊茨巴巴洛特的低声建议和命令。在她的引导下，卡玛西特里将担起混沌神的任务，他将根据自己的意愿改变世界的面目。

---

1 纳瓦特语 *tlaquimilolli*。

维茨伊洛波奇特里诞生

在大海围绕的陆地中心，靠近当今多尔兰城[1]的地方，女神"蛇裙"[2]和女儿科约尔夏乌基[3]，还有儿子们——"南方四百神"住在蛇山[4]。蛇裙，一位凶猛却充满爱的女神，她的本性中充满了母性的二元特点，她穿着蛇做的裙子，脖子上戴骷髅做的项链，每天认真清理山巅，照顾自己的孩子。她的丈夫卡玛西特里在大地上

---

1 纳瓦特语 *Tollan*，位于今墨西哥州。

2 纳瓦特语 *Coatlicue*，*coatl* 即"蛇"之意，*cue-* 为"裙子"之意。

3 纳瓦特语 *Coyolxauhqui*。

4 纳瓦特语 *Coatepec*，*tepetl* 即"山"。

漫步，很少有机会回到蛇山。

一天，蛇裙在打扫山顶时，一个羽绒球突然砸中她。蛇裙没有多想，拿起毛茸茸的球放在胸口，然后继续工作。当她结束工作之后，她到处摸索找她的羽绒球，想要仔细检查一下，但是怎么也找不着了。

蛇裙马上意识到，羽毛穿透了她的身体，她怀孕了。蛇裙感觉到这是冥冥之中超乎她认知的缘分，她决定让孩子在她体内生长。

然而，她的儿子们很快发现她怀孕了，他们极度生气。"谁让你怀上的？你这可耻的行为令我们颜面扫地！"

他们的姐姐科约尔夏乌基也很恼火。她把四百个弟弟召集起来一同商量。"弟弟们！"她说，"我们必须杀了我们的母亲。她让我们蒙羞，她是个不懂得贞洁的恶人。都不知道是谁把这个杂种放她肚子里的。"

科约尔夏乌基继续煽风点火，刺激她的弟弟们。四百个孩子感觉自己的心脏因为家中母亲的不忠行为而被撕得粉碎。最后，他们同意了姐姐的计划。他们在科约尔夏乌基的指导下，把自己武装起来，就好像要开战一样。他们把自己的头发盘扎起来，如同战争中的队长。所有人以战争的穿着装饰自己：纸服、芦苇秆和羽毛头冠，刺人的荨麻从彩色缎带上垂下来。他们在脚踝上绑好串铃，拿起带刺的箭矢。

随后，科约尔夏乌基做先锋，带领四百个弟弟排好阵列进发。

但是有一个弟弟，夸维特拉卡克[1]，不同意其他兄弟的做法，悄悄从大部队逃离。他迅速跑到母亲身边，把盾牌交给母亲看，一边讲述正在发生什么。

当蛇裙得知针对自己的阴谋，她既恐惧又悲伤。但是，她腹中还未出生的儿子——维茨伊洛波奇特里[2]，从腹中对她说：

"别怕，妈妈。我知道我该做什么。"

听了儿子的话后，蛇裙内心平静下来。

然后维茨伊洛波奇特里对夸维特拉卡克说："哥哥，你留意点，仔细看一看他们从哪里来？"

"他们快到骷髅架了。"

几分钟后，维茨伊洛波奇特里又问："现在呢？"

"他们正穿越山脚处的斜坡。"

未出生的神再一次问道："看仔细了，哥哥。现在他们在哪儿？"

"在山腰。"

过了一会儿。"现在呢？"

"刚到山顶。他们来啦！科约尔夏乌基就在最前面！"

---

1 纳瓦特语 *Cuahuitlicac*。

2 纳瓦特语 *Huitzilopochtli*，即战神和太阳神。

这时，维茨伊洛波奇特里从他母亲的腹中出生了，落在他哥哥的盾牌上。他身体已经长好，除了左脚萎缩，就好像飓风的老伤再现。维茨伊洛波奇特里愤怒的哥哥们从山顶蜂拥而至，而他却异常冷静，他穿上衣服，在脸上画上图案，戴上战斗头冠和耳塞。然后拿起盾牌、长矛和投矛器，穿上草鞋，而细弱的左脚就用羽毛来遮蔽。

最后，这位新生的神举起一根蛇形弯曲木杖。四百兄弟中的一位，多麠卡尔基[1]嘲笑维茨伊洛波奇特里，他在弓弦上卡上一支燃烧的箭。凶猛的飞矢射中并点燃了蛇形杖，无意中激活了这把权杖。这正是"火蛇"[2]，火神的纳瓦尔里。

维茨伊洛波奇特里拿着火蛇，扑向他的姐姐，把她的头和四肢砍了下来，女神的残肢沿着山腰滚落至山沟里。

随后，骄傲的维茨伊洛波奇特里开始追赶南方四百神，把他们赶离蛇山，穿过山脚的平原。他像追兔子一样追赶他的哥哥们，绕着蛇山追了四圈。他们根本无法停下反击，脚上的串铃合着盾牌的撞击声哗哗作响。然而，一切都无用，四百个神一点儿也不占优势，在维茨伊洛波奇特里的巨大光辉前，他们毫无招架之力。

维茨伊洛波奇特里把他们一个个、一群群地撞倒在地，轻松

---

1 纳瓦特语 *Tochancalqui*。

2 纳瓦特语 *Xiuhcoatl*。

击败。他完胜他的哥哥们。这些神哭喊求饶："够了够了！"但是他毫不手软。

最后，维茨伊洛波奇特里杀死了所有的兄弟。他把他们的战服都脱下来，然后把他们的身体扔向空中，这些哥哥们都变成了南方的星星。

虽然蛇裙的儿子维护了她的尊严，但她因失去女儿而感到悲伤。维茨伊洛波奇特里不想让母亲孤独哀伤，于是拿起科约尔夏乌基的头抛向天界，变成了新的月亮，永远替代了以前的月亮。现在，母亲和女儿每晚相望，学会原谅，学会信任，学会相爱。

很快，整个大地将对维茨伊洛波奇特里的丰功伟绩和奇幻的降生感到惊奇。作为羽绒球和蛇裙的孩子，这位不同寻常的神将拥有重要的地位，接受一个血腥的命运。

维茨伊洛波奇特里是战神，他渴望激起每个人内心战斗的欲望。

太阳弓箭手

　　在半神云蛇的指引下，齐齐梅卡[1]游牧民族开始在北方荒地扎根，但是还有其他许多部族在神的旨意下，也在墨西哥繁盛壮大起来。

　　穿过德万德贝克[2]地峡，在云雾笼罩的瓦哈卡群山之间，住着

1　纳瓦特语 *chichimeca*，来自墨西哥北方的游牧民族。

2　纳瓦特语 *Tehuantepec*，位于墨西哥南部，本文统一以古典纳瓦特语发音为标准音译，常见翻译为特万特佩克。

一群人，他们称自己为"扎维人"[1]或雨人。当纳瓦人[2]偶遇这个庞大王国时，称他们为米西德卡人——云人。他们中的智者讲述了部落和古老土地的神奇起源。

很早以前，在尤塔特诺霍[3]这片土地上，有一个山洞，阿秋特河水曾经在这里流淌，两棵大树在泉水源头的两侧生长。尽管它们之间有鸿沟，但这两棵树彼此相爱，随着时间的推移，几个世纪过去了，两棵树想越过分界，它们的根和枝杈延伸过河，缠绕在一起。

米西德卡人的两位创造神——"一·鹿"之主和"一·鹿"之女面对两棵树不可思议的爱情，深受感动。他们给了两棵树两个特殊的孩子：米西德卡人的第一位女子和第一位男子。不久，两人有了孩子，孩子有了自己的孩子，一代又一代，千百年后，云人终于建立了自己的神秘城邦——阿齐乌特拉[4]。

几代之后，阿齐乌特拉城发展成一个大都市。一天，一间屋子里出生了一个男孩——雅克尼奥伊[5]，他将成为人民的英雄。随着他的成长，人们发现他在体格上不像其他男性那么高大，但是他

---

1 米西德科语 Ñuu Dzahui，Ñuu 为"人民"之意，Dzahui 是米西德科人崇拜的雨神，也有"雨"的意思。

2 指说纳瓦特语的人。

3 米西德科语 Yuta Tnoho。

4 纳瓦特语 Achiutla。

5 米西德科语 Yacoñooy。

高度上的缺陷在恒心、勇敢和技能上得以弥补。很快，他的战士朋友们学会尊重他、爱戴他，因为他在战争中大胆的表现和丰功伟绩令人信服。后来，他的地位提升到了队长。

然而，阿齐乌特拉的领袖们遇到一个问题，一个用武器无法解决的问题。

"山顶上没有更多的空间给我们的后代了。"托尼涅[1]宣布，他是神圣的主人，阿齐乌特拉血脉之主。"我们需要找一块新的地方建立姐妹城市，一个漂亮的、物产丰富的地方，这样我们的族人便可以扩张下去。"

云人们犹豫不决。因为阿齐乌特拉历来就是他们的家园。几个世纪以来，他们在这里抗击侵略者，要长途跋涉去一个新的地方对他们来说是一件极度痛心的事。谁敢于做第一个制订迁徙路线的人？又要成功避开驻扎在周围的敌人？

"只要我们的血脉之主同意，我就走。"雅克尼奥伊说，"我会找到另一个理想的地方来建立王国。兄弟姐妹们，叔叔阿姨们，你们知道我有多么勇敢。有人质疑我能完成这项艰巨的任务吗？"

无人辩驳他。国王祈求神明和百姓保佑他。雅克尼奥伊拿起弓和箭，出发去征服西方的新土地，准备好击败任何挡道的敌人。

一周又一周，一月又一月，这位战士漫无目的地寻找。有时

---

1 米西德科语 *toniñe*，"主人"之意。

好几天不休息，同样的疲倦和炎热早就可以夺走一个更为虚弱的人的性命。雅克尼奥伊超越了常人所能忍受的极限，在某种神秘力量的推动下，只要他想，不管探寻多久都能忍受。

最后，这位勇敢的战士来到了一片开阔的无人区。他勘察了这片可爱又富饶的土地，路上没有出现过任何人，只有太阳陪着他一步一步，烈日阳光照射在他的头和背上。

雅克尼奥伊找不到任何人来证明自己的勇敢，他望向天界。他发现没有一朵云遮住无情的太阳。他又渴又累，阳光如同箭矢从天而降射进他的皮肉，他感觉要被击倒了。

他渐渐明白。没有任何人掌控这片大地。只有太阳的黄昏王国。太阳神就是王国之主。

意识到这一点会让意志薄弱的人停下脚步。伊雅·恩迪坎迪[1]——太阳之主，在几千年前第一次出现，结束黑暗世纪的同时开始了光明世纪。长者们说，白日的光辉让云人能够看见、理解、思考、建立社会秩序。第一个早晨也是时间自身的起点、人类历史的起点。在这个黎明之前，难以想象的无尽黑夜充斥着整个宇宙。

智者们说，在黑暗世纪，住着石头人。太阳之主没有出现，

---

1 米西德科语 *Iya Ndicandii*。

只有月亮女神——纽胡·幺[1]，在空中闪着微光。当伊雅·恩迪坎迪从地平线升起时，石头人受到惊吓，认为世界就要在大火中毁灭了。他们试图自杀，有的跳进山洞，有的躲在大石下面，有的滑落深渊，有的从山巅跃下。

这片大地的主人的确很残忍。但是雅克尼奥伊不畏艰难。他挑衅地喊道：

"伊雅·恩迪坎迪，掌管这片大地的威力强大的太阳之主。我要向你挑战。看看谁更厉害，看看谁能给这片无与伦比的天堂带来更多荣耀！"

太阳笑了，他对自己的实力充满自信，根本无视地上那个向他挑衅的渺小人类。

雅克尼奥伊再次大喊：

"我不怕你光线的威力。时间就是我的武器，我的内心永不老去！"

他绷紧弓弦，放上弓箭，瞄准目中无人的太阳。

太阳再次笑出声来，他到达天顶，从火焰带中对准自以为是的雅克尼奥伊倒出一波光束，想把他活活烤死。

雅克尼奥伊放下武器，举起手中的盾牌，稳稳地站在地上。热浪一波波从他身边涌过，从中午一直到下午。尊贵的太阳神眼

---

1 米西德科语 Ñuhu Yoo。

看自己的能量随着时间推移开始减弱，而地上那位渺小的战士却纹丝不动。他在宽大的盾牌下面继续坚持着，等待着突破的时机。

下午也快过去了。天开始变得朦胧。时间之轮向前滚动，太阳变得越来越微弱。雅克尼奥伊把盾牌扔到一边，再次拿起弓箭。他快速上箭射出，一共射出七支箭，致命的箭矢向太阳飞去，伊雅·恩迪坎迪拼命向远处的山峰躲避也于事无补。

暮色降临。太阳从天上掉落，天空变得血红。

雅克尼奥伊非常冷漠，看着对手沉入群山。山间的云雾在太阳经过时也被染成红色。勇敢的战士安静地等着，但他的耳中却能听到心脏怦怦作响。将死的对手随时可能从山峰后面射出最后的闪耀炮弹作为偷袭。

但是太阳之主走了。没有再出现，没有再攀过地平线来直面他的对手。

战士举起武器，发出胜利的咆哮。

"我击败你了，太阳之主！我的武器技艺高超，给了你致命一击！你受了伤，在群山之外颤抖。别再想着统治这片土地了。我唯一的遗憾就是不能看到你在自己的血中痛苦地翻滚！为了看着你在我眼前去世，我什么都愿意付出！"

雅克尼奥伊向泛着光的土地射了一箭，他以云人部族之名，宣布这块土地属于他的血脉之主。

在预期的时间，他带领族人来到此地，来到他从太阳神手中夺来的土地。被太阳袭击的沙砾烧成了黑色玻璃，云人就在这里建立了自己的城市，纳瓦人称这座城为蒂兰峒戈[1]。

米斯特科语名字是纽特努–瓦西·安德威[2]。

黑城——天宫殿。

---

1 西班牙语 *Tilantongo*，源自纳瓦特语。

2 米西德科语 *Nuu Tnoo-Huahi Andehui*。

多尔德卡人与文明崛起

召唤

时间如迅疾的长河流逝，你们是否发现我们只能瞥见模糊历史中的一些片段？

与我一同下潜。让我们在奔流中航行吧。

第五纪发展得很好。几十年到几百年，几百年到上千年。整片大地上，人类聚集在部落、城市和国家中。野外复杂的森林和平原大地在人类的改造下，变成了美观对称的田地。慢慢地，巨大的石像、神庙、神殿、塔庙在树林里耸立起来，好像要触及众神。

所有这些伟大的民族都按照自己的意志对世界进行改造，其中有一个民族，他们的名字在往后的千百年里一直受到赞扬和尊崇，他们是人类集体力量的缩影。

多尔德卡人，高贵的民族。创造对于他们而言就是哲学。

他们的家园是传说中的城市，笼罩在迷雾中，透过水边高大的芦苇丛可以窥见，在荣耀的太阳下高傲地闪烁着。

多尔兰，墨西哥的珍宝、文明的巅峰、艺术的摇篮。

几百年间，这座宏伟的王国由聪慧的国王与王后统治着，直到王国最终没落。多尔兰在羽蛇的额头上戴上了王冠。

他的王国没能永续。混乱不会容忍这座大地上的王国拥有永恒的秩序。

于是，飓风再一次策划让兄弟羽蛇领导的国家灭亡。这两个神在大海围绕的世界上以人形诞生，他们的名字回荡在历史长河中：

德斯卡特里波卡[1]。

凯查尔科阿特[2]。

悲剧不断。

我们能够从古老手抄本中的传说拼出一副全景，包括《波波

---

1 纳瓦特语 *Tezcatlipoca*，即烟镜神。

2 纳瓦特语 *Quetzalcoatl*，即羽蛇神。

尔·乌》《多尔德卡—齐齐梅卡史》[1]《佛罗伦萨抄本》和《齐玛尔波波卡抄本》[2]。为了填补叙事空白，我们能够在古书的叙述中加入征服者和传教士的文字：托尔克玛达、埃雷拉和兰达[3]。

大家仔细听。你们几乎可以听见我们的先人在哀叹他们的失落。

第五纪——最后的太阳终会死去，同之前的每一个太阳一样。只不过眼下，我们还能在它的光辉里微笑，就像花瓣在篝火旁随风飘动，早晚会被火焰吞噬。

朋友们，如果你们可以接受这样的结局，请和我一同唱出凯查尔科阿特和他挚爱的多尔德卡人的歌曲。让我们记住羽蛇的理想，在泪水中了解我们祖先的没落。

---

1 西班牙语 *Historia Tolteca-Chichimeca*，16世纪古典纳瓦特语写成的古抄本，记录了多尔德卡—齐齐梅卡人大移民前的历史。

2 西班牙语 *Códice Chimalpopoca*，三部古籍的合集，分别是纳瓦特语写成的《夸乌提特兰史》和《太阳传说》，以及西班牙语写成的《异教徒神谱与宗教仪式简述》，作品成书于殖民时期，原作已佚失。

3 西班牙语 *Torquemada*，*Herrera* 和 *Landa*。第一位全名为胡安·德·托尔克玛达（1557—1624），新西班牙地区的方济会修士，主要作品为《印第安君主制度》；第二位全名为安东尼奥德·埃雷拉·伊·托尔德西里亚斯（1549—1626），西班牙历史学家，主要作品有《西印度群岛记述》；第三位全名为迭戈·德·兰达·卡尔德隆（1524—1579），尤卡坦都督府大主教，主要作品有《尤卡坦诸物记述》。

多尔兰与多尔德卡女王

文明崛起

众神慢慢地引导人类。他们从奥波奇特里[1]那儿学会了捕鱼；从卡玛西特里那儿学会了狩猎。食物神，如"花之主"和"玉米神"[2]教会了庞大的部族收集块茎、谷物、豆类和水果。"花羽"教会他们如何编织牢固的衣服用来御寒。人类的生活简单且短暂，

1　纳瓦特语 Opochtli，渔网和捕鱼技术之神。

2　纳瓦特语 Xochipilli 和 Centeotl，cen- 意为"玉米穗、玉米棒子"。

他们能满足自己的基础需求就行。相爱、斗争、离世。然而，他们从未忘却与创造之主的契约。崇敬与感恩是日常生活中的重要部分。血祭和动物祭祀最为普遍，在必要时，他们会选中一个男人或女人用来活人祭祀，以造福人类。

之后，"七蛇"[1]——烟镜、飓风的妻子，教会了人类基本的农产知识，这下一切发生了变化。人们无须再四处奔波，无须再随着季节迁徙，各个部落建造了更为持久耐用的遮蔽所和庙宇。不久之后，另一些神来到他们之中，比如托希佩乌卡[2]——冶金师和石雕家的守护神。时间慢慢过去，诸多民族同他们宏伟的城市及庙宇一同扩张崛起，到处是嗷嗷待哺的人。诸神的意愿变得更为重要了。

正是在这一时期，卡玛西特里——四百云蛇的最后一位与飓风红色形态的化身，在大海围绕的世界有了崇高地位。他意识到城市人口的迫切需求，以及他们维持诸神的潜力，卡玛西特里鼓励人们进行更大规模的血祭，以此从特拉洛坎求得更多的雨水，来保障珍贵农作物的活力。他被称为约瓦拉万[3]——夜饮者，因为他在半夜带来阵阵大雨。但他最持久的名字是希贝·多德克[4]——

---

1 纳瓦特语 Chicomecoatl。

2 纳瓦特语 Toxipeuhca，Toteucxipe 的变体拼写方式，银器与宝石之神。

3 纳瓦特语 Yohuallahuan，意为"夜间的饮者"。

4 纳瓦特语 Xipe Totec，源自 xipehua totecuhtli，意为"我们剥皮的主人"。

剥皮神。他是生命、死亡和重生的象征，蜕去旧皮、种子萌发、谷粒脱壳。春雨降临之前，他的祭司会把祭祀用的受害者的皮剥下，然后穿上这些带血的人皮，直到它们腐烂，露出里面健康的皮肤。

就这样，千年以来，许多庞大的王国崛起了。在墨西哥湾沿岸地区，奥尔梅克[1]人把自己的神圣智慧向四方传播，他们建造了宏伟的塔庙来向群山和火山致敬，那是他们的祖先向诸神祈求得来的慷慨赠礼。奥尔梅克文明拥有诸多第一：创造了遍布中部美洲的股球运动，发明了掌管生命的双重历法，还有一套书写系统和神秘的数字"零"。这些古老的人民蓬勃发展了几个世纪，他们在巨石上雕刻统治者的头像，把关于宇宙的知识和变形魔法以惊艳的艺术形式传向四方，这些艺术类型在他们民族没落之后延续了很久很久。

南部远方，奥尔梅克母文明和我们今天称为玛雅文明的民族交融。几个世纪以后，雨林中矗立起一座座城邦，还有记录人类得到诸神指引获得技艺和能力的巨大石碑。低地[2]城邦之间通过巨大的贸易网络联结起来，玛雅人把中部美洲文化遗产变得更为精美，他们也成了世界范围内最伟大的文明之一。玛雅社会充满生机、智慧和远见。国王都成了神明。祭司们通过复杂的计算和令

---

1 奥尔梅克文明被视作中部美洲的母文明，其鼎盛时期距今3 500年左右。
2 指尤卡坦半岛平原，即玛雅文明主要的分布区域。

人瞠目结舌的占卜可以预见未来。

然而，无人能够想象这样的辉煌所要付出的代价。大地母亲给玛雅文明的土地带去干旱、瘟疫和饥荒。幸存的人逃到高地和北部海湾，他们将自己巨大的城市丢弃给大自然，任其摆布。慢慢地，森林把闪烁的石碑吞噬了。

在远方的一处高原，靠近夏尔多坎湖[1]，一个向来和玛雅人结盟的民族建造了一座城市，后来我们称它为德奥蒂瓦坎，人们在那儿变成神明。那是天界之都在大地上的倒影。德奥蒂瓦坎占地八平方英里[2]，大约十二万五千人住在这里。这座城市慢慢变成了墨西哥谷地最为重要的宗教中心。德奥蒂瓦坎向整个中部美洲结盟的军队提供黑曜石，帮助许多族群决定发展方针。它的国王们崇拜太阳，崇拜他们的父亲——羽蛇，还崇拜伟大的"万物之母"女神。在德奥蒂瓦坎人的后代离开这座城市宽阔街道的一千多年后，他们为诸神建造的塔庙令后来者惊叹不已。

第一批纳瓦人到来

在特奥蒂瓦坎遥远的北方，曾经有一片土地，如今已经遗失

---

1 纳瓦特语 *Xaltocan*，曾与特斯科科湖北侧相接，现已被填平，位于墨西哥州境内。

2 1英里约等于1.6公里。

在时光之中。那就是阿斯特兰 [1]——白色之地。七个部落为躲避暴君的统治，从阿斯特兰逃跑，开始了他们的长征，同时也抛弃了自己的民族之名——阿兹特克人。他们称自己为纳瓦人——善言的民族。七个部落向七穴洞所在的大山行进，找到了很久以前云蛇遗弃的山洞作为自己的庇护处。

与阿斯特兰华丽的天堂世界相比，纳瓦人的新家显得简陋破败，长满了带刺的植物、龙舌兰、仙人球、西葫芦 [2] 和野生黑麦。然而，虽然他们的生活很艰苦，大地还是为他们的辛苦劳作带来了富饶的回报。纳瓦人生存下来了。

几个世纪之后，一些部落感受到命运的召唤，他们决定移民，向南方和东方前进。许多部落成了永远的游牧民族，他们是不安分的猎人，以龙舌兰汁、牧豆树果实和仙人球的花朵为食。他们称自己为齐齐梅卡人，来自"龙舌兰之乳"土地上的人民。

其他部落向高原进发，多年后在一个盆地，或者说山谷里落脚，那里有几个大湖，便于这些部落长期生存发展。其中有些男女最终成了多尔德卡人。他们在卡玛西特里——云蛇的指引下，建立了宏伟的多尔兰城，他们创造的帝国也成了传说。而杀死四百罪人兄弟的卡玛西特里现在也被人们称为米西科阿特 [3]。

---

1 纳瓦特语 *Aztlan*。

2 纳瓦特语 *Xihuallacatl*，意为"大型的绿色西葫芦"。

3 纳瓦特语 *Mixcoatl*，即"云蛇"。

多尔兰城

女神伊茨巴巴洛特从神圣捆束中对米西科阿特说："你得离开这些齐齐梅卡人了，他们是时候有一位自己的领导人了。我推选瓦克特里[1]——他们中的佼佼者。对他们说，他们的女神要求他们去荒野中的内夸梅约坎[2]，在那里建造一间用荆棘和龙舌兰做的屋子，然后在里面放下权力的席子。"

人们听取了女神的意见和要求。他们向四方搜寻，捕捉所有四色的动物：蓝色、黄色、白色和红色。当他们收集到了四色的老鹰、美洲豹、兔子、蛇和鹿，伊茨巴巴洛特让族人生火，向修德库特里——时间之主致敬。

"把你们的猎物托付给烈火吧。"女神要求，"但先在火焰中放三块炉底石。分别对应米西科阿特、多斯潘和伊维特[3]——伟大的半神，他们随你们一同穿越了广袤的沙漠，他们是圣火和时间的守护者。他们现在要离开你们了，但是你们要永远记得他们，尊崇他们，直到时间之轮磨损殆尽，化为乌有。"

之后，齐齐梅卡人的第一位领袖瓦克特里，在一间满是荆棘

---

1 纳瓦特语 *Huactli*。

2 纳瓦特语 *Necuameyocan*。

3 纳瓦特语 *Tozpan* 和 *Ihuitl*。

和龙舌兰的屋子里斋戒了四天。他的人民用白鹭的羽毛为他做了一面旗帜，他们走到哪儿就带去哪儿。那是一个耀眼的白色符号，在战争中可以召集所有人，让所有人安顿下来和平相处。

就这样，这群齐齐梅卡人出发了，从一个国家到另一个国家，始终带着包裹伊茨巴巴洛特骨灰的捆束，还有三颗神圣的炉底石。一开始，他们不知道怎么种植玉米，也不知道如何编织衣物，只会把兽皮披在身上追捕野兽。他们无家可归，随着季节和草木生长的情况迁徙，等着神迹暗示他们已经到达最终的应许之地。他们每到一个王国就学习一项新的技能，为最终的天命做准备。

部族领袖的称号从一人传给另一人，最终在多尔兰钦科[1] 山谷中，一条河边的芦苇丛间，伊茨巴巴洛特告诉她的人民在此建城。

多尔兰城慢慢地发展，住民逐步放弃了他们野蛮的生活方式。人们从聪明勇敢的长者中选了一位国王——查尔齐乌特洛纳克[2]。他通过与女神交流制定了最早的律法。他的继承者是他的儿子米西科阿玛萨钦[3]，他奠定了一个王朝，把城邦带向文化之巅。多尔兰一代代的国王不断推动国家的艺术发展，直到影响了中部高地的其他王国，以及与多尔德卡人有贸易往来的盟国。慢慢地，一个新

---

1 纳瓦特语 Tollantzinco，德奥蒂瓦坎文明没落之后崛起的多尔德卡文明之都，现已成为墨西哥州第二重要城市。

2 纳瓦特语 Chalchiuhtlonac。

3 纳瓦特语 Mixcoamazatzin，意为"云蛇鹿"。

的理念在纳瓦人中形成了：多尔德卡之韵[1]，这个兴旺民族无与伦比的艺术技艺。

多尔兰的女王们

并非所有城邦的掌权者都是国王。许多女性也领导过多尔德卡人——多尔兰公民的现在名称——经历战争与和平。最早，瓦克特里的妻子做过领导者。修特拉奎洛尔肖齐钦[2]——"祖母绿之花"，在城邦广场边上的一间草屋中治理朝政。她懂得如何与伊茨巴巴洛特女神通灵，这帮助了她出色地领导了十二年王国。

一个世纪后，因丈夫的死亡，另一位王后也成了领导者。国王纳乌约特[3]寿终正寝，多尔兰的所有民众一致同意他的妻子修特拉尔钦[4]成为后继者。四年间，女王凭借自己的智慧处理公共事务，王国和平地发展，她的理政能力同丈夫不相上下。在她去世的时候，多尔德卡人个个哭得跟孤儿似的。

当然，也不是所有的多尔兰女王都是因丧夫而延续丈夫的工

---

1 纳瓦特语 *Toltecayotl*，-*yotl* 意为"……的属性、特征"，引申为"艺术，高雅"之意。

2 纳瓦特语 *Xiuhtlahcuilolxochitzin*。

3 纳瓦特语 *Nauhyotl*。

4 纳瓦特语 *Xiuhtlaltzin*。

作。十一世纪，一位女贵族伊茨达克希洛钦[1]——"白玉米"成了当权者。她在伊斯基特兰[2]河边造了宫殿，然后还成立了女性国务委员会，在位十一年后去世。

多尔德卡人一路走来，已经忘却了大负鼠神几千年前赠予人类的礼物——普尔科酒。但是伊茨达克希洛钦掌权后没多久，一位十六岁的姑娘——肖齐特[3]在帮助父亲巴巴钦[4]储存采集来的龙舌兰原液时，重新发现了普尔科酒的制作方法。当她的家人意识到这种神奇饮料的价值之后，他们把她带到年轻俊秀的国王德巴尔卡钦[5]面前。

国王沉醉于普尔科酒中，但更加迷醉于肖齐特的美貌。

"忠诚的巴巴钦，"他向她父亲说道，"请允许你的女儿留在宫中，这样她可以教我身边的侍女制作这种令人愉悦的酒饮。"

巴巴钦勉强同意了。德巴尔卡钦已经结婚了，但是他的妻子玛希奥[6]王后只给他生了几个女儿。这种情况下，国王娶第二个妻

---

1 纳瓦特语 *Itztacxilotzin*。

2 纳瓦特语 *Izquitlan*。

3 纳瓦特语 *Xochitl*，即"花"之意。

4 纳瓦特语 *Papatzin*。

5 纳瓦特语 *Tepalcatzin*。

6 纳瓦特语 *Maxio*。

子并不罕见，但是巴巴钦担心老王后对她女儿不好。她太可爱、太聪慧了，足以让失宠的第一任妻子大发雷霆。

住在皇家庄园的时候，肖齐特发现自己置身于浅绿色的龙舌兰和一排排的金合欢之间，除此之外，还有玫瑰花丛，金色和红色的花朵散发着甜蜜的香气，传进肖齐特的房间。在这样触动感官的欢愉之中，国王走近她，带着珍贵的礼物还有甜蜜的情话。

"肖齐特，这些美在你面前相形见绌。多尔兰举世闻名的手艺在你黑色的眼睛和秀发中得到了最好的诠释。这样出色的能力应该留在我的身边，在权力之席上。你会同意吗，我的女王？"

"但您有王后了，我的主人。"

"啊，但是她在上一次生产过后变得非常虚弱，现在病恹恹的。恐怕她在这个幻想的世界中时间不多了。"

日子一天天、一周周地过去了，德巴尔卡钦不停地追求肖齐特。她最终屈从了。她的父母担心了很久，他们前去拜访国王，国王向他们宣布和肖齐特订婚。两人结婚不久，有了一个儿子。国王为了表达对爱人带来普尔科酒的敬意，他给孩子起名为梅科内钦[1]——龙舌兰之子。

玛希奥最终去世了，肖齐特成了多尔兰的女王。她聪慧过人又充满同情心，在她丈夫身边和平管理了几十年王国，直至多尔

---

1 纳瓦特语 *Meconetzin*。

德卡人爆发内战。

随着效忠国王的战士被大批杀害且德巴尔卡钦退位了，年事已高的肖齐特把城邦内所有的母亲和她们的女儿召集起来与她并肩作战。

"我们是世界的心脏！我们是芦苇丛中高耸的城堡！我们是重塑宇宙的灵巧双手！多尔兰不会倒下！姐妹们，拿起你们丈夫、兄弟和儿子曾经挥舞的长矛！拿起他们的盾牌、他们的羽盔！今天，我们走出自己的家，冲出高墙，去战斗！"

肖齐特女王带领愤怒的女子军团，在肖齐特拉尔潘[1]战斗，那是老国王的最后一战。她在那儿砍杀了许多叛军，直到战死在敌军的黑曜石刀锋下。

勇猛的多尔德卡姐妹们把她们女王的尸体从战场运回，埋在她丈夫破碎的身体旁，她们把女王托付给死亡之后。

随后，众人哭喊着女王的名字，又投身于战斗之中。

---

1 纳瓦特语 *Xochitlalpan*。

兄弟转世

第五纪的时光就在各个王国的兴衰中流逝，多数是因为不同派别的神发生了斗争。最后，羽蛇决定化身为一个男人下凡，来更加直接地引导他创造的人类走上美与光明之道。

他的兄弟，得知他的计划之后，也悄悄决定化身凡人。

遥远的年代朦朦胧胧，带着传奇色彩。那时有座名为米恰特拉乌科[1]的城市，在城边，住着一位女子，她爱上了一位神：齐玛

1　纳瓦特语 *Michatlauhco*。

- 135 -

尔曼[1]，他曾经徒手抓住狩猎神米希科瓦特[2]射出的箭矢。齐玛尔曼觉得这位女战士惹人喜爱，便与她同床了。9个月后，女子为他生下一个女儿——柯察尔佩特拉特[3]。

没过几年，一天齐玛尔曼正在打扫基拉斯特里[4]神庙时，发现了一块玉石。在一股莫名力量的推动下，她一时冲动，把玉石放在口中吞了下去。很快，她发现自己怀孕了。这是神圣母亲的旨意。

在历法轮回第13年之末，齐玛尔曼分娩了。在接生婆和女祭司的帮助下，她挣扎了四天才把孩子生下来。在这一年的最后一天——"一·芦苇"日，她的疼痛终于结束了，一个男孩来到世上。

然而接下来的5天是无名日[5]，对人类来说是非常危险的日子。齐玛尔曼被各种邪灵围绕着。在时间之神得到祭品重生之前，她就去世了。

新生儿和他蹒跚学步的姐姐被带去和外祖父母住在一起。男

---

1 纳瓦特语 *Chimalman*，也写作 *Chimalma*，意为"盾牌手"。

2 纳瓦特语 *Mixcoatl*，意为云蛇。

3 纳瓦特语 *Quetzalpetlatl*，意为"羽毛席子、美丽的席子"。

4 也称作 *Cihuacoatl*，意为"蛇女"。

5 即没有对应历法符号的日子。

婴一开始被起名为塞·阿卡特[1]——"一·芦苇",因为是在这一天出生的。但很快,男孩的星图算出来了,在洗礼之际,为向羽蛇致敬,他获得了凯查尔科阿特[2]这个名字。

当"一·芦苇·羽蛇"长到九岁时,他开始对他的身世感兴趣,尤其是他父亲的身份。

"我爸爸长什么样?"他问姐姐。

"我不知道,弟弟。他在我很小的时候便离开了。"

"我可以见见自己的爸爸吗?"他随后问自己的外祖父母,"我想看看他的脸。"

尽管他母亲的家人不知道米西科阿特在哪里,他们通过祷告来召唤这位神,倒出祭祀用的血酒。当狩猎神最终出现时,家人向他介绍他的女儿柯查尔佩特拉特和大家所认为的他的儿子一·芦苇·羽蛇。米西科阿特可以看出神性在两个孩子身上闪耀,但是他对男孩更加感兴趣。虽然他内心知道一·芦苇·羽蛇不是他的儿子,但是他同意带着孩子离开一段时间。

在整个"十·燧石"年里,两人待在西瓦坎[3],男孩在父亲身边学会了狩猎和搏击。然而,米西科阿特的三个幸存的兄弟妒忌男孩,想杀死他。他们是四百云蛇中的幸存者,曾经被狩猎神屠

---

1 纳瓦特语 *Ce Acatl*,即"一·芦苇"之意。

2 纳瓦特语 *Quetzalcoal*,即"羽蛇"。

3 纳瓦特语 *Xihuacan*,如今在墨西哥格雷罗州有一处同名历史遗迹。

杀，扔向北方的天空变成星星。阿潘德库特里、特罗特佩特和夸乌特里科瓦乌商议了很久，最终想出了一个狡诈的计划。

首先，他们设套让他们的侄子一·芦苇·羽蛇参观特拉奇诺尔特佩克[1]，那是一块巨大的石头，每天特定的几个时候，石头周围会燃起难以解释的火焰。他们把一·芦苇·羽蛇留在石头上，然后匆忙逃离准备看好戏。但是一·芦苇·羽蛇感觉到了大火即将来临，他滑入大石上的一个隧道。他的叔叔伯伯离开了，以为他已经被活活烧死。

一会儿过后，男孩毫发无伤地出现了。他拿着自己的弓箭，射杀了几只野兽。随后扛着猎物赶忙回家。一·芦苇·羽蛇赶在叔叔伯伯到访之前来到了父亲身边。三位亲戚见到他后哑然失色。

不久，三个恶棍又把一·芦苇·羽蛇带到一棵巨大的树旁，让他爬到最高的枝干上，从那里射杀天空中飞过的鸟。一·芦苇·羽蛇刚爬到高处的树干上，这三位神便开始向他射箭。一·芦苇·羽蛇小心翼翼地让自己落到地上，假装摔死。他的叔叔伯伯想着一·芦苇·羽蛇已经被击中死掉了，便迅速离开了大树。

不一会儿，一·芦苇·羽蛇就站了起来，他杀死一只兔子，在他的叔叔伯伯到达之前来到了父亲的身边。米西科阿特此时怀

---

1 纳瓦特语 *Tlachinoltepec*，特拉奇诺尔特佩克山现位于墨西哥维拉克鲁斯州。

疑他的兄弟想杀死他的养子，于是他问一·芦苇·羽蛇他的叔叔伯伯在哪儿。

"哦，他们在路上呢，爸爸。"

"好的。儿子，我有件事要你办。"于是他把男孩带到附近的一间屋子里，打算独自面对自己的兄弟。

当他们到达时，米西科阿特毫不犹豫地问：

"你们为什么要杀死我的儿子？你们难道忘了其他兄弟的命运吗？"

三位神预料到米西科阿特的质问，他们早有准备。没等米西科阿特反应过来，就扑上前去把他杀害了，然后把他的尸体拖到沙漠里，埋到沙中。

当一·芦苇·羽蛇办完事情回来时，发现父亲不在。他到处寻找，每见到一个人便问："我的父亲在哪儿？"

最终科斯卡夸乌特里[1]——"秃鹫王"回答了他：

"你的叔叔伯伯杀了你的父亲。他的尸骨正躺在那里，埋在沙中。我带你去。"

一·芦苇·羽蛇的双手颤抖，很快便把父亲的尸体挖了出来。他仔细地把父亲包裹起来，带去父亲的神庙——米西科阿德奥潘[2]。

---

1 纳瓦特语 *Cozcacuauhtli*。

2 纳瓦特语 *Mixcoateopan*，"云蛇神庙"之意。

他的叔叔伯伯得知兄弟的葬礼，也赶了过来。"如果你没有正确供奉这座神庙，北方的星星会被惹怒。孩子，仅仅一只兔子或者一条蛇用来作为祭品是不够的。需要老鹰、狐狸和美洲豹。"

"好。"一·芦苇·羽蛇回答。他旋即走进荒野，他把老鹰、狐狸还有美洲豹唤来。"我真正的叔叔伯伯们，"他正式地向三只动物说，"来吧。他们说我必须用你们的鲜血来为我的父亲祭祀。但你们不会死去。你们可以享用我用来致敬米西科阿德奥潘的祭品——我叔叔伯伯们的血肉！"

一·芦苇·羽蛇在三只动物脖子上拴好绳子，假装捉住它们带回神庙。他的叔叔伯伯抓过绳子，大笑。"谢谢你，小混蛋。现在由我们负责在神庙祭坛点燃火焰，把它们都祭祀了。"

尽管三位神不让一·芦苇·羽蛇进入，但他请求地鼠帮助他。"叔叔们，快来！帮我打个洞进入神庙。"地鼠们很快完成了任务，一·芦苇·羽蛇立马钻入神庙，来到祭坛。

阿潘德库特里、特罗特佩特和夸乌特里科瓦乌在里面欢庆，喝得烂醉。当他们缓过神来走上祭坛时，他们的侄子已经在那里生火了。他们冲向一·芦苇·羽蛇，阿潘德库特里带头，但是一·芦苇·羽蛇朝他头部猛地扔去一个金属罐，阿潘德库特里倒了下来。三只动物抓住另外两个神。大火烧得明亮之时，一·芦苇·羽蛇和三只动物一同把最后三个云蛇的心脏挖出，再把他们的身体扔进熊熊燃烧的大火。

一·芦苇·羽蛇随后回到外祖父母身边，过起与他同龄男孩的高尚生活。他去神庙的学校读书，学会如何膜拜诸神，克制肉体欲望和情感。他还学了民族传说、绘画及战争武器使用的高阶技巧。作为年轻战士，他参加了阿约特兰战役、恰尔科战役、希科战役、奎西科克战役、萨坎科战役和琼莫尔科战役[1]。他在军队里的级别升得很快，不久成了队长、将领，最后成了国王的顾问。

然而，有一个强烈的愿望充斥着一·芦苇·羽蛇的灵魂，他渴望得到通过战争和祭祀无法获得的知识。于是，在一·芦苇·羽蛇二十八岁时，他离开了自己的人民和国王，前往多尔兰钦科，那里的山谷肥沃丰饶，火山高耸入云。他在群山中建了一个屋子隐居起来，接下来的四年里，他一直斋戒冥想。

一·芦苇·羽蛇用绿松石和木头建造屋子，这一消息很快传遍了多尔兰钦科。当地的萨满巫师前来拜访他，向他咨询问题，一·芦苇·羽蛇的智慧深不可测，得到人们尊重。很快，这位哲人的话传到了伊维蒂玛尔[2]的耳中，这位多尔兰国王没有子嗣而且病入膏肓。他让人把一·芦苇·羽蛇带到面前，他们聊了很久，专心谈论了宇宙及人类在宇宙中的角色。

---

1 纳瓦特语 *Ayotlan*、*Chalco*、*Xico*、*Cuixcoc*、*Zacanco* 和 *Tzonmolco*，前三个地点分别位于现在墨西哥哈利斯科州阿约特兰市、墨西哥州察尔科市、墨西哥州希克市，奎西克和萨坎克位于墨西哥州特奥特南戈市。琼莫尔克因缺少历史资料，难以确定实际地点。阿约特兰市因距离其他墨西哥州城市较远，所以也可能存在历史同名城市，但已很难考证。

2 纳瓦特语 *Ihuitimal*。

国王对一·芦苇·羽蛇印象很好。在他的强烈要求下，多尔兰的国家委员会把多尔兰国的实体和精神领导之名给了一·芦苇·羽蛇。他接受了头衔，对王国改革和民众信仰改革胸有成竹。他派人把姐姐柯查尔佩特拉特接过来，因为外祖父母已经去世，她一个人孤独地生活着。

当多尔兰国王伊维蒂玛尔最终与太阳在一起后，一·芦苇·羽蛇登基了，那时他三十一岁。人民称他为多比尔钦[1]——"我们挚爱的君主"。接下来的十年里，国泰民安、繁荣昌盛，艺术之花在伟大的多尔兰盛开。他为多尔兰城带来了巨大的财富：玉石、绿松石、金银、珊瑚、珍珠，还有伞鸟、红鹳、苍鹭和黄鹂的珍贵羽毛。一·芦苇·羽蛇自己也是出色的工匠，他会制作精美的陶器、织物，帮助自己的族人不断向更高水平发展，直到"多尔德卡"——多尔兰人，这个词在整个大地上变成"大师工匠"的代名词。

然而，灵魂上的启蒙才是一·芦苇·羽蛇的首要任务。他下令在全城建造四间屋子，用来斋戒、祈祷、苦修和敬拜。一间用绿松石做房梁，一间用珊瑚做贴面，一间嵌入白色贝壳，一间用绿咬鹃的羽毛做垂饰。每个傍晚，他会待在其中一间，然后到河边芦苇丛中的圣地，用玉石和绿咬鹃毛管做的刺插入自己身体进

---

1 纳瓦特语 *Topiltzin*。

行血祭。有时他会在山中休息，在希科洛特、维茨科、钦科克和诺诺阿尔科[1]陡峭的山巅燃香。

他的姐姐总是待在他的身边。他们出神的祷告在天空中回荡。他们喊叫所有成对的神：希特拉里尼库埃和希特拉兰多克、多纳卡斯伊瓦特和多纳卡德库特里、德科里凯恩基和埃斯特拉凯恩基、特拉拉玛纳克和特拉里奇卡特[2]。姐弟俩力争用心穿透天界到达奥梅约坎——二元之地，我们的神圣祖父母从那儿把我们的灵魂送到人间。所有成对的神是一切之源，他们高兴地低头看着他们挚爱的儿子，对他的祷告、谦卑和贡献感到满意。

在一·芦苇·羽蛇无声的苦修中，他们向多尔兰的智者国王低声说：

"牢记初心。"

一·芦苇·羽蛇内心越来越肯定世界会更好。他自己的鲜血祭品其实只是蛇、鸟和蝴蝶。渐渐地，他将活人祭祀传统从多尔兰根除，驱逐了那些不愿接受他理念的祭司和巫师。

在这些被驱逐的黑暗巫师中，有一位是德斯卡特里波卡[3]，他

---

1 纳瓦特语 *Xicolotl*、*Huitzco*、*Tzincoc* 和 *Nonoalco*。

2 纳瓦特语 *Citlalinicue* 和 *Citlalantoc*，*Tonacacihuatl* 和 *Tonacatecuhtli*，*Tecolliquenqui* 和 *Eztlaquenqui*，*Tlallamanac* 和 *Tlalichcatl*。

3 纳瓦特语 *Tezcatlipoca*，即"烟镜"。

是个强大的祭司，曾经从无数战士的胸膛取出心脏，为了延续太阳、雨水和农作物。他蔑视国王的懦弱。他暗中行事，打算让多尔兰城与新的律法背道而驰。但是多尔德卡人深爱着一·芦苇·羽蛇，他们没有动摇，表现出绝对的忠诚。尽管多尔兰人的统治者隐居时间越来越长，一·芦苇·羽蛇几乎不离开苦行的屋子或者从山巅下到多尔兰街上，他的人民在"二·芦苇"这一年——他执政的第十年，仍坚持认为一·芦苇·羽蛇在领导上没有任何问题。

德斯卡特里波卡黑色的头发上沾着血块，法衣肮脏破败。他带着自己的手下寻找新的同伴——伊维梅卡特和特拉卡韦潘[1]，两个强大的巫师和变形者。

"这个内心脆弱的蠢货，我们得给他点颜色看看，"德斯卡特里波卡对两人说，"逼迫他离开，这样多尔兰城就是我们的天下了。让我们用光荣的鲜血润滑时间之轮。"

"他用奇怪的礼仪替代了活人祭祀，"特拉卡韦潘说，"我们就来酿造普尔科酒，让他喝下。他会喝醉，忘记自己的苦行、斋戒和祈祷。最终，他心中的羞耻感会带他离开这里。"

伊维卡梅特脑子里想着另一个方案。"我们要增强他的虚荣心，从而削弱他为人赏识的谦逊。让他把自己装扮成拥有王权的

---

1 纳瓦特语 *Ihuimecatl* 和 *Tlacahuepan*。

神的模样，在神庙中放一尊他的肖像，这样他就会抛弃他谨慎的行事态度。"

德斯卡特里波卡点点头。"好，好。但首先我们要给他看清自己真面目的方法。"

另两个巫师同意了他的想法。于是德斯卡特里波卡开始着手操办。他把一面小的黑曜石镜子包起来，然后改变自己的外形，变成一个年轻人，来到一·芦苇·羽蛇斋戒的屋子。他正在里面修行。

"请告诉最高祭司，"年轻人对守卫说，"德尔波奇特里[1]来向他展现、宣布他真实的面目。"

守卫照办了。国王问："来者是什么意思，尊敬的守卫？我的'真实面目'？去检查一下他带来的东西，然后再让他进来。"

然而德斯卡特里波卡不允许他们检查。"我得亲自给国王看。"

当一·芦苇·羽蛇听到德斯卡特里波卡说的话，他点点头说："那就让他进来吧，尊敬的守卫。"

德斯卡特里波卡被带进房间。他向多尔兰的君王问候："我们敬爱的君王、最高祭司一·芦苇·羽蛇，我向您致敬，陛下。我来是向您展示您真实面目的。"

"啊，可敬的朋友，劳烦你了。你从哪儿来？你所说的'真实

---

1 纳瓦特语 *Telpochtli*，即"年轻男子"之意。

面目'是什么？请展示给我看吧。"

"陛下，我是您卑微的子民，来自诺诺瓦克山脚。您的真实面目，可以在这里看到。"

德斯卡特里波卡打开包裹的镜子，在他碰到镜子的时候，几缕黑烟从镜面冒出来。他把镜子放在一·芦苇·羽蛇的手中。

"敬爱的君主，请往镜子里看，您就能认识自己了。"

一·芦苇·羽蛇看了看自己的倒影，忍住一声尖叫。他认为在一心投入祈祷和苦行后，自己应该是神的模样，一个来自奥梅约坎的灵魂，永恒而无固定的形态。所以在他看见自己年迈的人形脸庞时，他感到一阵恐惧。他满脸皱纹，浑身是疤，两眼凹陷，眉宇的沟壑间充满郁闷。冒烟镜子的黑魔法更进一步，深入他的思想，这时一·芦苇·羽蛇看到年岁逝去的鲜活景象：他头发变得稀疏，皮肤褶皱，血肉慢慢融去，露出骨头，碎作粉末，被无情的时间之风吹散。

"我会死去，"他充满恐惧低语道，"丑陋衰老，会像之前的国王一样被包裹起来焚烧掉。这样我如何去启迪自己的子民？我告诉他们，我们会和二元神在一起，但我们只不过是瞬息的粗糙景象，破碎在沙砾之中。只要有人看我一眼，就会知道真相！"

他手中的镜子在颤抖，一·芦苇·羽蛇开始哭泣。"我的子民不再会见到我。我就待在这里，远离多尔兰。"

德斯卡特里波卡向他鞠躬，然后离开了。他回到同伴身边，对伊维梅卡特说：

"一切顺利，"他解释道，"现在我们要让这个蠢货更加丢人。"

"很好。科约特里纳瓦尔[1]——'羽毛主匠'已经同意帮助我们了。我会派他去把一·芦苇·羽蛇的羞愧变成他的虚荣。"

科约特里纳瓦尔请求守卫让他见一下国王。进屋后，他发现科约特里纳瓦尔沮丧不已，身陷绝望之中，还在可怜巴巴地看着黑曜石镜子。

"敬爱的君主，"羽毛主匠说，"是时候走出您的斋戒屋子，让您的子民看看您了。"

"不可能。"国王回复，一边指着自己镜中的模样，"我不是神性的延续，不是神圣源头的一部分。人们只要看我一眼，定会背离我的律法。"

"那就请允许我为您打扮成不朽的容貌，这样您的子民们就会因亲眼所见而得到启发。"

一·芦苇·羽蛇眼中突然闪烁起希望之火。"面具！就这么办，尊敬的兄弟，请为我化妆掩饰。让我见识一下你遮掩丑陋的能力。"

科约特里纳瓦尔开始他的工作。他先设计了一顶美洲豹皮做的圆锥帽，装上羽毛看起来就像绿咬鹃的尾巴。然后他做了一个

---

1 纳瓦特语 *Coyotlinahual*。

面具，嵌有绿松石，红色的鹰钩鼻子，带有黄色条纹的额头和眼睛。然后粘上蛇的牙齿，伞鸟和红鹦羽毛做的胡子状穗饰。随后，羽毛主匠裁了一件带有肋骨装饰的上衣，一件美洲豹皮做的披风，另外还有挂着铃铛的踝环和软棉花做的拖鞋。

国王看了看服装表示认可。科约特里纳瓦尔帮助国王穿上整套服装，然后把镜子递给他。

"我看起来……"

"恰如您的名字，敬爱的君主。羽蛇本来的面目。"

一·芦苇·羽蛇非常满意，同意去参观自己的城邦。在护卫的陪伴下，他走在多尔兰的宽阔大街上，直到停在了一座未完成的神庙面前，那是他打算献给与他同名的羽蛇神的庙宇。

他的子民非常高兴，设计了一座穿着神圣服装的国王雕像。这座神像放在庙宇中，人们像对羽蛇神一样在这座雕像前祷告。

与此同时，伊维梅卡特叫来特拉卡韦潘。"我们的任务完成了。现在快去把需要的东西拿来。"

特拉卡韦潘到了肖纳卡巴科彦[1]，他和一位名叫玛西特拉侗[2]的农民住在一起。他是多尔德卡山的主人。他们俩一同为国王准备了一道炖菜，里面有绿叶蔬菜、辣椒、番茄、玉米和豆子。田里

---

1 纳瓦特语 *Xonacapacoyan*。

2 纳瓦特语 *Maxtlaton*。

还有龙舌兰。得到玛西特拉侗同意后，特拉卡韦潘带了些龙舌兰蜜汁，并在四天内发酵成普尔科酒。他在邻近的树上找到蜂巢，挖了些蜂蜜拌在酒里。

特拉卡韦潘随后回到多尔兰，与德斯卡特里波卡会面。随后，德斯卡特里波卡立马就去羽蛇神庙，带着炖菜和酒。起初，国王守卫不让他进。第二次、第三次也不行。

最终，国王让守卫问德斯卡特里波卡家在哪里。

"在'祭司峰'上，靠近多尔德卡山。我从曾经反对羽蛇的人那里带来了一份和平的贡品。"

听到这里，一·芦苇·羽蛇说："让他进来。这次会见我等了好些时候了。"

德斯卡特里波卡尊敬地向戴着面具的国王问好，他把炖菜呈上，一边解释说活人祭祀的支持者们，在多尔兰国王智慧的启迪下都认识到了自己的错误。一·芦苇·羽蛇慷慨地接受了食物。

等国王吃过菜后，他又递上一个普尔科酒罐。"尊敬的君主，您的身体状况怎么样？我听说您的身体正在遭受年龄增长带来的疾病和痛苦。看我带来的这一剂药。您不想喝了它吗？"

一·芦苇·羽蛇看着老祭司德斯卡特里波卡。"走近点，聪慧的兄弟。长途跋涉之后，你的力量肯定耗尽了。我很高兴你能来，我很早就想修复我们之间的隔阂了。"

"我也是。"德斯卡特里波卡回复道，"请您如实告诉我吧，您的身体如何？"

"其实我身体每个部分都感到很沉重，都有病痛，从四肢到灵魂。尽管这套服装还有子民的赞美令我高兴，但这都转瞬即逝。每当我回到寝宫，就感觉自己散了架似的。"

"这儿就有解决的办法，亲爱的国王，这剂汤药无毒温和，是良药。如果您喝了，就能缓解并治好身体的疾病。而您的灵魂……一开始您会哭泣。然后您的内心甚至会感到更多波澜，您会想到自己有限的生命，感到绝望。但随后您将看到自己终有一天会去的地方，您的神圣归宿。"

"我的归宿？会是怎样的呢？"令人敬畏吗？

"我看得不是很透彻，不过您会去一个红黑色的地方。那儿会有一位干瘦的圣人守卫。您会从他身上学到很多。当您归来时，就会再次成为一位年轻人。"

一·芦苇·羽蛇被预言打动了。但是当德斯卡特里波卡催促他喝下普尔科酒时，国王拒绝了。"我不能喝。冒生命危险来喝下一剂不知名的汤药，简直太愚蠢了。我得对自己的百姓负责。"

"来吧，敬爱的君王。您太需要这剂药了。喝下吧。我给您在手上放一点点。您尝一下。可能会有点浓烈，不过您肯定会觉得很好喝。"

一·芦苇·羽蛇尝了一下，然后又喝了一大口。"这到底是什么？真的很好喝。我的痛苦和绝望消退了。怎么那么快就能感到舒爽？"

"再喝一点吧，陛下。很快您就会感到自己更加强壮，更加健康。"

一·芦苇·羽蛇在很短的时间内喝下了五罐普尔科酒，彻底醉了。德斯卡特里波卡残忍地笑了，他说：

"尊敬的国王，有首歌可以进一步提升您的灵魂。我来教您，我们一起唱。"

这位黑暗巫师开始唱：

> "我要离开我的羽毛屋，
> 绿咬鹃羽毛做的屋子，
> 绿咬鹃的羽毛、黄鹂的羽毛，
> 我可爱的珊瑚屋。"

国王加入了进来，他们一遍又一遍地唱，直到一·芦苇·羽蛇感到极度欢愉。他把手下叫来，喊道："快去把我的姐姐叫来，我要她在我身旁一起感受这份快乐！"

守卫们来到诺诺阿尔科山，国王的姐姐正在修行。"陛下，尊敬的斋戒女士，我们奉国王之命来找您。一·芦苇·羽蛇正在等您。您不想加入他，来一起陪伴我们吗？"

柯查尔佩特拉特高兴地答应了。到了之后，她坐在弟弟身旁的芦苇席上。德斯卡特里波卡给她倒了普尔科酒，她也喝了五罐。

当两人都彻底醉酒之后，德斯卡特里波卡再次让他们一同唱歌。然后教了他们第二段内容：

"亲爱的姐姐，我亲爱的姐姐，
你会去哪里？你会在哪里居住？
啊，亲爱的柯查尔佩特拉特，
让我们喝个烂醉吧！"

两人都醉了，他们不再要求对方行圣礼。两人既不去河边的圣地，也不再扎刺自己的血肉，用鲜血赎罪苦修。黎明之际，天微微发亮，他们没有行惯常的礼仪。

最终，在太阳光温暖照射下，他们醒了。两人极度悲伤，内心充满悔恨。

"我就是个灾祸！"一·芦苇·羽蛇哭道，就在这痛苦的时刻，他听见太阳在呼唤他：父亲，你不是那个肉身，也不是去掌管人间的。记得你的初衷，记得你下凡的理由。你要认清自己是谁，快来红黑之地吧。

一·芦苇·羽蛇意识到自己实际是天上下凡的圣者，他对自己的懦弱感到绝望，对自己放松警惕被愚弄感到悲伤。他瘫坐在王室的地上，这位神圣国王大声唱出自己的流亡哀歌：

> "我的屋子
>
> 时日不多，
>
> 今天便是
>
> 最后一日。
>
> 就此罢了。"

接着，他唱出第二诗节：

> "啊！想到她的羞愧我就哭泣，
>
> 她创造了我，给了我形体。
>
> 我从未见过的母亲，
>
> 崇高的女子，女神。"

当一·芦苇·羽蛇唱完歌，他的姐姐、守卫和仆人受到精神打击，他们悲痛不已，开始大声啜泣。他们唱起一首赞歌献给挚爱的君王：

> "尊敬的一·芦苇·羽蛇，玉石般明亮的国王！
>
> 他的屋子破碎，

祈祷的羽毛屋不再。

我们看着他，最后一次

惋惜痛苦！"

当所有人安静下来时，他命人凿一口石棺带到宫殿里。一旦准备好，他把自己关在里面，试图净化自己的罪恶。

"四天，"他对姐姐说，"你必须让我独自躺在这里躺四天。"

然而，当一·芦苇·羽蛇在赎罪时，三个黑暗巫师打算惩罚多尔兰的男人和女人，因为他们跟从哲人国王放弃了人祭。

德斯卡特里波卡为自己贴上羽毛，打扮成一·芦苇·羽蛇的模样，他把最高祭司的弟子们都聚集到德西卡尔潘[1]，一个悬崖环绕的山谷。所有年轻人到齐之后，德斯卡特里波卡开始边敲鼓边唱歌。人们好像着了魔似的开始疯狂地跳舞，一边用沙哑的嗓子快乐地唱着歌。夜深了，音乐在夜半时停止，假冒的一·芦苇·羽蛇消失了。人们跌跌撞撞，神情恍惚，一个个从悬崖跌落到谷底的湍流中。几个恢复镇静的人费力地来到峡谷的石桥边，结果发现桥已经被毁。

与此同时，伊维梅卡特变身为一位勇敢的多尔兰将领，他传人告诉所有的祭司和贵族，他们要在肖齐特兰见面为国王采花，

---

1 纳瓦特语 *Texcalpan*。

那是一·芦苇·羽蛇浮动的花园。然而，当多尔兰的贵族阶级到齐后，伊维梅卡特冲向他们开始敲打他们的后脑勺，趁着人们逃跑过程中互相踩踏，他杀死了几百人。

在多尔兰城的市场上，特拉卡韦潘带着一个奇怪的小孩形状的假人出现了。他用手操控，让假人跳起复杂的舞步。多尔德卡人被迷住了，他们人越聚越多，越挤越紧，一些人几乎都要窒息了。特拉卡韦潘放出另一个奇异的生灵来继续跳复杂的舞蹈。他逐渐隐匿在人群中，突然叫道："朋友们，这是邪恶的前兆！我们怎么能够容忍这样的黑暗魔法呢？我们必须朝他扔石头！"跳舞的假人在石头的击打下倒了下来。然而，这个假人开始散发出恶臭，强烈的气味把多尔兰人都熏倒了。有人试图用绳子把尸体拖出来，但是绳子断了，人们在一起跌跌撞撞，在恶臭中死去。

其他的凶兆接踵而至。一声巨响，沉睡的卡卡德贝特[1]喷发了，把大火和火山灰送入天界。多尔兰人陷入恐惧之中。"诸神抛弃我们了！"他们大哭道，"我们的城市若是被毁了，我们能去哪儿啊？"

滚烫的石块如雨般落下，有些非常巨大。在查布尔德贝克[2]附

---

1 纳瓦特语 *Cacatepetl*。

2 纳瓦特语 *Chapoltepec*，常见译名为"查普尔特佩克"。

近的树林里，落下一块巨型祭祀石。一位住在那里的老妇人开始给潜在的受难者分发纸旗。

当然，她就是德斯卡特里波卡伪装的老人。

她烤着玉米，诱人的香气把多尔德卡人，不论远近，都吸引过来了。他们没有丝毫戒心，每人从老夫人那里拿了一面旗子。

当所有人聚集在祭祀石的边上时，德斯卡特里波卡显露了自己的真实面目，把这些人一个个都杀了，在石头上把他们的心脏取出来。

一·芦苇·羽蛇赎罪修行的第四天，德斯卡特里波卡——飓风的化身变成自己的纳瓦尔里——恐怖的美洲豹，在多尔兰城的街道上徘徊，到处吓唬多尔兰的居民。它来到未建完的羽蛇神庙，把国王的神像撕扯成碎片，骚扰圣所里的侍司。

最后，虚弱带病的国王从石棺中出来了。见到黑暗巫师们在城中造成的毁坏和伤亡，他感觉自己的意志破灭了。此刻，神圣的力量在他体内涌动，令他能够实现奇迹。但他无法忍受继续待在多尔兰城。太阳的声音在他灵魂中回响。他把侍卫、姐姐和所剩无几的助手都叫来。

"朋友们，我们出发吧。带上自己的财产，我们去河边的圣地。"

一·芦苇·羽蛇一行离城前，他放火烧了自己所有的祷告屋。他用手指着可可树，把它们都变成了牧豆树。他把绿咬鹃、伞鸟和红鹦唤来，吹了一声口哨让它们飞向南方。

一·芦苇·羽蛇的同伴们把他的大部分财产埋在了土壤肥沃的河岸边，只留了艺术作品和古抄本在身边。随后，他们便穿越大海围绕的世界，开始寻找预言中的红黑之地。

这群人来到了夸乌蒂特兰[1]——万树之地。他们靠在一棵大树的树干上休息，一·芦苇·羽蛇要来镜子。他看着自己苍老又不修边幅的面貌，叹气道："我现在真的是一个老人了。就让这个地方叫韦韦夸乌蒂特兰[2]——'老树之地'吧。"

一·芦苇·羽蛇拿起一把砂石，朝树干扔去。所有的石头都牢牢卡在树上，至今都可以看到，从树根到最高的枝干都有。

这一行人继续他们的旅途，一·芦苇·羽蛇的同行者温柔地吹响笛子，让他们挚爱的君王感到振奋。他们又一次停下休息。一·芦苇·羽蛇靠在一块石板上，他的泪水唰唰地流下来，像冰雹和酸雨一样，在大理石上留下印记。他的双手按过的地方，留下了深深的手印，就好像石板是泥土做的一样。这个地方的名称由此而来：德玛克巴尔科[3]——"他手掌之地"。

休息一段时间后，他们继续前行，来到一条难以渡过的宽阔河流旁。一·芦苇·羽蛇用自己的神力抬起石头垒在一起，筑起

---

1 纳瓦特语 *Cuauhtitlan*。

2 纳瓦特语 *Huehuecuauhtitlan*。

3 纳瓦特语 *Temacpalco*。

一座前所未有的大桥。一·芦苇·羽蛇和自己的追随者从桥上过河，他给河起名为德巴诺瓦彦[1]——石桥河。

之后，一行人在路上遇到一口冒泡的泉水。一群祭司在那里等着国王，他们曾经因拒绝停止活人祭祀而被国王驱逐。祭司们拦住国王的去路，问他：

"你要去哪儿？目的地是哪里？你为什么要离开多尔兰城？你把城邦留给谁管理了？谁现在代你行圣礼？"

一·芦苇·羽蛇回答："走开。我要继续赶路。"

"回答我们！你要去哪里？"

"红黑之地。这就是我要找寻的地方，我的目的地。"

"你去那儿做什么？"

"太阳对我发出了召唤。"

这群祭司对一·芦苇·羽蛇的回答很满意。"很好。你走吧，但你要把多尔德卡的艺术品都留下。"

祭司们逼迫一·芦苇·羽蛇，强取豪夺。一·芦苇·羽蛇照做了，他把黄金铸件、玉刻、木雕、羽毛作品和书籍都留给这些祭司。

一·芦苇·羽蛇手头剩下的只有一点宝石，他在春天都撒到

---

1 纳瓦特语 *Tepanohuayan*。

泉水中去了。他给这个地方起名为科斯卡阿潘[1]——宝石泉。不久，这一名字变成了科瓦阿潘[2]——蛇泉。

现在摆脱所有尘世的纠缠之后，一·芦苇·羽蛇开始斋戒祈祷直到有新的灵光闪现。一切都明朗了：他真正的出身、在大地上的目的，以及那些欺骗他的祭司们的本质。

他把随行人员都叫来，对他们说："我们从多尔兰流亡至此，我们教会多尔德卡人的圣礼应该教给所有大地上的人。所以在我们到达我最终归宿的路上，我们要把苦行、斋戒和相关的价值教给所有遇见的人。这样时间之轮可以在不需要活人祭祀的情况下滚滚向前。"

于是，这一行人踏上了长达十几年的传教之旅。首先，他们经过阿卡兰、查波特兰和玛萨琼科[3]，把国王的智慧分享给当地人。然后，他们穿过雪岭山脉[4]，许多旅行者在冰川上死去，但一·芦苇·羽蛇的泪水和歌声让他们复活了。

在高地的山谷里，一·芦苇·羽蛇去了所有村庄，他让奇迹降临并在当地留下了至今仍留存的痕迹。他在其中一个地方，建造了一座石球场。在另一处，用一棵木棉树水平穿过另一棵木棉

---

1 纳瓦特语 *Cozcahapan*。

2 纳瓦特语 *Coahapan*。

3 纳瓦特语 *Acallan*，*Tzapotlan* 和 *Mazatzonco*。

4 西班牙语 *Sierra Nevada*，即跨墨西哥火山带。

树。他巧妙地把一块巨石放在一颗小石头上，虽然大石会随风摇动，但没有人能够推动它。一·芦苇·羽蛇在梅茨特里亚潘[1]——"月亮湖"边上放置了芦苇席，在上面休息。他给芦苇注入了神力，帮助将来一个名叫梅希卡的民族找到他们最后的家园。这个湖在后人的口中也叫特斯科科[2]湖。

一·芦苇·羽蛇在特纳尤卡[3]的城邦里待了好几个月。他把知识传授给科尔瓦坎[4]的巫师。在夸乌凯乔尔兰[5]，人们把他视作羽蛇神，在几年里建造了一座神庙和祭坛献给他，他引导人们举行恰当的仪式。乔洛尔兰[6]的统治者也请他多待几年，当地人造了一座羽蛇神庙用来斋戒祷告。

森波瓦拉特[7]人民请他管理城邦。于是他在这个王国待了很久，在那里他甚至遇见了从遥远东方海岸来的玛雅首领。当地人在两座羽蛇神庙之间建了一座巨大的太阳神庙。一座圆形的羽蛇神庙对应形成雨水的大风的模样，一座金字塔形神庙象征羽蛇创

---

1 纳瓦特语 *Metztli Iapan*。

2 纳瓦特语 *Texcoco*，现在墨西哥城所在地。

3 纳瓦特语 *Tenayuca*，如今是一处历史遗迹，位于墨西哥州特拉尔内潘特拉市。

4 纳瓦特语 *Colhuacan*，位于特斯科科湖南部突出的伊斯塔帕拉帕半岛上。

5 纳瓦特语 *Cuauhquechollan*。

6 纳瓦特语 *Cholollan*，常译作乔鲁拉，现位于墨西哥普埃布拉州的一处历史遗迹，拥有美洲最大的塔庙。

7 纳瓦特语 *Cempoalatl*，如今是一处历史遗迹，位于墨西哥维拉克鲁斯州森波瓦拉市。

造并维护着人类和世界。

特斯卡特里波卡赶到了，他从多尔兰城出发，寻找讨厌的兄弟。一·芦苇·羽蛇决定逃跑，把他带入一片荒地，直到来到一棵巨大的木棉树前，这是世界树的幼苗。一·芦苇·羽蛇射出带有魔力的一箭，在粗大的树干上打开了一个口子。神圣国王用冒烟的镜子把德斯卡特里波卡骗入树洞，随后把黑暗巫师的余生封在树洞里。

一·芦苇·羽蛇已是世界有名，人们称呼他为纳克希特[1]——旅行者。而他感到自己时日不多了。他在心中慢慢理解了红黑之地的本质。在他到达终点前，还有最后一项任务要完成。

他带着随行前往波瑶特卡特[2]，由巨鹰奥里萨巴[3]在很久之前筑造的白色山峰。一·芦苇·羽蛇最后一次和他姐姐还有朋友们在山峰上嬉戏，从山坡上滑下来玩耍。随后他庄严地走向大海。

"朋友们，柯查尔佩特拉特和我现在必须离开你们了。但你们不要哭泣，因为将来有一天我会回来，再次领导你们。到那时，让我记起你们。你们要记住我的教诲，严格遵守多尔德卡之道——创生之道。愿神圣母亲保佑你们。"

随后，一·芦苇·羽蛇和他姐姐站在海岸边，他吹了一声

---

1 纳瓦特语 *Nacxitl*。

2 纳瓦特语 *Poyauhtecatl*。

3 西班牙语 *Orizaba*，奥里萨巴山，墨西哥最高峰。

口哨，萦绕在众人心头。一艘羽蛇木筏乘着泛有白沫的浪尖来到一·芦苇·羽蛇面前。神圣姐弟踩上蛇背离开了，消失在东方的地平线上。

这艘有生命的木筏把他们送到一片遥远的土地，一座伸入蔚蓝大海的半岛。那里是玛雅阿布[1]，丛林、山丘、神庙和沼穴之地。

姐弟两人穿过布克[2]破碎的山丘，最后来到一座小城邦乌克雅布纳尔[3]，不久前刚被伊察[4]人——"水巫"占领。强大的伊察部族长途跋涉，为了寻找新的家园。他们被乌克雅布纳尔吸引是因为这里有两个巨大的沼穴，可以在干旱的土地上为他们提供生命之水。

一·芦苇·羽蛇在当地人和征服者之间做协调人，促成了长远的和平发展，他还负责帮助城邦扩张。人们称呼一·芦苇·羽蛇为克乌克乌尔坎[5]——羽蛇在伊察语中的译名。这位转世的创造神和新的人民一同建立了有利大众的律法，在科技上也有了长足的发展。他把城邦重新命名为奇琴伊察[6]——"水巫井口"。

克乌克乌尔坎创造了很多奇迹，他的神圣本质愈发凸显，伊

---

1 伊察玛雅语 *Ma'ya'ab*，即尤卡坦地区最早的玛雅语名称。

2 尤卡坦玛雅语 *Puuc*，意为"山脉"，现指有卡坦半岛上具有同一类型建筑风格的历史遗迹群。

3 伊察玛雅语 *Uc Yabnal*。

4 伊察玛雅语 *Itza*。

5 伊察玛雅语 *K'uk'ulkan*。

6 伊察玛雅语 *Chichen Itza*。

察人决定重修一座塔庙来向他致敬，建成一座更大、更加恢宏的庙宇。在建设塔庙期间，转世的羽蛇带着自己的姐姐和一群伊察人来到八里格[1]远的一个地方，距离今天的梅里达[2]很近，距离大海约十六里格。在那里，他们建起圆形的高墙，墙上有两扇大门，他们在墙内中心地区还造了神庙和其他建筑。

"我为这座城起名为玛雅潘[3]。"克乌克乌尔坎在竣工时宣布，"我把城邦的意义融入了你我的语言。它的意思是'玛雅旗帜'。我想让这座城成为你们伟大的象征，我聪慧的子民。我在大地上的时间不多了。请记住我们一起学过的东西。你要和平相处，创造美好的作品让天界愉悦。能够和你们并肩走过是我的荣幸。"

在大声的哭喊及爱的倾诉中，姐弟两人出发离开了这片土地，他们手牵手走向大海。一小群人跟着他们，其中有祭司、医疗师和几个阿卢希[4]精灵。整个气氛显得忧郁压抑。

"红黑之地的奥秘，"羽蛇对姐姐说，"在于我们选择它在哪里，我们选择什么时候到达。它是最终的捆束和燃烧，是我们意志的实现，是我们回归源头。"

柯查尔佩特拉特，虽然没有理解他的话，但是感受到了内心

---

1 长度单位，1里格约等于3英里。

2 墨西哥南部城市，尤卡坦州的首府。

3 伊察玛雅语 *Mayapan*。

4 玛雅语 *alux*，"精灵"之意。

的喜悦。羽蛇注定要去天界的王座了。人们说当羽蛇到达海边时，他停下脚步开始哭泣，他整理了一下自己的衣服，拿好盾牌，戴上面具。一切整理就绪，他把自己点燃，让大火吞噬自己的血肉。那片土地由此得名特拉特拉彦[1]——燃烧之地，羽蛇自我祭祀的地方。

人们说，当他在燃烧时，骨灰飞向天空。在烟云中，出现了许多奇特的鸟，盘旋而上：火红色的朱鹮、蓝色的伞鸟、山咬鹃[2]、白鹭、黄额长尾鹦鹉、鲜红色的金刚鹦鹉、白腹鹦鹉和其他珍禽。

最终，风把他的骨灰带向远方。看啊！羽蛇的心脏从大地一跃进入天空。老人们说它变成了启明星，那是羽蛇死后才出现的亮星。他们称这颗星星为特拉维斯卡尔潘特库特里[3]——黎明之主。

但人们也说，他死的时候，先消失了四天，去了死亡之地——黑暗的米克特兰[4]。随后四天，他给自己做了许多箭矢，用来惩罚罪过。

那八天过后，一颗壮丽的星星开始闪烁。人们把这颗星星称为羽蛇，他们确信自己原先的国王已经回到了天界的王座上。

---

1 纳瓦特语 Tlatlayan。

2 纳瓦特语 tzinizcan，学名 Trogon mexicanus，也叫墨西哥咬鹃。

3 纳瓦特语 Tlahuizpantecuhtli。

4 纳瓦特语 Mictlan，即"亡灵界、死亡之地"。

玛雅传说

召唤

我们要像克乌克乌尔坎一样，进入中部美洲南方茂密的雨林去探索吗？对宏伟的城邦感到惊叹？藤蔓已经爬满了古城，王国的历史用文字刻在高耸的石碑之上。

这里有坍塌的天文塔台，古老的玛雅人曾在这里夜观星象。这里有复杂的时间符号，历法的计算方法中诞生了零的概念。

虽然玛雅人已从没落的王国离开，住在植被丰茂的城市里，但是他们还会回到这些神圣的地方向诸神致敬。

你们能感受到他们的惊叹与崇敬吗？你们是否也像他们一样会心跳加速？你们是否渴望能够拥有神力，和古老的玛雅人一样将石块垒起建造谜一般的神殿？

啊，看呐！羽蛇和他的姐姐来到玛雅阿布，尤卡坦半岛和邻近的地区。羽蛇对创造和秩序、美与复杂的爱充满感染力，深深扎根在追随者的心中。

在半岛北部的低地，最后的几个王国以克乌克乌尔坎为榜样，享受着短暂的辉煌和富裕。他们在沼穴旁建造了庞杂的宗教和政治建筑，那里的地下水滋养着他们，清洗他们的罪孽。

然而，权力和财富把人引向独裁与贪婪，没过多久玛雅阿布就陷入混乱之中。

争端和冲突的传说几乎消磨殆尽。迭戈·德·兰达主教[1]下令焚烧了所有的玛雅古籍。宗教法庭对异教徒的火刑让尤卡坦半岛陷入黑暗。只有三部古抄本幸存下来。

哦，但是不要灰心，朋友们，思想和内心会延续。人们都记得。

你们能听见玛雅祭司们向自己的侍祭低语吗？你们能看见神圣的记忆之链千百年来永续不断吗？

现在就来看一看奇兰巴兰[2]，玛雅传说的圣人祭司，拿起羽毛笔用征服者的字母记录自己人民的传说。其他人将以他为范本。

---

1 即 Diego de Landa，16世纪下半叶尤卡坦都督区大主教。

2 玛雅语 Chilam Balam，字面意义为"美洲豹预言家"，指用玛雅语写成的古籍。

我们会学到长久以来人们认为已经失传的知识。

通过《奇兰巴兰之书》及尤卡坦玛雅人的口头传统，我们可以窥见一千年前那个神秘的时期，那时人们与精灵为伍，希望有一个荣耀的出身。

我们从结局的缘起说起。

乌希玛尔¹的侏儒国王

在克乌克乌尔坎引领下，玛雅世界迎来复兴，在卡巴²城，一位年轻的女巫外出寻找萨斯屯³，那是巫师用来汲取力量的魔石。她进入布克山脉，那里住着许多阿卢希，他们是来自天空的神秘精灵，大自然的保护者和搬运工，巨大魔力的拥有者。阿卢希们见到女巫心中的善良，便出现在她面前，带领她找到适合她天赋的萨斯屯。

---

1 玛雅语 *Uxmal*，古典时期的玛雅城邦。

2 玛雅语 *Kabah*，布克玛雅建筑群中的一处古迹。

3 玛雅语 *sastun*，原指巫师用来占卜或引灵的器具。

然而，出乎女巫意料之外，阿卢希们还送了她屯库尔鼓[1]和摇铃。"放在正确的双手中，"他们说，"这些乐器将宣布乌希玛尔的国王是谁。"

　　女巫现在才知道乌希玛尔已经一百多年来没有国王了，但她什么也没说，接过了阿卢希的礼物。质疑他们就等于招来危险。

　　女巫回到人民身边，她成了社群里重要的成员。女巫负责和雨神对话，保障了地区的丰产不断，因为当地缺少珍贵的沼穴，而其他玛雅地区有很多。她还用了很多其他咒语在年关时保障男人、女人还有小孩的安全。

　　时间流逝。一位国王在乌希玛尔诞生，建立了一个区域王国。新的王国有一条白色的石灰岩大道——沙坷白[2]，十八千米长，把首都和卡巴城分开了，路的两头各造了一个拱门。商品、条例、祭司都在沙坷白上交会流动，女巫和其他魔法学习者渐渐觉得自己被新王国的黑暗巫师替代了。

　　女巫孤独一人慢慢老去，她没有子嗣，越来越少出门了。一天，她在布克山脉里散步，路上她找到一颗不同寻常的蛋。她把蛋裹在围巾里带回简陋的屋子。她把蛋放在炉火边，和之前阿卢希给的礼物放在一起。她每天都会观察孵化的情况，但是她对即

1　一种玛雅裂缝鼓，源自玛雅语 *tunkul*。

2　玛雅语 *sakbej*，*sak* 意为"白色"，*bej* 意味"路"，即"白色之路"。玛雅城邦中用白色灰泥压成的大道称作 *sakbej*。

将孵化出来的生命没有任何心理准备。一天，蛋壳裂开了，一个小男孩，生下来便会走路说话。

"你是谁？"他问。

"为什么这么问，我是你的祖母啊，小宝贝！"女巫感叹道，一边抱住小男孩高兴地笑着。

此后，女巫一直宠爱着男孩。起初，他像正常孩子一样生长，但是后来生长停止了，随着时间流逝，他的声音变得低沉，四肢也变得粗壮。女巫意识到，这个孩子是侏儒，甚至会是个阿卢希。不管男孩的真实身份是什么样的，女巫教会他树叶、树干和树根的绿色魔法，还有神圣的祷告词和仪式，用来在春天求雨。女巫想着他可能在将来成为一位伟大的巫师，一位可以保障自己族群安全健康的男巫。

侏儒深爱着自己的祖母，但他也很好奇，自己观察祖母的一举一动，以此来找寻自己身份的线索。他发现，每天在炉里生火之前，她会花很长时间打扫、调整砖块和石头。他确信祖母正在向他隐瞒什么。侏儒反复想着如何支开祖母，来获得时间调查一下。

最终，他想到一个计划：在女巫每天带去雨水池的水罐上挖个洞。在女巫没能用水罐装满雨水的时候，侏儒把炉灰清理干净，撬开几块石头，直到发现在里面藏了十多年的鼓和摇铃。他笑着用摇铃击鼓。

鼓声隆隆作响差点把他震到地上。鼓的回声穿过卡巴，进入了布克山脉、白色大道，以及所有通向乌希玛尔宫殿的道路。年迈国王的巫师们很久以前就预言会有人篡夺他的王位，而此人正是可以制造这一恐怖巨响的人。

老国王生气地颤抖着，叫来自己的护卫。"找到这个发出响声的人，把他带到我面前！"

女巫回到卡巴，发现被挖开的洞，立马念了一句咒语，用一点泥土把洞填上。她感到自己的心脏和空洞的鼓声一样在空中弹响。她冲进屋子，发现侏儒惊讶地看着自己的双手。

"奶奶，不是我做的！"他低声说道，"这么小的乐器不可能发出这么大的声音。"

"哦，就是你啊，我的孩子！现在你注定要成为国王了。"侏儒严肃地看着女巫，"国王？不是已经有国王了吗？"

女巫拿起鼓和摇铃，放回原来的地方藏起来。"是的，我敢肯定他的人马上就会到。我们必须准备好。"

"准备好做什么？"

"挑战他。"

守卫们询问沙坷白沿路的居民，没过多久便找到了发出声音的中心。他们用长矛不断敲门，直到女巫把门打开。

"怎么了？"

"我们在寻找敲响地狱之鼓的男人。国王想马上见到他。"

"好的，但这里只有我和我的孙子。"

侏儒从女巫背后走出来。"叔叔，是我敲的鼓。如果我的奶奶可以一起来的话，我就陪你们去。她年纪大了，一个人不安全。"

"行。一起走吧。"

他们沿着白色道路走了一整天，在日落前来到国王面前。国王命令侏儒立马把鼓交给他。

"陛下，这恐怕不行。我们都知道，根据预言，你有三次挑战我的机会。如果我成功通过三次测试，你就得让位，我将成为国王。"

国王和顾问团还有巫师们确认了这一预言，尽管他怒火中烧，但不得不同意。

"可以。不过要是你输了，你的小命将不保。第一个测试：你看到后院的木棉树了吗？明早告诉我树上有几片叶子。现在就去数吧！"

月夜下，侏儒向祖母抱怨："那棵树上的叶子怎么可能数得过来？绝不可能。"

"你别焦虑，孩子。我们有很多朋友可以帮助我们。用召唤咒语，把蚂蚁叫来。"

侏儒照做了，不一会儿，整个地上聚满了蚂蚁。

"去吧，小不点儿们。"女巫低声说，"爬上木棉树，去尝尝每一片可爱的树叶。然后告诉我们一共有多少片。我向你们保证，这些叶子都是你们的。"

这群小昆虫答应了。

太阳升起时，一群旁观者已经聚在院子里等着看结果。老国王让人把侏儒和女巫带到面前。

"告诉我吧，那棵树上有多少片树叶。"

"一共有 121 919 片叶子。"侏儒回答道，面带自信的微笑。国王没有料想到这么个答案。他让下人组了一支队伍，把每片树叶都拽下来放在一个石头容器里，边摘边数。整整三天，最终确认侏儒的答案是正确的。

国王面色铁青。"下一个测试。"他对再次站在他面前的侏儒咆哮道，"我们俩同时做人偶，然后放在火里烧。我们谁做的人偶在火里烧不坏就算赢。"

"同意。"

国王离开后，命令自己的工匠刻一个浸透水的木人和一个结实的铜人。而女巫让孙子做一个泥人。他们在广场相会，熊熊大火已经燃起。乌希玛尔的民众再次聚集起来。

当国王失信，同时把两个人偶放入大火中时，侏儒没有反对。他顺手把泥人扔到国王的人偶边上。

不一会儿，木人开始发出嘶嘶响声，随后发黑，燃烧起来。而铜人起初烧得发红，随后发白，最后融化了。然而，泥人在大火灭去化作灰烬后依然完好无损。

国王一把抓过侏儒的人偶，大喊："啊哈！这个人偶并没有完好无损。你放了一个软泥塑进去，现在硬得跟石头一样！"

侏儒知道这不公平，但是他没有说话。

"所以我俩谁都没有赢，"国王接着说，"那就最终测试吧。侍卫们，请把格鲁椰子树[1]的果子摘来。之后他们会轮流把三个椰果在你头上砸碎。"

侏儒的心一下提到嗓子眼。这下没法活着通过第三项测试了。

"请问，"祖母问，"如果这孩子通过了测试，你也接受椰果的敲击吗？"

"当然，当然。"国王不耐烦地说。

"好，那我们一会儿就为测试做好准备。"

女巫让吓坏了的孙子跟着她。他们离开了一会儿，守卫们这时把果实摘来。

"别担心。你不会受伤的。"女巫把手伸进自己的草药袋子，拿出萨斯屯。在侏儒的头上擦了擦，然后把石头放在侏儒茂密的黑发中，同时念出黏性咒语。

测试开始了。椰果一个接一个地在侏儒头上裂开。每次敲击之后，他都会摇晃一下，但是没有受到任何伤害。

---

1 原产于美洲热带地区的棕榈树种，墨西哥南部有分部。

国王的顾问团和巫师们来到他的身边。守卫们手中拿着椰果也走近了。

"等等！"他大叫，"我命令你们等一下。"

然而，观众们嘘声一片，大声抗议。国王被抓起来履行他的诺言。第一个果子砸了下来，但没有碎。相反，国王的头颅被砸开了，他倒了下来，当场死去。

侏儒立马被民众封王，众人为他登基高兴地庆祝。侏儒国王成了名人，他的子民都爱戴他，他为人善良谦和又天性聪慧，魔法也日益精湛，为王国带来了许多好处。

在他执政早期，他为祖母造了一座宏伟的宫殿，人们称其为"女巫塔庙"或"老妇人之家"。侏儒国王还为他和女巫一直以来供奉的雨神庙加了外层。人们称这座庙为"男巫塔庙"或"侏儒之家"。

十年之后，女巫去世了。她死前剩最后一口气时告诫国王一定要尊重众神、公正治国。国王照做了，国家迎来了世纪中辉煌的时期。这个海洋环绕的世界边缘的小小王国内，一切平和，充满魅力。阿卢希从山上下来向国王问好，与他确立了许多协定。干旱自此没有来到过乌希玛尔的田地，疾病与衰败也成了遥远的记忆。

老百姓开始为敬爱的国王做泥像，经过烧制，塑像坚韧如石。即使在侏儒国王去世后，其他民族控制乌希玛尔的时期内，人们也延续了这一传统。

如今，在尤卡坦松软的热带泥土中，你们依旧可以找到这些矮泥人，它们见证了人民对非凡国王的持久热爱。

胡纳克·塞尔[1]崛起

侏儒国王去世之后，乌希玛尔进入了图图尔修[2]王朝。国王阿赫·梅卡特·图图尔·修[3]，很有智慧，富有远见。通过经济和宗教手段，他把乌希玛尔、奇琴伊察和正在快速发展的城邦国玛雅潘联合起来，形成玛雅潘联盟。三个城邦通过外交和战争手段吸收了其他社群：萨玛、伊奇帕屯和伊萨玛尔[4]。最终，王国几乎统治了

---

1 玛雅语 *Hunac Ceel*，玛雅潘城邦科克姆人首领。

2 玛雅语 *Tutul Xiu*，图图尔修人为玛雅人的一族。

3 玛雅语 *Ah Mekat Tutul Xiu*。

4 玛雅语 *Zama*、*Ichpatun* 和 *Izamal*。

整个尤卡坦半岛，新的和平时代到来了。

一段时间之后，各国之间的关系纽带开始断裂，因为每个小国都想称王。各地动乱爆发。叛军很快被联军镇压，但是叛乱发生的频率越来越高。

联盟成立 200 年后，转折点到来了。玛雅潘城里卡维奇[1]家族迎来了一个小生命。卡维奇家族是科克姆[2]部落中的贵族。这个小男孩一吹风就会发抖，父母就给他起名为阿赫·塞尔——"怕冷的人"，这个名字在日后将会展现出预言性。

阿赫·塞尔·卡维奇长大后，对伊察人的统治感到不满。的确，这些高傲的"水巫"在几百年前克乌克乌尔坎领导下，建造玛雅潘仅是作为奇琴伊察的副产物。而现在城中主要的人群是科克姆人。阿赫·塞尔·卡维奇加入其他愤愤不平的科克姆战士队伍，力图维护自己部族的主权。

他冷漠、善言，性格执拗，不久成了起义军的头领。他们袭击了伊察人在玛雅潘的要塞，杀了很多人。但最后，伊察人的强大军队击败了他们。

阿赫·塞尔·卡维奇和他的部下被一起带去了奇琴伊察见城邦的四位领主，他们与国王共商国是。他们每个人都有一个强大

---

1 玛雅语 *Cauich*。

2 玛雅语 *Cocom*。

的元素名称作为头衔：恰克·希布·恰阿克——东方红雨神，萨克·希布·恰阿克——北方白雨神，艾克·希布·恰阿克——西方黑雨神，坎·希布·恰阿克[1]——南方黄雨神。

东方红雨神阿赫·梅希·库克[2]，作为代表发言。他将对阿赫·塞尔·卡维奇和他的部下进行审判。

"勇敢的科克姆！"阿赫·梅希·库克喊道，"尽管你们是叛军，但你们在战争中表现优异。所以你们将有幸成为神圣祭品，跳入神圣沼穴，成为伟大雨神恰阿克的祭品！你们的首领将敬畏地看着自己手下消解雨神之渴。"

阿赫·塞尔·卡维奇高声反抗。

"我的主人，这不公平。让我看着自己的战友跳向死亡而我却苟且活着是不合适的。我宁愿同他们一道有一个光荣的归宿。"

阿赫·梅希·库克为反叛者的勇气所震撼，他点了点头。"好的，卡维奇。"

不久后，所有被俘者站在奇琴伊察中心的巨型沼穴边上，他们的手被绑在身后。六十五英尺下，沼穴中阴暗的水泛着碧玉的光泽。直径二百英尺的沼穴四壁是陡峭粗糙的巨石。

雨祭司站在邻近的一块石台上，唱起恰·恰阿克[3]，雨神要求

---

1 玛雅语 *Chak Xib Chaak*、*Sak Xib Chaak*、*Ek Xib Chaak* 和 *Kan Xib Chaak*。

2 玛雅语 *Ah Mex Kuuk*。

3 玛雅语 *Cha Chaak*。

的祷告词。

"哦，伟大的迷雾与风暴之主，伟大的大风与雷电之主，请仁慈地看着我们。请为我们与阴晴不定的主神传话，在他山上的要塞——翠绿的天堂里，满是神圣的露珠。请把厚云送入我们干枯的天空，让雷电劈向山坡。打开天界的闸门，让我们的养料再次流淌。我们将这些战俘送还给你用来恢复神力，他们英勇健壮，血液中充满神力。请接受他们，作为我们对恰阿克的回报，他是万灵之源。"

阿赫·塞尔·卡维奇和他的战士在长矛的捅刺下，跳入深渊，很多人刚砸到水面上就死去了。

阿赫·塞尔·卡维奇双脚先触水，随后落入水中最黑暗处。他双手被绑，无力地挣扎。他不断下沉，感受到肺部被挤压，直到忍不住张开嘴想呼吸，便吸入了寒冷的地下水。

然而，他没有淹死。阿赫·塞尔·卡维奇滑出了沼穴，双膝跪地落在一片绿草丰茂的林地上。他甩了甩头，把眼睛上的水甩干，看着周围难以置信的景象：一片向各个方向延伸的天堂，绿色的树木开着五颜六色的花朵，成千上万的鸟儿聚集在树上，它们划过天空，唱着和谐的歌曲相互问候。

他的白日梦被身后闪电打破。他感到手腕突然燃烧起来，随后手上的枷锁就被切断了。他转过身去，看到四只超自然的生灵在空中飘浮，它们由风和雨合成，全身闪着雷电。它们围在阿赫·塞尔·卡维奇的身边，声音洪亮像远处传来的振翅声。

"啊，阿赫·塞尔·卡维奇，你被选中来到恰阿克跟前，他在那边的风暴之屋里。"

几个生灵一致指向天堂中心隐约可见的大山。山巅有一座玉石和黄金做的闪闪发光的神庙，四周云雾缭绕。

阿赫·塞尔·卡维奇终于理解了，他在恰阿克的天界，这里是南方的来生，纳瓦人称为特拉洛坎的地方。这些生灵是真正的查科布[1]——雨神的侍从，在大地上执行雨神的意志。奇琴伊察的水巫篡夺了他们的名号，但是他们的力量难以企及。

二话不说，查科布在阿赫·塞尔·卡维奇周围形成旋风，把他带入空中。接着在查科布的帮助下，阿赫·塞尔·卡维奇沿着暴雨倾注的山坡被送向高处的恰阿克宫殿。

阿赫·塞尔·卡维奇被放在云雾缭绕的巨大王座前。一个高大的身影从迷雾中探出身子看着来访者。

恰阿克的身体如同巨人一般，全身绿色，长满两栖动物的鳞片。他的头部不是人的形状，一张两栖动物的脸上两眼瞪出，长长的鼻子垂下来。雨神对阿赫·塞尔·卡维奇冷笑，匕首一般的

---

1 玛雅语 *chacob*。

尖牙突出在下嘴唇外。龟壳悬垂在耳朵上，雨神用令人畏惧的闪电斧做出威胁的动作，龟壳跟着舞动起来。

"我有个计划要告诉你。"混着泥石流、龙卷风和雷暴的声音说道，"所以你还活着。伊察人还有他们对克乌克乌尔坎虚假的崇拜令我不满。然而，联盟中没人拥有足够的力量来击破他们。我会给你所需要的一切，阿赫·塞尔·卡维奇。你将从我的王国出现，去给你厌恶的人预言。你将得到他们的信任，他们会把你送上高位，把权力交予你。你只要等候时机，别让他人看出你心中所想。时机到来时，我会派出信使，他会帮助你毁灭奇琴伊察王国。"

阿赫·塞尔·卡维奇心怀敬畏，跪着服从，他听着雨神说话，笑了。

侍祭在打扫神圣沼穴的边缘时，阿赫·塞尔·卡维奇突然冲出沼穴湿漉漉地站在晨曦中。侍祭们几乎不敢相信自己的眼睛。

"告诉你们的主人，"他喘息道，"卡维奇从另一个世界给他们带信了。"没过多久，守卫们把这位幸存者带去国王的宫殿。阿赫·梅希·库克和城市中其他的元老看着他，感到难以置信。

"你怎么会在这里，"阿赫·梅希·库克问，"怎么还活着？"

"受神之命，主人。他保护了我，所以我今天能在您面前预言。今年大雨会晚到。我们要晚两周栽种下一批农作物。这是恰阿克告诉我的，在他水王国的中心。"

奇琴伊察的领导者们询问了预言家和祭司，没有得到确定的答案。最后，阿赫·梅希·库克对所有人宣布：

"我们要留意科克姆首领做的预言。他会和我们待在一起直到秋收结束。如果他的预言属实，那我们可以确定他是雨神青睐的人。"

于是，阿赫·塞尔在敌人的国度待了很久，人们尊重他但也保持小心谨慎。

雨季果真来晚了。根据新的农业时间种下的农作物长势良好。水巫城里的人都为阿赫·塞尔庆祝。

阿赫·梅希·库克为这位雨神意志的传话者所震撼，他打算支持阿赫·塞尔。

"伊察人将会善待你。"他宣布，"我们会负责让你得到头衔及重要的使命。你会成为玛雅潘国王智囊团的一员。你是我们姐妹城邦的代表，阿赫·塞尔·卡维奇。"

阿赫·塞尔·卡维奇低下头。"我做的每一件事都将提升阿赫·梅希·库克的美名，您是贵族中的首领。虽然水巫们没有要统治我的城邦，但我承诺对您的拥护，我的主人，恰阿克就是我的证人。"

然而，在他被隆重护送回玛雅潘的路上，这位科克姆战士感到神圣的复仇之路冻结了他的内心。在他来到自己城邦的国王面前，他为了时刻提醒自己秘密的初衷，他给自己起了一个新的名字：胡纳克·塞尔 [1]——永恒的寒冷。

多年以后，胡纳克·塞尔在玛雅潘成了有头有脸的人物。他和傲慢无比的伊希·塔阿琴·艾克 [2] 公主成婚，两人有了一个可爱的女儿。他们给她起名为萨克·尼克黛 [3]——白花。

老国王死后，恰阿克选中的人坐上了王位。

在宏伟的宫殿里，胡纳克·塞尔暗中策划，等待着预言中的信使来传达摧毁奇琴伊察和喜爱自吹自擂的水巫们。

萨克·尼克黛与奇琴伊察灭亡

至今，住在玛雅阿布的人们还会说出萨克·尼克黛公主的名字，她是古代玛雅一朵苍白的花朵。像月亮一样，平和、遥远，带着冷静的爱看着世界，一轮漂在平静水面上的月亮，每个人都会喝下的水光。也像斑鸠，只要开始唱歌，树木就会颤抖、叹息。

像树叶上的露水，给枝叶带去清凉和透彻。

像银色的棉花，随风飘摇，装点空气。

像太阳照射，为所有生命带来活力。

---

1 玛雅语 *Hunak Ceel*。

2 玛雅语 *Ix Taakin Ek*。

3 玛雅语 *Sac Nicte*，意为"白色的花朵"。

对她的人民来说，萨克·尼克黛是在木万[1]月盛开的花朵：田野间充满欢乐与香气，触感轻柔、悦耳动听、心怀慈爱。

在三国长久的和平时间内——荣耀的巅峰时期，萨克·尼克黛的形象始终如一。一个早晨，太阳跟着启明星升起之时，她出生了。她的父亲是胡纳克·塞尔——玛雅潘国王、伟大的战士和预言家。她的母亲是伊希·塔阿琴·艾克——金色星星，聪慧却凶恶，而且高傲自大。

在胡纳克·塞尔的领导下，玛雅潘——玛雅阿布的旗帜与皇冠，渐渐成了联盟的统治方。乌希玛尔和奇琴伊察两国把时间花在炫耀上，现在姐妹城市在它们面前高傲地抬起了头。

三国的领袖之间依然表现出尊重和爱戴。住在玛雅阿布的人们可以自由穿行，没有任何阻碍。处处和平，百姓安乐。

但所有事情都会有终点。

胡纳克·塞尔从宫殿高处俯瞰自己的城市。自他带着恰阿克的预言从奇琴伊察的神圣沼穴爬出来，已经过了20年。他承诺要为自己被祭祀的战士还有被篡夺的城邦复仇。他长久以来克制的耐心到了极限。

"雨神，"他咬牙切齿地说，"今天是我等待你信使的最后一天。明天开始我将自行处理一切。"

---

1 玛雅语 *Muwan*，玛雅哈布历法（*Haab'*），第15个月份名称，该历法总计18个月，365天。

"那我今天能来真是万幸。"一个陌生的声音从他背后传来。国王转过身，发现一个小生灵盘腿坐在他的王座上。尽管胡纳克·塞尔从未见过这类生灵，但他从玛雅阿布地区的雕刻和绘画作品中认出了他是什么。

那是一只阿卢希，小精灵中的一员。

"我以为你们已经从大地上永远消失了。"胡纳克·塞尔回答，带着惯常的沉着与冷漠。

"是的。大多数是的。而我听从恰阿克的吩咐。他派我过来找你。我们将一起让水巫们跪在地上，再砍去他们的头颅。"

终于，胡纳克·塞尔内心的憎恨涌出，他像个求知的学生一样，坐在精灵的脚边，听他讲计划。

在奇琴伊察，阿赫·梅希·库克在胡纳克·塞尔登基后不久便去世了，恰克·希布·恰阿克——东方红雨神的头衔也因此空出。但是，他让他的儿子卡安·艾克[1]——水巫的"黑曜石蛇"来领导他的人民，他的儿子和父亲一样庄重帅气。

卡安·艾克是个爱做梦的人，也是个极度残忍的人。在他七岁时，他杀死了一只蝴蝶并把蝴蝶翅膀撕下，再给它们染上鲜亮的颜色。当晚，他就梦见自己变成一只长满斑点的胖毛虫。

---

1 玛雅语 *Kaan Ek*。

十四岁那年，他发现一只小鹿困在猎人的套索里。他用黑曜石匕首把小鹿的内脏取出，小鹿虚弱无助地呼唤着自己的母亲。随后他把鹿的心脏挖出，献给黑暗之神，这是把黑暗巫术教给追随者的神灵。他的双手沾满鲜血。当晚，他梦见自己是一只饥饿的美洲豹。醒来过后，梦境萦绕了他一整天，这令他的嘴角露出了奇异的微笑。

在卡安·艾克二十一岁时，他当上了恰克·希布·恰阿克——东方红雨神，奇琴伊察的四大领袖之一。玛雅潘联盟的所有盟国领袖都出席了典礼，包括胡纳克·塞尔，卡安·艾克视他为叔父，因为他曾有恩于自己的父亲。但是他对统治玛雅潘的野心确是昭然若揭。他们之间的脆弱联系仅是政治上的权宜之计。

"卡安·艾克殿下，"国王在庆典过后对他说，"您值得如今的地位，祝贺您。您记得我的妻子，伊希·塔阿琴·艾克王后吗？这是我们的女儿萨克·尼克黛。我相信您上次见到她时，她还是个孩子。"

卡安·艾克向公主问好，表现出惯例要求的礼节与尊重。但是这一晚他没有做梦。因为他睡不着。他哭泣到天明，这是他残忍的双眼第一次流泪。

那个早上，他懂得了悲伤、欲望、绝望。

决心。

当萨克·尼克黛五岁时，她给了一位疲倦的旅行者一碗水喝。当她递给他一个陶碗时，碗中的水映出了她的同情心。一朵花在碗中盛开。

在她十岁时，一天她在玉米田里散步。一只鸽子飞到她的肩膀上休息。萨克·尼克黛用手给鸽子喂了玉米粒，然后吻了一下鸽子的喙，让它自由地飞走了。

在她十五岁时，她遇见了卡安·艾克，这位伊察人的新领袖。

她的内心如旭日的火焰般燃烧。她每晚都带着微笑入睡。醒来时也非常愉悦，就好像灵魂被神奇的阳光照射过一样。

她感觉时候到了。隐藏的花朵迎来木万艳日，花儿绽放，带着羞涩可爱的微红。晨曦的清风轻刷花瓣，把香气带到田园的每个角落。

萨克·尼克黛的内心之花也在这命中注定的日子绽放，绽放在玛雅阿布的土地上，被诸神谜一般的意志所搅动。

胡纳克·塞尔没有察觉任何迹象。

那日早晨，卡安·艾克命令助手安排萨克·尼克黛独自在伊西切尔[1]神庙附近的神圣花园里独自待一会儿。萨克·尼克黛向蜂鸟和绿咬鹃哼着甜美的曲子，年轻的伊察国王悄悄走近她。

---

1 玛雅语 *Ixchel*，即"虹女"，彩虹之女。

"亲爱的公主，鸟群和女神花卉与你完美相配。"

萨克·尼克黛慢慢转过身子，她的眼睛因惊喜而睁得很大。

"我的主人恰克·希布·恰阿克，"她低声说，做了一个很小的动作表示顺从。

"请叫我卡安·艾克，我亲爱的花朵。"

卡安·艾克走得更近了，萨克·尼克黛蜜一般的肌肤开始泛红。

"和你在这片花园相遇，"她说着，尝试恢复冷静，"真是意外之喜。你也好像美丽自然的一部分……好像悄悄躲在某棵树阴影后面突然出现的捕猎者。"

她的语气带着调戏的意味。卡安·艾克笑得更欢了。

"如果是的话，我也只是个啜泣的愣头青，公主。昨天我终于出生了。"他细语道，同时握住她的手，"太阳历的二十一年就是个怀孕的过程，二十年来我活在黑色的蚕茧里，不知阳光明媚。你的微笑让我破茧而出，萨克·尼克黛。你看我现在，伸开颤抖的双臂，是因为我尝到你在空气中的香味，心中无比紧张。"

萨克·尼克黛的内心如围绕他们快速飞过的蜂鸟一般。"我们眼神相会之时，若是我的父母在我身边，他们肯定看不见那支从天界飞来刺中我心脏的箭。"

"那支箭也刺中了我的心脏，萨克·尼克黛，把我们的灵魂连在一起。这是神的旨意，让我们在爱情锐利却甜蜜的怀抱中结合。”

公主叹了口气，走近卡安·艾克。“我未曾想过奇琴伊察——神圣太阳的白色屋子，在它宏伟的塔庙里有一束闪耀的光让我现在才意识到之前的日子过得多么昏暗。”

“这是伊察姆纳[1]和伊西切尔，我们高高在上的神圣父母在时间之初为我们定下的缘分。亲爱的，这种爱只有天界不可言喻的文辞才能恰当地解释清楚啊。”

卡安·艾克把脸贴向萨克·尼克黛，他在花园的树荫下亲吻了她，这不仅决定了他们的命运，也决定了玛雅潘联盟的命运。

伊察君王答应自己的挚爱，在他坐稳江山、行使权力之后，就会去玛雅潘向她父亲请婚。

然而，当他们回到皇宫后，胡纳克·塞尔开始了雨神的计划，打消了萨克·尼克黛快乐的念想。

当她梦见卡安·艾克，在美丽的花园中遇见他时，她的父亲正在会见阿赫·乌利尔[2]——伊萨玛尔国王。他们俩谈判了几乎一整天，最后两个国王达成一致。

两位国王站在克乌克乌尔坎神庙之上，向众人宣布这个消息。

---

1 玛雅语 *Itzamna*。

2 玛雅语 *Ah Ulil*。

萨克·尼克黛成了阿赫·乌利尔的未婚妻。他们将在三十九日后举行婚礼，以此加强两国的紧密联系。

萨克·尼克黛悲伤地哭泣，而卡安·艾克因愤怒而变得疯狂。他知道这场联姻的目的：玛雅潘和伊萨玛尔想牢牢控制玛雅阿布，把奇琴伊察彻底排除在联盟之外。

卡安·艾克的内心苏醒了。当他见到自己心爱的人被野蛮地夺走，他儿时的残忍冷酷又回来了。当奇琴伊察的四位领袖聚首准备讨论对策时，卡安·艾克冷静地说道：

"就算玛雅潘和伊萨玛尔联合起来，在军事上他们也不可能与我们相提并论。就让胡纳克·塞尔成立他愚蠢的小联盟吧。如果他们敢造反，我们就击败他们，剖开他们的肚子，挖出他们的心脏。"

没过多久，玛雅潘来人告诉卡安·艾克："我们的主人胡纳克·塞尔邀请他真挚的朋友和同伴前去参加他女儿的婚礼，一场玛雅阿布前所未有的盛典。"

卡安·艾克两眼冒着火光，回复："告诉你的国王，我会参加的。"

没多久，伊萨玛尔的信使也来了。"我们的国王阿赫·乌利尔请尊贵的陛下出席他与萨克·尼克黛公主的婚典，见证他俩永远结合。请您作为兄弟和伙伴下榻王宫。"

卡安·艾克的前额冒出汗珠，棕色的双手紧捏成拳头，冷笑道："告诉你的国王，结婚那天他会见到我的。"

夜幕降临，卡安·艾克的内心也愈发黑暗。他站到窗边，孤独、痛心，看着星星在神圣沼穴的水面上闪烁，突然，他听见背后传来的脚步声。

一个精灵站在他的寝宫里，是他母亲曾经告诉过他的故事里的阿卢希。

"卡安·艾克，奇琴伊察王国的恰克·希布·恰阿克，蝴蝶与小鹿猎手，流泪的小美洲豹，你就这点男人的怒气？那朵白花颤抖着等你双手摘下，你就让另一个男人把她占为己有了？你可不是这么想的吧！"

"当然不是，你这讨厌的侏儒。我现在还在策划如何复仇呢。"

"复仇？如果你要瓦解这次联盟，得在婚礼前行动。"

卡安·艾克嘲笑道："什么？你是想让我爬上玛雅潘的城墙吗？胡纳克·塞尔可以轻松抵御包围，然后阿赫·乌利尔会从两翼夹击我。"

精灵的双脚拍打着石台。"卡安·艾克，有其他道路可以进入人类的城市。我不就是悄悄进入你的房间而没有被任何守卫发现吗？如果你能小心谨慎地组织一支精英战士部队，我可以在恰当的时候把你们带入精灵的洞穴，从布克山脉下通过。然后我就径直把你们带去胡纳克·塞尔的宫殿，接下来你想怎么破坏就怎么破坏。"

萨克·尼克黛的悲伤减轻之后，她感到愤怒。她不断向伊西切尔神庙倾诉祷告，祈求帮助。她没有得到任何回复，也没有仆人告诉她国王撤销婚约，于是她去找母亲，最终也是徒劳。

正当萨克·尼克黛一筹莫展的时候，一只像孩子一样的生灵从她房间的阴影里走出来，向她鞠躬。他的皮肤是金色的，身上只穿了一条白色遮羞布，光秃秃的头上戴着绿咬鹃的羽毛。

"一只阿卢希！"她大叫一声，向后退了几步。

"别怕，萨克·尼克黛。"小精灵高兴地用灵异的声音说道，"我刚从奇琴伊察你爱人的房间过来。他现在还在想办法拯救你，他想在不幸的婚礼举办前把你带走。"

萨克·尼克黛重重地坐在床上，陷入沉思。"他想把我劫走吗？这个鲁莽的计划会毁了玛雅潘联盟，把三国卷入战争。"

阿卢希双手在胸前交叉。"你没发现吗？你的父亲早已想破坏和平了。他现在正等着雇佣兵到来。你一旦和阿赫·乌利尔国王成婚，那你们两个国家会和雇佣兵一起袭击奇琴伊察，杀死卡安·艾克及玛雅阿布的每一个水巫。"

这个消息令公主心神不定。她难以相信父亲会做这么恐怖的事情。但他不已经把她嫁给了个比她年龄大一倍的男人了吗？甚至都没有提前告知她。她感到男人的心思捉摸不透。

"那，那你要我做什么？"

"你耐心等等，我会告诉你的。你的婚礼准备工作很繁复，届时可以给我们作掩护，人们不会注意到，所以要等到那时再行动。不要违背你真实的感受。听从你父母所有的要求。很快你就能自由了。"

然而，这对恋人被骗了。这只阿卢希这么做就是想通过挑拨玛雅潘和奇琴伊察的关系来拆解联盟。他最早出现在胡纳克·塞尔面前，向胡纳克·塞尔保证，只要听从他的建议，胡纳克·塞尔就能统治整个玛雅阿布。一切都在他们计划之中：订婚、结盟。

以及现在的雇佣兵。

国王宣布婚约的二十六天之后，雇佣兵将领在黑暗的掩护下到达了。一共有七人：辛特奥特、琼特科梅、特拉西卡利、潘特米特、肖齐威维特、伊茨科瓦特和卡卡尔特卡特[1]。他们人高马大，肤色比大多数玛雅人淡，他们称自己为梅希卡人，说在山丘里已经有五千战士等着他们发送信号。

胡纳克·塞尔向他们保证，时机很快就会来到。与此同时，他给了几位将领许多礼物，再命令自己的心腹把他们送回山中，并给他们带上了食物和补给。

---

1 纳瓦特语 Cinteotl（Centeotl）、Tzontecome、Tlaxcalli、Pantemitl、Xochihuehuetl、Itzcoatl 和 Cacaltecatl。

他按照阿卢希所说的在做。剩下的就是导火索了，阿卢希没有明说，但是他向国王保证，时机一到他就会明白。

一切都在准备之中。在伊萨玛尔城中，那些古老的石碑上，刻画了萨克·尼克黛的肖像，从此在玛雅文明的大地上流传下去。她的身边放的是阿赫·乌利尔的雕像。两座雕像下面还刻有文字：玛雅阿布的伟大来自他们。从他们身上我们得到和平与富裕。

萨克·尼克黛等了又等，但没有等到她的爱人进一步的消息。阿卢希没有再回来。婚礼一切准备就绪，婚典游行的日子到了。公主陷入深深的绝望，她感到迷惘恍惚。她服从父母之命，但已是行尸走肉。

在奇琴伊察，阿卢希回来告诉卡安·艾克，通向玛雅潘的道路被巫师封堵了，于是卡安·艾克朝阿卢希大喊大叫。

"冷静点，恰克·希布·恰阿克。我们还有另一条途径。你和你的手下可以在新郎新娘的婚礼上把她抢走。"

尽管这个方法更加冒险，但是卡安·艾克别无选择，只能同意。

第三十八天到了，公主和所有的科克姆领主还有国王夫妇从玛雅潘出城。光辉婚队行进在伊萨玛尔和玛雅潘的沙坷白大道上。所有人欢声笑语，甜蜜的歌声不断。

婚队接近伊萨玛尔时，阿赫·乌利尔国王带着自己的领主和战士前来迎接新娘。当他见到新娘，发现她哭了，不过他觉得萨克·尼克黛是喜极而泣。

伊萨玛尔的大街小巷里，人们载歌载舞。没人知道即将发生什么。道路两旁装点着彩绘的柱子、花朵、羽毛和彩带。婚礼盛会开始了，在第二天早晨正式严肃的典礼之前，会有一整天的狂欢庆祝。

到处都是吃的喝的。夜幕降临，满月如太阳般照亮了树林。客人们送上了豪华的礼物。他们受新郎之邀，来自远方，有乌希玛尔、萨玛、伊奇帕屯、特霍、科潘、墨图尔和恰坎普图姆[1]。

然而奇琴伊察的首领们来晚了。他们到的时候，卡安·艾克并不在其中。没人能够为他缺席给出合理的解释。他们只知道他在路上耽搁了，其余一无所知。

阿赫·乌利尔国王一直等到天完全黑下来，祈祷恰克·希布·恰阿克会出现。就连派去奇琴伊察的侦察兵也无功而返。事情显得很蹊跷。联盟的领袖们感到非常焦虑。

萨克·尼克黛却在当晚第一次笑了出来。艾克·乌利尔确信她一定是为即将到来的婚礼感到兴奋无比。然而，她却是在场唯一知道即将发生什么的人。

---

1 玛雅语 *T'Ho*、*Copan*、*Motul* 和 *Chakan Putum*，均为玛雅城邦。

到了半夜，多数宾客都喝得烂醉。许多人都滑到地上大睡起来，要不就是跌跌撞撞地回到房里休息。演奏者们结束了最后一曲，新娘在父母和未来丈夫的面前跳了最后一支舞蹈。

千年来不曾发生的事情即将上演。神明简简单单的呼吸便可让风改变方向。在萨克·尼克黛舞动身姿的时候，她想到了她的挚爱，想到了他被唤醒的灵魂。

这时，卡安·艾克终于到了。

他从宴会正中心沙地的一个洞中出现，还带了三十多位最信任的战士。他们把乐师和祭司推向一边，径直冲向舞动着的公主。他穿成战士的模样，胸前带着伊察人的徽章标志。

他的战士们发出战争的嚎叫，他们跳上宴会桌，亮出黑曜石之剑。玛雅潘和伊萨玛尔没有完全酒醉的战士跌跌撞撞地跑去叫守卫。但没等守卫赶到，卡安·艾克已经得逞了。

他像一阵风冲向萨克·尼克黛，一把抓住她用双臂举起。所有人都怔住了。没人能够阻拦他。在这么好的一个日子里，谁会愿意举起武器呢？

伊察人把灯吹灭，逃入黑暗之中。在两国的国王们准备下达命令阻止侵略者时，卡安·艾克和他的战士们已经离开了。地道的入口被封住，好似不曾出现过。

阿赫·乌利尔把伊察人的另外三位领袖抓住。他把他们一个个拖向十层高的塔庙，在闪耀的银河之下砍下他们的头，再把头颅踢下塔庙。

阿卢希的魔力缩短了回程的时间。卡安·艾克和萨克·尼克黛在屋中相拥了很久，天才渐渐亮了起来。他们的爱情没有得到认可，对任何人来说都很危险。但是在短短的几个小时内，他们努力忘却世间的其他一切事物。群星在他们头上缓缓移动，诸神给了他们独处的年轻之爱。

或许是一个魔咒。

整座城市陷入梦境。一时间，每个居民都感到无比欢愉，有一种没有任何挂碍的祥和之感。

这将是未来几个月里最后的一个宁静之夜。

劫持萨克·尼克黛是雨神的指示。胡纳克·塞尔让信使跑去山中通报。早上，梅希卡雇佣兵就加入了玛雅潘和伊萨玛尔的战士之列。大军向奇琴伊察压进，灭亡即将到来。

胡纳克·塞尔心中的愤怒在沸腾。他诅咒阿卢希。他诅咒万能的恰阿克。他们给了他复仇的机会，但也让他唯一的女儿身陷危险之中。

沙坷白上烟尘滚滚。战争的喊叫声中混着摇铃、钹、战鼓和螺壳的刺耳轰鸣。

整个奇琴伊察还在它年轻主人的蒙眬睡意之中，对前来的猛攻没有任何准备。入侵者冲破防御，杀死了所有见到的人，不论男女老少。

这是伊察人祖先来到玛雅阿布跟着克乌克乌尔坎学习后第一次离开家园。他们想从科克姆和梅希卡人的死亡之手中逃离。每个人都在哭泣，形单影只，尽可能带上神像和古籍。

卡安·艾克和萨克·尼克黛殿后，为了保护自己的子民，因为是他们把众人的性命置于危险之中。胡纳克·塞尔从一座塔庙的制高点看到了他们，他射出一支箭，在晨光中呼啸而去。

黑曜石箭矢击中了目标，穿过年轻人的背和心脏。卡安·艾克，奇琴伊察的最后一位国王，倒在了尘土之上，永远合上了双眼。

萨克·尼克黛尖叫一声，跪在地上抱起爱人逐渐冷去的身体——她真正的丈夫，诸神应允的缘分。

她的面前，卡安·艾克的部族——成千上万的伊察人流离失所。

她的身后，自己国家的军队已经蓄势待发，准备歼灭无辜的群众。

她没有犹豫。

萨克·尼克黛扯下爱人的白色衣袖，穿在自己身上。她取下他胸前的徽章戴在自己的脖子上，然后冲向哭泣的人们，一直走到他们最前面。

"跟着我，尊敬的伊察人民。"她喊道，"我如你们一样，深爱着卡安·艾克。以他的名义，我将把你们带去一个更美好的家园！"

她戴着徽章指明了前行的道路，所有人都跟着她。

他们的路途遥远艰难，但最终来到了一片静湖边的绿地。这天正好是木万月的第一天。萨克·尼克黛从一座山丘上俯瞰湖水，手中抱着在艰苦的来路中出生的孩子，卡安·艾克的儿子。

当她对自己在湖水中的倒影微笑时，万花齐放。

伊察人在新的王后领导下，在湖边建立起新家和神庙，远离故乡和其他国家。他们把新的家园命名为"佩滕"[1]，日后西班牙人烧杀抢掠中最后倒下的玛雅城邦。

胡纳克·塞尔和阿赫·乌利尔，因失去了萨克·尼克黛而无比愤怒，他们站在奇琴伊察空城的死寂中，下令摧毁所有祭坛和雕像，还有每一座向水巫致敬的石碑。

奇琴伊察就此终结。

但故事没有结束。这天发生的事在往后很多年间不断造成影响。伊萨玛尔和玛雅潘的民众开始不满。年迈的胡纳克·塞尔眼看着图图尔修部族中的七个贵族在他城内领导人民起义，把玛雅

---

1 玛雅语 Peten，现位于危地马拉境内，该地区有较多玛雅城邦遗址。

潘彻底摧毁了。

在他们把国王拖出去准备祭祀时，胡纳克·塞尔确信听到了天边聚起的乌云中传来嘲笑的声音。

希塔巴伊[1] 传说

　　玛雅阿布最后一个王国没落之后，人们分散进入林木繁茂的山中小村落居住，而原来的空城也已逐渐被大自然召回。人们过着简单的生活，他们尊崇神明，悉心照顾着自己的田地和家人。

　　然而，每户人家都各不相同，连社区最小的家庭单位也一样，那些对社会地位不满意的人和其他人常常发生冲突。在玛雅低地北部的一个村庄里，两个女孩出生了，她们不同的性格特点极具教育意义，令后人难忘。

1　玛雅语 *Xtabay*。

希塔巴伊，一位猎人的女儿，她的名字是为了纪念手持套绳的女猎神。她自小向往自由，她的家人教会了她博爱和给予。在希塔巴伊眼里，慷慨是自己身体的一部分。她忠诚于伊西切尔——保护神与丰产女神。她从女祭司那里学到，自己的身体是崇敬和友谊的载体。

　　许多追求者送她宝石、羽毛和昂贵的衣裙。希塔巴伊享用了这些名贵品一段时间，之后就分发给没有那么幸运的女子，或者变卖之后来帮助穷人和体弱多病的人。尽管她得到了有权有势的男子青睐，但她仍保持勤俭朴素的生活，从不歧视任何人，给予他人尊严和尊重。

　　尽管如此，希塔巴伊还是被人鄙视。

　　那位嫉妒她的女子的本名已无人知晓。按照当时的习惯，在她小时候人们很可能以她出生日的符号称呼她。但多年之后，凭借她的正直、虔诚、贞洁，她有了一个外号：乌茨·科赖尔[1]——有德行的女子。

　　然而非常讽刺的是，乌茨·科赖尔表面纯洁，内心却藏着许多邪念。她鄙视自己村镇的人，觉得穷人和病人都低她一等，妒忌比她命好的人。她冷漠高傲，听不得邻居夸赞希塔巴伊。

　　"她名声很好。"乌茨·科赖尔评论道，"她像狩猎女神引诱猎

---

[1] 玛雅语 *Utz Kolel*。

物一样，诱惑男人。她拥有这个神圣的名字真该遭天谴。我们还是叫她'西克班'[1]吧，这个'恬不知耻的婊子'。姐妹们，你们还要忍受她和你们的兄弟、丈夫和父亲狂欢到何时？你们何时能够透过她甜美的外表看到她腐朽的本质？"

于是，一场谎言和人格侵害的运动开始了。村镇上，女子们一个接一个地受到乌茨·科赖尔的影响。希塔巴伊没有公开反对，她把命运交给诸神。她继续以前的生活，做着该做的事。她对穷人们不断的善行使得他们忠于希塔巴伊。

然而，多数人相信了乌茨·科赖尔，因为她是一位出色的女子。渐渐地，希塔巴伊的名声淡去，取而代之的是伤人的绰号，最后就连村庄的领袖们也称她为西克班。曾经喜爱她的人也开始残忍粗暴地对她，不再给她礼物了。

希塔巴伊心中悲伤但勇敢无畏，她开始整日待在野外，从慷慨的大自然中寻得安慰，花儿和动物不会评判人的好坏，她成了自然创造物的一部分。每晚就在简陋的纳赫[2]中，不顾同族人对她邪恶的看法，她都可以平静地入睡。

一天，希塔巴伊没有从她屋中走出来。也没人见她出城去木棉树林，像往常那样和绿咬鹃还有蜂鸟对话。

---

1 玛雅语 *Xkeban*。

2 玛雅语 *nah*，"家"的意思。

又过了好几天。起初人们没有注意到她不见了，但是那些忠于她的穷人开始感到焦虑。渐渐地，一股柔和的香气开始传遍整个村庄，好像从天界的最深处飘来的幽香。一群人开始寻找香气的源头，最后聚集到了希塔巴伊的屋子前。

屋子里，他们找到她的尸体，不仅没有腐烂，反倒很美。

"谎言！"乌茨·科赖尔听到消息之后咆哮道，"至少是一种黑暗魔法。这么龌龊罪恶的女人不可能散发出甜美的自然香气。一定是她卑劣的灵魂被地下世界拒绝了，所以在大地上游荡，再次诱惑男人！想想吧，姐妹们，如果这样的婊子能够释放出香气，那我去世的时候，岂不是会释放出神圣的香味。"

希塔巴伊的几位家属和朋友在得知不得不把她埋葬之后，心怀怜悯、心情忧郁。第二天，墓穴上长满了相互交织的藤蔓，上面开满了白花，花香引来了几百只蜜蜂。这种花如朝霞一般的植物叫希塔本屯 [1]——牵牛花。这种花的花蜜被用来酿造蜂蜜酒已经有几百年的历史了，如同希塔巴伊充满激情的爱一样令人陶醉。

诸神的信号很明确了。村人后悔曾经如此对待一个美好的灵魂，如今已离他们远去。

当然，乌茨·科赖尔没有后悔。看到自己的对手有那么神奇的结局，她越来越尖酸刻薄，这个伪善的女人远离尘世，开始全

---

1 玛雅语 *xtabentun*，一种牵牛花，学名 *Ipomoea corymbosa*。

身心投入虚假的祷告，整个过程既血腥又耗精力，目的就是为了超过因无罪而恢复名声的希塔巴伊。她的内心被憎恨扭曲，她的冷艳也消磨殆尽。

一天，乌茨·科赖尔的母亲发现自己女儿死了，躺在房间的地上，四肢伸展着。人们纷纷表达了对她离世的惋惜。她的家人在为女儿准备去另一个世界的时候痛哭流涕，他们在她嘴里放了玉米粒和玉石，代表食物和财富；在她手上放了刻好的哨子，帮助她找到前行的路。再用棉织物裹住她的身体，最后撒上朱砂。

整个村庄的人都参加了她的葬礼。祭司们因失去一位作为榜样的女子而当众哭泣。他们商量要在她的墓穴上建一个圣陵。人们到很晚都在谈论她的德行，尽管有几个人在低声说乌茨·科赖尔多年来的丑陋行为。

深夜，一股恶臭在石灰街道上飘散开来。

第二天一早，人们震惊地发现乌茨·科赖尔的墓穴上长了一大片查卡姆[1]——带刺的仙人球。原本正常无味的血红色花瓣现在飘出一股人肉腐烂的味道。

又一次，诸神给出了判决。

在得知族人惊愕的评论之后，乌茨·科赖尔的灵魂停留在了

---

1 玛雅语 *tzacam*，一种带刺的仙人球。

前往希巴尔巴[1]的路上，在墓穴附近愤怒地徘徊。即便都去世了，乌茨·科赖尔对自己的对手依然有一种难以言表的嫉妒。这位内心扭曲的亡者有了一个愚蠢的结论：希塔巴伊浪荡的罪恶为她后世带来了一些回报，所以乌茨·科赖尔要模仿希塔巴伊，以此来避免包裹自己灵魂的身体腐烂。

在以混乱为乐的黑暗力量的帮助下，乌茨·科赖尔住进了一棵老木棉树，学会了如何根据自己的意愿随时回到人间，化身为希塔巴伊。醉酒的男人发现她在树林深处，用仙人掌刺为她梳理黑色的长发。乌茨·科赖尔会呼唤他们、引诱他们，渴望得到生前一直嘲笑、谴责的快感。

接近她的男人会永远消失。当村民和家人去找时，会在木棉树扭曲的树根下发现被抛弃的尸体。全身都是指甲和查卡姆的刺划出的伤口，胸腔被剖开，心脏已被吞噬。

空气中飘着一股奇怪的气味，起先有点甜味，但旋即变成腐烂的味道。

---

1 基切玛雅语 Xibalbá，"亡灵界"之意。

阿兹特克民族的崛起

召唤

　　大家想想这片土地的名字：墨西哥（*Mexico*）。想想千百万人双膝跪地，低下头，心怀崇敬地低声说出这个名字的模样。"梅希卡之地。"一座长满矮灌木的小岛上，两个贫瘠的小村镇，注定要在灭亡之前把它们的伟大和荣耀传播到中部美洲的每个角落。

　　仔细想想：谁是梅希卡人？

　　看看第五纪遥远的过去，大海围绕的陆地上人类慢慢地稳步发展。

　　从阿斯特兰逃出来的七个部落——纳瓦人，善言的民族，他们不惧压迫，自力更生。他们来到七穴洞，昔日云蛇掌控的地方。

然而，在北方荒凉的沙漠中生活非常困难。七个部落一个一个地离开了，朝南向中部高地进发。就这样，齐齐梅卡人和多尔德卡人同许多其他纳瓦部族诞生了。

　　和我一起站在山巅，俯瞰那些黑暗的洞穴。这些纳瓦人中的最后一批即将出现。起初，他们会过着游牧生活，然后将成为雇佣兵或奴隶。

　　但是看仔细了！梅希卡人正冉冉升起，从卑微出身到称霸世界。

　　自此几百年后，我们不再以他们部族的名字称呼他们。

　　我们要用一个对所有纳瓦人来说专横暴力的名字。

　　阿兹特克人。阿斯特兰古代统治者的名号。

　　想要理解他们，我们得读一读他们的官方历史——留存至今的一些古抄本。

　　同时，我们也要穿插横跨大西洋的征服者的叙述。

　　让我们祈祷能在这些交织的文字中找到真相。

梅希卡人迁离

离开七穴洞

　　七穴洞中的人口越来越少，直至只剩下一个部族。他们的首领是梅希特里·查尔齐乌特拉多纳克[1]——"龙舌兰·玉兔。"这群纳瓦人凶猛自傲。他们的祖先逃离阿斯特兰后，通过辛勤劳动在野外创造了新的家园。他们之中没人想模仿自己的姐妹部落。

---

1 纳瓦特语 *Mexitli Chalchiuhtlatonac*。

大祭司维茨伊尔钦[1]——"亲爱的蜂鸟"和女巫妹妹玛里纳尔肖齐特[2]——"野黑麦花"监督这些纳瓦人完成宗教礼仪。这对兄妹把族人管理得井井有条，每个人都崇敬他们的祖先，向太阳、月亮和大地祷告，他们通过血祭来求雨。

　　然而有一天，一个低沉的声音在维茨伊尔钦的梦中对他说："我是太阳，是祭祀的鲜血。我是切割的匕首，是挥舞的长刀。恐怖与神奇的集合体。在战争的呐喊声中，我从自己的盾牌上出生了。我是维茨伊洛波奇特里，你们的神。我要求我的人民离开这片干旱的土地去南方，一路上宣扬我的伟大，为世上愚蠢蒙昧的人留下神庙，让他们来朝拜我，为我的荣耀而死。告诉你的主人，你们的长征即将开始。"

　　当维茨伊尔钦第一次向统治者梅希特里禀报时，梅希特里半信半疑。但是战神每晚都进入大祭司的梦境，给他传递信息和预言，就这样梅希特里被说服了，他认为有一位神正通过他最信任的顾问和他说话。

　　维茨伊尔钦先把部落的新名字告诉了梅希特里。"很久以前我们抛弃了'阿兹特克'这个名字。神感到非常高兴。现在我们的人民将继承您的名字，哦，国王，他们将被称为'梅希丁'[3]。"

1　纳瓦特语 *Huitziltzin*。

2　纳瓦特语 *Malinalxochitl*。

3　纳瓦特语 *Mexitin*，实际为 *Mexitli* 梅希特里的复数形式。

国王乐意地答应了，大祭司继续说道：

"尊敬的查尔齐乌特拉多纳克，您得开始仔细规划了，想好一个万全之策，带领人们穿越荒地。您要有序地组织他们，根据氏族建立七个街区[1]，让最强壮、最有能力的人做街区负责人。我得实话和您讲，我们将必须面对许多地区的印第安人，与齐齐梅卡人和其他部族斗争，因为我们注定要在远方建立家园，到时我们先要隐忍，然后向四方扩张，征服大地上所有的民族。所以，神通过我宣布，他会让我们成为主人，成为整片大地的国王，我们将有数不尽的奴仆，他们会向我们进贡无数宝石、金子、翡翠、珊瑚、紫水晶、华丽多彩的羽毛和多色的棉花。我作为您的祭司，将保证这一切成真。也正因为如此，神让我来转告。"

于是，梅希特里给了族人新的名字，建立了街区，把知道氏族起源、历史和神谱的街区负责人召集起来，一同制订了迁徙的方案。梅希丁们花了七年时间辛苦劳作，他们收集物品、准备衣物和必需品、铸造弓箭和长矛，为即将到来的多年之旅做好准备。

然而，有一些人不信任最高祭司的领导，甚至他的妹妹也持怀疑态度。她是部族里的女巫师，大地女神奇拉斯特里的侍祭，她敦促维茨伊尔钦重新考虑他给国王的建议。

"在七穴洞里，"她说，"我们距离大地的生命之源很近。'我

---

1 纳瓦特语 *calpolli*，为城市的下一级行政区划。

们的母亲和守护者'满足了我们所有的需求。为什么还要动身去别处呢？我们的归宿不就是通过自己和动物的血祭来实现的吗？为什么要长途跋涉，几代人历经千险只为流淌更多的鲜血？你保证会给我们带来更多翡翠和玉石，但是这些宝石真的会长久吗？只有从奥梅约坎传来的神圣之歌会比人的生命还有大地的生命更持久。其他不过是一场梦，亲爱的哥哥。"

尽管与玛里纳尔肖齐特亲近的部落居民表现出同样的焦虑，部落首领们并没有理会她。她哥哥的力量随着主神对他的托梦变得越来越强大。他学会了控制奇异的魔力，以及召唤自己的纳瓦尔里，在他需要的时候，可以化身为老鹰或蜂鸟。人们对维茨伊尔钦充满敬畏。很多人开始觉得他不仅仅是神的传话者。

最后，在太阳历第七次循环之末，长征开始了。这一年是"十二·芦苇"，距今大约一千年。走在梅希丁人最前列的是四位护神祭司，他们扛着维茨伊洛波奇特里的雕像。维茨伊尔钦在神的指引下，也和他们走在一起。

分道扬镳

梅希丁人一路上靠吃豆子、玉米、番茄和辣椒维生。当他们食物储备不够时，会停下几年前行的步伐，通过捕猎和种植粮食来增加整个部落的食物储备。然后，在神的催促下他们会继续前行，不过很多时候是因为与齐齐梅卡人发生冲突而被迫离开。

梅希丁人休息的第一站是巴茨夸洛湖，位于米奇瓦坎[1]——渔人之地。当梅希丁人不得不离开这些美丽湖岸的时候，有一群人表示拒绝。他们养成了捕鱼和游泳的习惯，葱翠丰饶的环境让他们想起古老阿斯特兰的传说。大祭司在战神的指引下，看着他们在水中嬉戏。然后，他走到梅希特里身边。

"按照神的旨意，我们要抛弃这些人。现在，趁着他们在游泳，战神要我们收好他们的衣服直接出发。"

虽然玛里纳尔肖齐特一再反对，但是梅希丁人照做了。下水游泳的那些人最后发现自己赤身裸体地被抛弃了。这批人自己建立了一个王国，与当地人融合。他们最终将成为普雷佩查[2]人。这块土地如今叫作米却肯。

梅希丁人继续他们的征程，但兄妹两人的分歧越来越大。从七穴洞出发后的第一个新年年初，主神不仅需要被俘的齐齐梅卡战士作为祭品，还需要一位梅希丁。可是玛里纳尔肖齐特和她的追随者：特拉特拉维波奇丁[3]——"受到启蒙的孩子们"坚决反对。

"够了！"维茨伊尔钦命令道，"这是神的旨意。如果你们不愿意服从，你们不会有好下场的。"

---

1 纳瓦特语 *Michhuahcan*，现代西班牙语写作 *Michoacán*，即现在墨西哥米却肯州。

2 普雷佩查语 *p'urhépecha*，分布于墨西哥米却肯州的一种语言及同名民族。

3 纳瓦特语 *tlatlahuihpochtin*，为 *tlahuihpochtli* 的复数形式。

"我们不是慈悲心泛滥，亲爱的哥哥。奇拉斯特里的意志我们也要考虑。作为大地女神，她会帮助我们穿越贫瘠的土地。"

"行啊。妹妹，作为特拉维波奇特里[1]之首，据说你是其中最聪明的，你将永远被诅咒。你拒绝强行血祭，但现在你将不得不喝下无辜孩子的鲜血，才能继续活下去。砍下你的双腿，你可以在夜空中飞翔，闪耀着昔日的光辉，变成一只火鸡或者秃鹰，然后每月要进行一次恐怖的猎捕，靠孩子的鲜血活下去。你和你的后人将永远被诅咒。"

"现在，你们每个人都睡去吧！"

玛里纳尔肖齐特和她的追随者陷入深度昏迷。随后，大主教对梅希特里、护神者还有街区首领们说：

"各位，我妹妹的魔法和我的不一样。她是个饮血者，对人们施法以此让大家盲目追随她。她让她的随从放出蛇与蟾蜍冰冷的鲜血，焚烧蝎子和蜘蛛，对蛞蝓和蜈蚣低声说出神秘的咒语。玛里纳尔肖齐特代表了大地上的一切腐败与脆弱。我们必须抛弃她和她的随从。你们要知道，我带着箭与盾，因为战争才是我的使命！我无所畏惧，全身心投入围攻各地城邦！我会伏击来自世界各个角落的人，与他们来一场崇高的战争！我会供养你们所有人。我们要征服所有国家，把男人、女人和孩子都置于一面旗帜之

---

1 纳瓦特语 *tlahuihpochtli*。

下！所以，拿起我们的行装和储备品，出发。我们把这些背叛者留在这里，在尘土中沉睡吧。什么也别给他们留下！"

当玛里纳尔肖齐特最终醒来时，她站起身，看着周围的追随者。"啊，奇拉斯特里母亲的聪慧孩子们，我们该去哪里呀？我的哥哥设下诡计欺骗我。这个恶人把我们抛弃在这里，带走了所有的食物和补给。我们只能就近寻找地方安顿下来，建设我们的新家。"

不久，他们来到德西卡尔德贝特[1]山。在得到当地人同意之后，他们从此安顿下来。玛里纳尔肖齐特和当地一位贵族成婚，他叫齐玛尔夸乌特里[2]，两人一同建立了玛里纳尔科[3]王国。没多久，玛里纳尔肖齐特怀孕了，最后生下一个儿子：科毕尔[4]。

蛇山上

剩下的梅希丁人继续前行，领袖梅希特里·查尔齐乌特拉多纳克阳寿将尽。弥留之际，梅希特里把一块玉石放在嘴里，将成为他来世的心脏。他的身体被捆扎起来，用羽毛和珠宝装饰。梅

---

1 纳瓦特语 *Texcaltepetl*。

2 纳瓦特语 *Chimalcuauhtli*。

3 纳瓦特语 *Malinalco*，为一处古文明遗迹，现位于墨西哥州。

4 纳瓦特语 *Copil*。

希特里最忠诚的仆人为他准备了吃的和喝的，准备随他们的主人一同去下一个世界。梅希特里的所有武器、盾牌、披肩和战甲被高高地垒在身旁。一只黄狗被牵到柴堆上，忠诚的猎狗可以帮助主人渡过地下世界危险的河流。随后，所有东西都被点燃。等到一切都被烧成炭之后，祭司们用水把余火浇灭，把剩下的灰浆埋葬了。梅希特里最信任的仆人没有被焚烧，而是直接被活祭，埋在主人边上。

之后，街区首领和祭司们推举护神者夸乌特雷凯茨基[1]成了德亚卡纳尼[2]——军事首领，因为大祭司受到战神托梦，说在他们到达应许之地前不会有新的国王。首领遵从维茨伊尔钦得到的指示，把族人带向蛇山，他们把当地胆小的奥多米人[3]吓跑了，奥多米人之间相互问："他们是谁？从哪里来？哪座城市是他们的家园？他们应该不是凡人，他们与神有几分相似！"

在山巅，梅希丁人给维茨伊洛波奇特里造了一座神庙。他们在里面放了一尊夸乌希卡里[4]，那个活人祭祀中放置心脏的神圣容器。同时，还放置了战神的神像，旁边还有每个街区的主神雕像。

维茨伊尔钦命人在很短时间内造了一座股球场。一旁是一个

---

1 纳瓦特语 *Cuauhtlequetzqui*，据记载，在位时间为1116年至1153年。

2 纳瓦特语 *teyacanani*，"引导者、统治者"之意。

3 纳瓦特语 *otomi*，墨西哥中部的一支古老民族，现在仍有分布。

4 纳瓦特语 *cuauhxicalli*。

骸骨支架，用来展示梅希丁人战胜的敌人和被祭祀的人。首领让工程师设计建造一个水库，拦截流下山去的河水。水很快就聚集起来，可以用来浇灌田地。

于是大祭司对人民说："各位亲爱的族人，现在我们有了充足的水，是时候种树木花草，还有粮食作物了。让鱼和青蛙、蠕虫和苍蝇聚集在这片湖中。愿鸭子、画眉鸟和天鹅能够聚在湖岸边上。"

随后，在神的启示下，大祭司教梅希丁人唱了首歌：德奎尔维奎卡特[1]——田园主人之歌。人们一起边唱边跳，赞颂玉米、豆子和南瓜的灵魂。歌舞结束之后，他们开始种植，开始建造定居用的房屋，慢慢地遍布整座山，就像一个真正的国家。

一年年过去了。梅希丁人愉快地过着日子。一天，一个代表团在维茨纳瓦克[2]街区祭司的带领下，在无名日的第一天来到维茨伊尔钦面前，他们想来斡旋：

"尊敬的主神传话者、最高祭司和首领，请就此结束您的统治，结束与各地民族的战争吧，别再催促人民前行了，别再凌驾于我们之上了。我们在这里可以找到所有您向我们许诺的东西：各类宝石、金子、绿咬鹃和其他鸟类的彩色羽毛，七彩棉花和各

---

1 纳瓦特语 *Tecuilhuicuicatl*。

2 纳瓦特语 *Huitznahuac*。

种水果、花朵，我们能想得到的这里都有。您已经把您的父母和部下聚集到一起，在蛇山建立了一个国家。我们曾是阿兹特克人，现在是梅希丁人。"

大祭司生气地回答："你想说什么？你还能比我懂得更多？你们是我的敌人还是长者？我很清楚自己该做什么，蠢货！别想质疑我的领导力。"

维茨伊尔钦对可能到来的叛乱感到恼火。针对人们想留在蛇山，他知道不得不采取行动来平息动乱。不过，在前去禀报首领之前，他想先睡一觉，期待战神的指示。

战神的指示来了，这个恐怖而又辉煌的旨意，完全出乎维茨伊尔钦的意料。第二天一早，天还没亮，维茨伊尔钦就醒来，赶去神庙。他把自己武装成战斗的样子，在脸上涂上黄棕色的颜料，然后在两颊画上蓝色的线条。

维茨纳瓦科街区的祭司们还在股球场边的圣地睡觉，维茨伊尔钦像一个毁灭的漏斗一样突然降落在他们身上。当太阳升起，照亮东方的天空时，梅希丁人醒来发现造反的人一个个躺在血泊中，胸脯都被剖开了。

维茨伊尔钦站在死者身旁，吞着他们残存的心脏。他发生了变化，变得力量强大，令人恐惧。维茨伊尔钦不再是神的传话者，这位大祭司已经变成了战神。

梅希丁人都吓坏了。他们中有不少人和反叛者一样，希望族人就留在这片绿色的山坡上，把这里变成自己的王国，但是维茨伊洛波奇特里的肉身转世另有打算。

他轻挥了下火蛇，就把水库化为废墟，洪水沿着山势向下冲去，水流经过之处成了巨大的峡谷。维茨伊尔钦又挥舞了下火蛇，芦苇和柳树便枯萎了，青蛙和苍蝇死去，鹳和野鸭在空中扑腾着翅膀慌乱逃跑。

"都准备好。"他朝自己抖缩的人民吼道："新火祭一结束我们就出发。我作为你们的神，向你们宣布，没有一座小山容得下梅希科[1]的大名，只有整个大海围绕的世界才与我设想的王国差不多大！"

梅希丁人怕得浑身颤抖。他们在一年的最后几天里准备粮食，收拾自己的物品准备再次启程。当新火在活人祭品的胸膛绽放，维茨伊洛波奇特里下令把所有街区的火炬立马点燃。在闪烁的群星和茨伊茨伊米梅闪亮眼睛的注视下，梅希丁人离开了蛇山，迈入黑暗之中。

到达应许之地

梅希丁人跟着转世的神又走了 20 年。他们的首领在途中去

---

1 纳瓦特语 *Mexico*，即"梅希卡人之地"，也是墨西哥国家名的词源。指殖民前的阿兹特克王国梅希科–德诺奇蒂特兰。

世，取而代之的是阿卡斯伊特里[1]。在他的领导下，梅希丁人不断向齐齐梅卡部族和其他印第安部落发起挑战，每次都以胜利告终。渐渐地，战争与活人祭祀成了这个游牧民族日常生活的一部分。为表示尊敬，族人给维茨伊洛波奇特里起了一个新绰号：德潘基斯基[2]——"鹤立鸡群者"。战神感到非常满意。

最后，维茨伊洛波奇特里把族人带到废弃的多尔兰城。他们穿行在废墟之间，感叹昔日被苍宇之心毁灭的辉煌。梅希丁人把羽蛇和苍宇之心两位神也供奉进自己的万神庙。面对随处可见的高超艺术成就，梅希丁人自愧不如，把这些技艺称为多尔德卡之韵，而把与之形成对比的他们最大敌人的野蛮总结为齐齐梅卡之风[3]。之后，每当他们遇见一座宏伟的城市，就会认为出自多尔兰人之手。

长期与齐齐梅卡人交战也令梅希丁人连续损失了三位军事首领。后来，这个游牧民族来到了阿特拉卡拉基安[4]，这里土地富饶、水草丰茂。他们在水边树根之间搭建奇南帕[5]，在小岛菜园上种了西红柿、南瓜、豆类、玉米、辣椒和苋菜。

---

1 纳瓦特语 *Acacihtli*，据记载，在位时间为1153年至1167年。

2 纳瓦特语 *Tepanquizqui*，即"代表"之意。

3 纳瓦特语 *chichimecayotl*。

4 纳瓦特语 *Atlacalaquian*。

5 西班牙语 *chinampa*，滨湖菜园。

梅希丁人受到邻居阿德恩科[1]部族的爱戴。他们的国王是特拉维斯卡尔波侗基[2]——"飘香的黎明"，他很崇拜维茨伊洛波奇特里，同意建造一个枞潘特里——骷髅支架[3]献给战神。因此，这座城邦被称为琼潘科[4]——骷髅支架之地。国王把自己最小的女儿特拉基尔肖齐琴[5]许配给了最新一任梅希丁首领，她为梅希丁首领多斯库埃库埃西特里[6]生了三个孩子，其中一位日后成为新的梅希丁统治者，他就是维茨伊里维特一世[7]。

梅希丁人再次出发，不久他们看见了广阔的夏尔多坎湖及整个高原盆地。

"这里就是我应许的土地，这片富饶的山谷。我们在这里会碰到很多困难，遇上很多挑战。但我们也会建立家园，统治梅希科——梅希特里的大地、梅希丁人的大地。"

几十年里，梅希丁人慢慢在湖边安家，结交盟友、面对敌人。他们的战士受雇参加其他部族之间的战争，从未退缩过。他们与夸乌

---

1 纳瓦特语 *Atenco*，现位于墨西哥州。

2 纳瓦特语 *Tlahuizcalpotonqui*。

3 纳瓦特语 *tzompantli*，*tzontli* 为"头颅"之意，*pantli* 为"串、列"之意。在古代中部美洲文明里，指用来挂起活人祭祀后被砍下头颅的地方。

4 纳瓦特语 *tzompanco*。

5 纳瓦特语 *Tlaquilxochitzin*。

6 纳瓦特语 *Tozcuecuextli*，据记载，在位时间为 1233 年至 1272 年。

7 纳瓦特语 *Huehueh Huitzilihuitl*。

蒂特兰的纳瓦人成了朋友，却招惹了德巴内卡人，这个部族在几百年前也从七穴洞中离开，现在占据了特斯科科湖西岸的大部分地区。

在查布尔德贝克山脚下，一个叫作德贝潘科[1]的地方，梅希丁人面对大山，在神的命令下停下了脚步。年关将至，大山的峭壁上很快将闪耀着鲜血。

新的历法轮回开启，维茨伊洛波奇特里把军事首领托斯奎奎希特利、大主教阿肖洛瓦、将军奥科卡尔钦[2]、所有的街区领主、护神者及夸乌特雷凯茨基聚集起来。

"梅希科人民的主人们、梅希卡的人民，请再等等，不久一切就会来到，很快你们就可以收获长征的果实。要有耐心，我知道将会发生什么。努力工作，要勇敢，要提升自我，要做好准备。这里还不是我们的家园。首先我们要在这座山的周围挖掘壕沟，预防可能会来袭击我们的人，但我们会证明梅希卡的伟大与价值。最终我们将把敌人变成奴隶，我们会成为永远的统治者。"

查布尔德贝克之乱

此时，这位梅希卡主人的话穿过德巴内卡潘城[3]，传到了科毕

---

1 纳瓦特语 *Tepepanco*。

2 纳瓦特语 *Axolohua* 和 *Ococaltzin*。

3 纳瓦特语 *Tepanecapan*。

尔——玛里纳尔科巫师国王的耳中。这座城邦位于肖齐米尔科[1]湖西南部，昔日战神的肉身维茨伊尔钦的妹妹玛里纳尔肖齐特建立了这座城。

科毕尔四处打听，他来到给予他生命的老妇人面前。"母亲，你曾经告诉我你有一位哥哥，说他是战神的化身。"

"没错。你有一位舅舅，维茨伊洛波奇特里，他是梅希丁人的守护者。在我们离开七穴洞进行长征的路上，他抛弃了我。但我有幸遇上了你的父亲，便在这里一同建立了王国，现在你已是王国的君主。"

科毕尔一脸凶残地点头。"很好。妈妈，我要去挑战我的舅舅，就在这里挑战他，在我们前人创造的王国土地上。我要杀了他，挖出他的心脏，征服他带去山谷的梅希丁人、他的贵族、他的部下！我要从这个部族夺来各种财富，从金子到珍贵的羽毛，从可可豆到彩色棉花，还有花卉和水果。妈妈，你不必感到痛惜。我这就去寻找我的恶魔舅舅。只要他活着，我就恼火！"

科毕尔组织了一批战士。他带着巫师女儿阿卡尔肖齐琴出发与梅希卡主神对战。一路上，他与不同的民族协商，成立联盟来对抗母亲原先的部族。

维茨伊洛波奇特里很快感到科毕尔向他袭来。他再次把部族

---

1 纳瓦特语 *Xochimilco*，殖民前原为淡水湖，北接特斯科科湖。填湖之后，现仅剩部分水道，位于墨西哥城南部。

的领袖们聚集起来，"各位，赶快武装起来，拿起武器！我邪恶的外甥正在来的路上。我要击败他，杀了他，而你们则要面对他的军队！"

顷刻间，维茨伊洛波奇特里用魔法[1]把自己和科毕尔转移到德贝钦科[2]，一座位于特斯科科湖中的荒芜石岛。

"你就是我妹妹玛里纳尔肖齐特的狗崽子，对吧？"

"是的，你这个怪物。你让我的母亲遭受那么多年的抛弃，我这就来要了你的命。"

战神笑了。"无赖，那得要你没被我杀死再说。"

"走着瞧，"科毕尔大叫，一边准备好自己的武器和魔法。"来试试吧，你个老蜂鸟。"

他们相互绕着对方试探，接着就开始放箭投矛，夹杂着火焰和魔法。两人对战中，德贝钦科的巨石炸裂烧毁了。科毕尔刺伤了战神的肉身，维茨伊洛波奇特里愤怒地大吼一声，一下就把科毕尔的头砍了下来。头颅落在地上，滚到远处。直到今天，这块靠湖的地方一直被称作阿科毕尔科[3]——科毕尔之水。

维茨伊洛波奇特里打开他外甥的胸膛，掏出心脏，然后一转眼就回到了查布尔德贝克山的山脚下。梅希卡人正在那儿乘胜追击

---

1 瞬间转移是阿兹特克人认为神所具备的属性。

2 纳瓦特语 *Tepetzinco*。

3 纳瓦特语 *Acopilco*。

玛里纳尔科人和他们的联军。维茨伊洛波奇特里倒在血泊中，身上的致命伤预示着他肉身的终结。他招来护神者夸乌特雷凯茨基。

"哦，恐怖之主！"祭司哭喊道："您怎么了？"

"我在大地上的生命将尽，夸乌特雷凯茨基。拿好这个，这是恶魔科毕尔的心脏，我杀了他。你跑去河边，在沼泽的芦苇荡中，你会找到一块席子。那是羽蛇在长征中留下的。你站上去，直到感觉全身充满力量，然后把这颗血淋淋的心脏能扔多远扔多远。"

护神者照做了，他对自己手臂的力量感到惊异。他回到将死的战神边上，此时，维茨伊洛波奇特里身边已经围满了族人的领袖、祭司和几十位哭泣的贵族。

"我给你们留下最后一个预言。"维茨伊洛波奇特里说，"当你们处在民族的最低谷、历史的最低潮，当你们感到失去一切时，你们将会找到科毕尔心脏掉落的地方。在那里的一块石头上，长着一棵仙人掌，我会以老鹰的形态再次出现，停落在仙人掌之上。我会和你们说话，我的语言会像蛇一般在空中旋绕，那时你们的长征就可以结束。在那儿，你们将建造一座统治世界的城邦。"

很快，战神抛下肉身，让维茨伊尔钦死去的身躯躺在尘土之中。梅希卡人向维茨伊尔钦致以最高敬意，将其焚烧后只剩下骨头，然后用神圣的捆束扎起来，交到护神者手中，在日后的诸多磨难中仍能护送着维茨伊尔钦的遗体，"护神者"这一名号才得以真正体现。

科毕尔的女儿阿斯卡尔肖齐琴不久便嫁给了夸乌特雷凯茨基，战神的外孙女产下一个可爱的男婴，科阿琼特里[1]。不久，夸乌特雷凯茨基离世了，他去了东方陪伴太阳，永远留在了主人身边，在天界放射光芒。

多年以后，梅希卡人征服了查布尔德贝克山附近的许多部族：阿库埃斯科玛克、韦韦特兰、阿特里肖坎、德奥科尔瓦坎、德贝多坎、维茨伊拉克、科尔瓦坎、维夏奇特拉、卡瓦尔德贝克、德特拉奎肖玛克和特拉毕查瓦彦[2]。在侵略的过程中，这个游牧民族招来了不少其他民族的憎恨，比如德巴内卡人、肖齐米尔卡人、科尔瓦人等。只有察尔卡人设法将梅希卡人从他们的土地上击溃。

梅希卡人首领多斯库埃库埃西特里最终在战争中牺牲，战神向大祭司托梦，梅希卡人是时候有一位新的特拉多阿尼[3]了。祭司们一致推选维茨伊里维特一世为新国王，他带领人民回到查布尔德贝克山，建了一座神庙纪念维茨伊洛波奇特里。二十年里，梅希卡人不断扩张他们的滨湖菜园，时不时入侵敌人的领土捉来战俘进行祭祀。

邻近的其他部族非常反感，也非常生气，于是其中四个纳瓦

---

1 纳瓦特语 *Coatzontli*。

2 纳瓦特语 *Acuezcomac*、*Huehuetlan*、*Atlixocan*、*Teocolhuacan*、*Tepetocan*、*Huitzilac*、*Colhuacan*、*Huixachtla*、*Cahualtepec*、*Tetlacuixomac* 和 *Tlapitzahuayan*。

3 纳瓦特语 *Tlatoani*，"统治者、君主"之意。

人部族组成了联盟:德巴内卡、科尔瓦、肖齐米尔卡和察尔卡,他们联合起来对抗梅希卡人。他们设了一个圈套。德巴内卡人向梅希卡人请求雇佣兵支援前去攻打科尔瓦坎,答应给他们许多战俘作为回报。然而,当梅希卡军队刚出发参与这场假冒的战争,联军就包围了查布尔德贝克山及周边地区。面对如此庞大的联军,梅希卡人别无选择,他们的军队被击散、放倒,只得束手就擒。梅希卡女子遭到了奸淫,孩子们成了奴隶。小部分人逃入德巴内坎[1],另一些人去了肖齐米尔科。放下武器的人一般会被接受,得以生存下去。他们成了流亡者,来自一片不复存在的土地。

维茨伊里维特带领的梅希卡战士,途中遭到伏击,科尔瓦人把他们逼入科尔瓦坎。国王科西科西特里[2]要求把维茨伊里维特和他的女儿奇玛拉肖齐当公祭祀,献给科尔瓦坎的保护神"蛇女"。梅希卡战士们眼看着自己的领袖被祭祀,愤怒无比却无力反抗,他们在心中埋下了复仇的种子。

囚禁

科尔瓦人把他们的囚徒安排在孔蒂特兰[3]城,梅希卡人在那里

---

1 纳瓦特语 Tepanecan,即"德巴内卡人之地"。

2 纳瓦特语 Coxcoxtli。

3 纳瓦特语 Contitlan。

生活、工作，度过了漫长艰苦的四年。之后，科尔瓦坎和肖齐米尔科两国之战爆发。科尔瓦国王让梅希卡人参加战役，把长矛投射器、弓箭和带有黑曜石刀锋的木剑还给他们。这些战士无法把所有战败者带回用来祭祀，于是就把他们的耳朵割下用来展现自己的高超武艺。最后，他们凯旋，来到科尔瓦国王科西科西特里面前，每人手里提着一大袋耳朵作为战利品。

"陛下，"梅希卡将士们大喊，"我们出色地为您征战，也会继续为您奔波。我们知道这儿是您的王国，我们只不过是最底层的仆人。然而，我们在您的城邦里遭人厌恶，在您广阔的疆域中，难道没有一小片土地可以让我们在那里安居乐业，等待您的恩准吗？"

"很好，"科西科西特里回答。他叫来所有顾问，让他们推荐一块合适的土地供这些游牧雇佣兵生活。

"哦，国王！"顾问们说，"让他们住在蒂萨阿潘[1]吧，那里危险的熔岩在山边流淌。"

"太好了。"科西科西特里说，"那片荒地太适合了。毕竟这些梅希卡人算不上个人，他们是恶魔、是怪物。幸运的话，蒂萨潘的各种蛇会把他们消灭的。"

然而，梅希卡人看到这些蛇时非常高兴。他们把蛇都杀死烤

---

1 纳瓦特语 *Tizapan*。

来吃。当科西科西特里的部下告诉他这一事实，他表现得泰然自若。"瞧他们多么野蛮。我们用文明的手段粉碎了他们的阴谋。暂时就让他们待在那儿吧。"

于是，梅希卡战士留在了蒂萨阿潘，科尔瓦人认为梅希卡人非常勇猛，便把女儿嫁给他们。下一代人认为自己是科尔瓦-梅希卡人，他们因自己体内融入了多尔兰人的血液而感到骄傲（因为科尔瓦坎是多尔兰城毁灭时逃亡的人建立起来的王国）。

然而，虽然科尔瓦坎多数人接受了这些战俘和他们的孩子，把他们视为社会中的成员，但是科尔瓦人常常觉得这些人的举止很野蛮，于是矛盾时有发生。为了给蒂萨阿潘干旱的土地求雨，梅希卡战士会时不时把小孩用来祭祀特拉洛克。他们在山边为维茨伊洛波奇特里建的小神庙常常溅满鲜血，被染得鲜红。一些科尔瓦人嘲笑梅希卡人的主神，有一次他们进入神庙，在里面拉屎撒尿，以此玷污他们的神明。

只要梅希卡人帮助科西科西特里打胜仗，这位国王就能够忍受他们的齐齐梅卡之风。最终，科西科西特里去世了，他的儿子阿卡玛毕奇特里一世[1]登基，管理科尔瓦坎。此时的科尔瓦坎城邦中，梅希卡战俘早已和当地人彻底融合。就连每个部落的贵族血统也开始发生变化：科毕尔的外孙科阿琼特里与纳索瓦特—— 一

1　纳瓦特语 *Acamapichtli*。

位科尔瓦领主的女儿成婚。奥波奇特里·伊斯达瓦钦[1]成了最伟大的梅希卡战士，他俘获了阿多多斯特里[2]公主的芳心，她是科西科西特里最小的孩子。

那些散落在盆地的流亡的梅希卡人开始向科尔瓦坎和蒂萨阿潘移民，他们带着自己的孩子，让他们和科尔瓦人结婚。多数人觉得漫长的流亡生活终于可以结束了。

然而，在湖中心的一座石岛上，一棵仙人掌从科毕尔石化的心脏上长出来。维茨伊洛波奇特里的预言即将成真。

---

1 纳瓦特语 *Opochtli Iztahuatzin*。

2 纳瓦特语 *Atotoztli*。

哈布恩达与巴茨夸洛湖

　　梅希卡人曾把一部分族人留在了水草丰茂的米奇瓦坎。随着时间流逝，这群来到渔人之乡的异客与当地的普雷佩查人融合了。在祭司战士塔里阿夸里[1]的领导下，他们慢慢地发展成一个庞大的民族。

　　或许，说到普雷佩查人就会想到巴茨夸洛湖，宽阔的湖面上满是白鹭。纯粹的美丽之外，巴茨夸洛湖还散发着魔力——神圣的力量。

1　普雷佩查语 *Tariacuari*。

你们看啊，在遥远的过去，一个巨大的火球点燃了米奇瓦坎的上空，好似第二个太阳赫然出现，快速冲向山中一个富饶的山村。大地遭到撞击之后震动起来。住在附近的当地人见到这一场景后都吓坏了，以为世界末日到了。

那一晚从天界落下的火团是什么呢？凭借我们对宇宙合理的认识，我们可能会说是陨石。但对于古老的人民来说，肯定是有一位神被赶出天界，落入了我们的世界。

一个暗泉的泉水慢慢地把撞击处的环形坑填满，就这样，巴茨夸洛湖诞生了，蓝色的湖水中，星星点点地散落着植被丰茂的小岛。

塔里阿夸里把族人带到此地，在芦苇丛生的湖边建立了普雷佩查王国。顽强的人民在没落前曾奋力抵抗阿兹特克和西班牙侵略者。

尽管在普雷佩查人身边发生了许多重大的事件，只有一人明白巴茨夸洛湖水的真正奥秘。

她的名字叫哈布恩达。

巴茨夸洛湖的中心有一座半月形的小岛——尤努恩[1]岛。在西班牙人来到之前，岛上的欢乐与自豪感全来自哈普恩达公主，她拥有天生的美貌和优雅。她对待他人，不论是王室还是平民，都

---

1 普雷佩查语 *Yunuen*，"半月"之意。

表现得彬彬有礼、充满爱心，在这种正能量的影响下，每当她靠近，岛民也努力做到谈吐得体、为人正直。

即使是岛上的动物还有围绕岛屿的湖水，也会因为她而感到高兴。只要公主一靠近，它们就开始展示最美的歌曲、最复杂的飞舞姿态，还有最为潇洒的腾跃。好似有一种高于岛上人与动物的能量在统摄一切，这种能量能与哈普恩达的善与美相互感应。

每当公主趟入水中或划船离开小岛，就可以察觉到一些关于深层真相的线索。这些时候湖水的浪花有了自己的生命，流动的节奏也发生变化，湖水在阳光下更加明丽，带动水中的植物和水上的白沫跳起迷人的舞蹈。

"湖好像被她迷住了。"岛民低声说，"看她双手击掌，笑得多高兴啊！"

他们半开玩笑地讨论，浑然不知自己的推论已经距离一个魔幻的秘密非常近了！

一个傍晚，哈普恩达划船来到湖上，看着太阳从空中滑落，这时，巴茨夸洛湖对她说：

"多美的落日啊，姑娘，但也不及你美貌的一半。"

哈普恩达四处寻找声音的源头，说："谁？你在哪里？"

"我在这儿，在你的周围。你的人民叫我巴茨夸洛。"

"你是湖？怎么可能？"

巴茨夸洛湖解释道："我曾是一颗星星，受诸神安排，在黑夜中闪烁。我不愿在白天减弱自己的光辉，所以有一天我决定继续奋力闪耀。然而，库艾拉瓦佩里[1]——'风、月、天之女神'对我的傲慢无礼感到非常生气。她用一阵强风把我从天界吹落。我落到大地上，撞出了这片湖。一个个世纪过去了，我和湖水融为一体，沉醉在湖水纯粹的美丽之中。但是，亲爱的公主，你教会了我如何去爱。"

湖水开始向公主示爱。哈普恩达感到极度喜悦，因为湖水知识渊博，而且他会讲述关于动物和神灵的曲折故事。她感受到了他的美，在意识到这一点之前，她也爱上了他。

年轻公主的美貌声名远播，如风一般，传遍整个地区。一群在普雷佩查王国边界村庄庆祝胜利的齐齐梅卡战士，听闻人们对哈普恩达品格的高度赞扬。

"我们得去看看这座小岛，"他们相互讨论道，"把他们的美丽公主给抢过来。她为什么要和渔民还有鸭子待在一起？把她带回去做我们首领的老婆！"

这群齐齐梅卡人进入普雷佩查领地的过程中不断面临斗争和冲突。年迈的尤努恩国王听说有蛮族入侵，正进军巴茨夸洛湖，在乡村抢夺他族人的财产。他和儿子们商议，让他们乔装打扮成

---

1 普雷佩查语 *Cuerauaperi*。

渔民，走访远方湖岸的村庄去打听消息。

一个傍晚，齐齐梅卡战士们来到一个村庄，要村民给他们送吃的喝的。当他们彻底喝醉后，便开始吹嘘自己的征服史。当一位村民提及自己的国王和他无与伦比的女儿时，他们便开始当众谈论此次征战的目的。

"如果你们一直提及的这位完美的公主真的存在，"一位齐齐梅卡侵略者含糊地说，"那么她不适合统治这片土地，而应该去我们沙漠中的要塞，待在我们首领的身边！"

齐齐梅卡战士们安营扎寨，设立守卫之后，几位王子溜回小船上，悄悄划船回到尤努恩岛上的王宫。他们立马跑去告诉哈普恩达，她听着兄弟们的讲述，感到无比绝望。

"他们有几百人，"他们说道，"虽然我们要把消息告诉其他普雷佩查领袖，但是我们的信使可能无法突出重围，因为这些野蛮人已经在监视每一条道路了。即便我们成功禀报，我们的同盟很可能无法及时赶到，甚至人数都不足以抵御入侵。"

"那我们必须躲起来！"公主大呼，"宫殿不安全。"

"但去哪里呢？我们的岛屿很小。或许我们可以把你送去某个岛民家中。"

"置岛民于危险之中吗？"哈普恩达颤抖起来，"不行。"

公主的兄弟们不断提出意见，而她越来越悲伤。她意识到，肯定逃不了的。一切都结束了。不论去哪里，齐齐梅卡军队都会找到她。

然而，她此时依旧表现出体贴和同情，努力不让兄弟们担忧。

"我们回房睡吧，"她微笑着说，"好好休息后，我们混乱的大脑会想出更好的办法。你们刚说敌人已经驻扎下来了，至少今晚我们会很安全。"

她的兄弟们同意了。"那明天见。"

"晚安！"

兄弟们吻了她的脸颊便离开了，公主心中感到非常内疚。

这是哈普恩达人生中第一次撒谎。

她等了一会儿，在父亲和兄弟都睡着后，她穿上一套朴素的白裙和上衣，偷偷走出宫殿，没有发出一点响声。她向她的爱人奔去。

巴茨夸洛湖知道该怎么办。

在她慢慢下坡的时候，她看了一眼百姓住的平房，人们已经安静地休息了。她意识到这可能会是最后一次见到他们，哈普恩达忍不住流下了几滴泪水。为了不让爱人担心，她抹去眼泪，在到达之前保持冷静。

然而，当她到达水边，巴茨夸洛湖不安地搅动起湖水，他非常担心地对公主说：

"你有什么困扰，我的爱人？我能看出你脸颊上的泪痕。为什么呢？是不是……你想告诉我你对我的爱已经结束了，一个湖泊不再能够得到你的爱？"

"别这么说，亲爱的！"哈普恩达哭了，"我从未想过离开你。永远不会。成为你的爱人是我的福气，我感到很高兴。你感受到的是我心中的另一种痛苦。"

巴茨夸洛依旧心神不宁，湖水深处星光闪闪，好似在屏息等待结果。"我想听你亲自说出这一痛苦，然后想尽一切办法让你解脱，说吧，亲爱的。"

哈普恩达开口了，她告诉巴茨夸洛湖，齐齐梅卡战士入侵王国，企图把她夺走做他们首领的妻子。

巴茨夸洛湖强压怒火，水上泛起了白浪，好似一阵强风呼啸而过。

"绝不可能！"巴茨夸洛大叫，"让他们来吧，公主。让他们试图从我的身上渡过。我会用白沫拳头抓住他们的船只，把他们拽向死亡！"

"等等！"哈普恩达恳求，"亲爱的，我不忍心看你这么做。你想想，若是这些野蛮人死了，只会招来更多敌人。"

星光下，愤怒的漩涡如飓风一般在水中旋转。

"让他们来吧！我会把他们都淹死的！"

"就让你的胸膛填满死亡和腐烂吗？不要这样，巴茨夸洛。一定会有其他办法的。"

渐渐地，浪潮退去。漩涡停止，湖面平静了。巴茨夸洛说：

"那我就提一个极端的办法，亲爱的。你或许不会答应，无法做好心理准备。这个想法可能会对你造成打击，令你疯狂。"

"你知道我有多么崇敬你，不仅仅因为你的美貌，更是因为你的智慧，亲爱的巴茨夸洛。把你的计划告诉我吧。"

"那么，"巴茨夸洛湖的水流都静止了，所有生灵在他的宽广之中颤抖，他说，"你得坐上小船，划到我的正中心，等待月亮升起。当女神离开地平线……你就跳到我的水中。我会把你卷入我的身体，这样再也不会有人分开我们了。"

哈普恩达看着她爱人无形的脸，看了很久，不断思考。这是一个得体的死亡方式，在爱人甜蜜的怀抱中离开。这样她就不会受到威胁，不会被夺走，不会被逼婚。她的家人和族人也会远离齐齐梅卡人的威胁，最终获得安全。

"很好，亲爱的。就这么做。永远在一起。"

她缓缓地划动小船，看着东方的天空，苍白的月光染白了远处的群山。当月亮到达夜空的最高处。哈普恩达向自己的生命说再见，毫不后悔，她跳入湖中，让爱人把自己深深地拽入心中。

王宫中人们都近乎疯狂了。太阳升起，但哪儿都找不到公主。她的兄弟和岛民都出去寻找，搜遍了小岛，但是没人找得到她。国王克服高龄，亲自到远处河岸面对齐齐梅卡首领，要求他归还自己的女儿。

但是这群野蛮人也没见到她。双方都觉得对方有阴谋，但一天过去了，人们发现哈普恩达的确消失了。

不久，一位受到惊吓的渔民来到国王面前，他带来了一则悲伤的消息。他在昨晚深夜捕鱼的时候，看见一个年轻女子跳入湖中心。

她再没出现过。

"我的女儿啊！"国王大呼，凄惨地哭着。

哈普恩达自杀的消息令兄弟们心痛不已。他们带着几十个岛民划船来到哈普恩达的小船边，她的船在微波中漫无目的地打转。哈普恩达的子民悲痛欲绝，接连哀号。

啊，然而巴茨夸洛湖的魔力超乎我们想象。他从未打算看着自己的爱人死去。

在他水做的心脏里，他实现了一个奇迹。

白色的绒毛从水面突然闪现，一只尤努恩人见过的最漂亮的白鹭出现了。她在风中展翅，在船边盘旋，从兄弟们的头上滑过，弄乱了他们沾湿的头发。

那就是哈普恩达，在爱与信仰的力量下，化身成了完美的纯洁形态。

自此，巴茨夸洛湖一直保护着他的公主、新娘，给她喂鱼吃，用水浪的舞蹈让她一直高兴下去。

公主从湖上飞过，欢快地叫喊着，向她的爱人、丈夫展示她的爱与感恩。

尤努恩人相信，只要湖上的白鹭多如繁星，那么两人神奇的爱情便会永续。

火山

梅希卡人融入科尔瓦坎社会的同时，当初的流亡者也在中部高地的其他王国获得了显赫的社会地位。在德巴内卡潘城邦阿斯卡波查尔科[1]城里，国王阿科尔纳瓦卡特[2]同意让最优秀的梅希卡战士得到晋升，他们凭借出色的战绩，在阿斯卡波查尔科大军中成了将领。

---

1 纳瓦特语 *Azcapotzalco*，曾经是特斯科科湖边的一个城邦，现位于墨西哥城北部，与阿斯卡波查尔科区同名。

2 纳瓦特语 *Acolnahuacatl*。

一天，一位信使带来了韦肖钦科[1]国王的重要消息，这个城邦是阿斯卡波查尔科的盟友，发源于东部山脉的山脚下。他们请求军事支援，几十年前从北方来的齐齐梅卡人在山中安家，不断骚扰韦肖钦科城，还时不时下山侵略邻近的城邦。

阿科尔纳瓦卡特把自己的顾问都召集起来。"这些人和袭击科尔瓦人及波亚乌特兰[2]平原上其他部族的野蛮人是同类。我们不能让他们征服韦肖钦科。如果他们在东边有了立足点，他们的野心就会向西边推进，接下来就会是恰尔科、科尔瓦坎……最终会来到我们国家。"

然而，顾问团表示反对。韦肖钦科离德巴内卡人的土地非常远。要帮助他们就意味着韦肖钦科军队得穿过沼泽、荒地及敌人的领土，没有多大希望可以增强盟友军力，只会令战争变得更糟糕。

国王对这些担忧听而不闻。"只要找对首领，德巴内卡的军队可以横穿整个世界，并且还能挥舞木剑，投掷长矛。除了荣耀和爱国精神，我将给出更具诱惑力的奖励：我会把我的小女儿伊斯达克斯伊瓦特[3]许配给这位可以打胜仗的将领。"

国王谕令刚下，就有两位将士自愿领导阿斯卡波查尔科军

1 纳瓦特语 Huexotzinco，现位于墨西哥普埃布拉州西部，伊斯塔科希瓦特火山东部山坡。

2 纳瓦特语 Poyauhtlan，现位于普埃布拉州奥里萨巴火山附近。

3 纳瓦特语 Iztaccihuatl。

队：希南特卡特，一位高傲勇猛的战士，来自一个德巴内卡显赫的家族；另一位是波波卡钦，一位帅气可爱的梅希卡年轻战士，来自流亡的贵族家庭。人们需要投票选举特拉科奇卡尔卡特[1]。军队将领们一致支持受人欢迎的波波卡钦。

阿斯卡波查尔科的多数居民对结果感到满意，但没人比伊斯达克斯伊瓦特公主更为激动。她和波波卡钦幽会已经有大半年时间了，他们的约会地点由梅希卡部族的女仆安排，她们都是忠诚可靠的人。两个年轻人最初仅仅因为无法抗拒的吸引和化学反应在一起，之后，爱情之花开得更加热艳，他们想进一步发展下去，诚挚而深刻。

出征前夜，两人在银色的月光下相会。

"啊，伊斯达克斯伊瓦特，我香甜的玉米花。我要去征战了，以此赢得阿斯卡波查尔科的荣耀，赢得你的双手。"

"我的日子将无休止地延长，直到你归来。"公主回答，"亲爱的，你要勇敢。杀死敌人，捉回战俘，但你也要保重自己的安全。你的未来在这里，在我身边，等着你。"

"一定。"波波卡钦答应道，"永远在你身边。"

第二天清晨，伊斯达克斯伊瓦特站在父亲宫殿的阳台上，看着波波卡钦身着金光闪耀的战服，饰有羽毛的头巾和披风在风中

---

1 纳瓦特语 Tlacochcalcatl，阿兹特克文明的军衔名称，对应现代"将军"的概念，其地位仅次于国王。

飘扬，他带领紧密的部队沿着特斯科科湖湖岸蜿蜒前行。他高大威武、刀枪不入，像神一样，看着她的眼睛。

然而，他身后的军队并没有任何爱意，反倒是对这位新任掌管者感到反感。希南特卡特尽管已经晋升至阿奇卡乌特里[1]——中将，但是这个蛮族的梅希卡男孩站在军队之首令他恼火，那本应是他的位置。而想到公主将会嫁给波波卡钦，他就感到更加苦恼。希南特卡特多年来看着这朵美丽的花朵绽放，长成成熟的女子，他对公主的肉体充满极度的渴望。希南特卡特难以忍受别人拥有她。

因此他私下找来主要的将领和出色的战士谈了好几天，向他们表达了他的忧虑，他对他信任的人说出了计划。"同伴们，我们不能让这个杂种和国王的女儿上床。想想这会是多么糟糕的先例！难道我们真的想让吃蛇的肮脏民族坐在阿斯卡波查尔科的王位上吗？"

人们的回答是一句洪亮的"不行"。

"当然不行。所以我需要你们的帮助。战争会很激烈。众所周知，很多将领在这样的战争中牺牲了。波波卡钦要是受重伤，到时国王会要求副手顶替，确保战争万无一失。这样，国王肯定会把自己的女儿交给打胜仗的新将士。"

---

1 纳瓦特语 *Achcauhtli*，古代纳瓦文明的军衔名称。

阿斯卡波查尔科军队最终到达东部山脉，群山高耸的山峰和陡峭的火山是古代巨人的骸骨。齐齐梅卡人好似巨浪从高处蜂拥而下。战斗非常惨烈，箭和矛如雨般飞落，木剑和尖棍刺向肉体和盾牌，传出破裂的声响。

然而，不论这些卖国贼怎么努力，都无法置波波卡钦于死地，就好像有神明保护着他免受他们的阴谋。一天天过去了，韦肖钦科和阿斯卡波查尔科开始改变战争局势。在年轻将领的领导下，胜局已定。

"兄弟们，"希南特卡特对他的同谋者说，"我们要撤走一支中队，回阿斯卡波查尔科。我有个计划来削弱梅希卡走狗的势力，让他无法胜利。"

他们匆忙回到阿斯卡波查尔科，得到国王的招待。希南特卡特表现得非常悲伤，众人信以为真。"哦，阿科尔纳瓦卡特，德巴内卡国王！在战场的中心，神圣的花朵与盾牌上的尘土之间，我们的兄弟波波卡钦已是血肉模糊，他的鲜血正滋养着时间之主的炉火！他已经去了天界，和所有英雄重聚。我已经命令您的军队带领他们战胜侵略者。我的大部分战士留在那里把尸体包裹起来烧了，还帮助韦肖钦科清理街道，修复城墙。"

"我兄弟的死令我内心难以平复，我不得不说出来。请原谅我，陛下。生命不过是一场短暂残酷的梦。没有什么会永存，友谊不会，玉石也不会。但波波卡钦是人中豪杰，他离开了我们，我感到非常难受。"

阿科尔纳瓦卡特被希南特卡特这段话打动了。他把斯伊瓦特兰基[1]叫来。"聪慧的母亲,"他说道,"把占卜师都叫来,让他们查一下历法书,为我女儿伊斯达克斯伊瓦特找一个最近的吉日,她将和希南特卡特成婚。"

当占卜师们提出几个吉日供选择后,几位和背叛者希南特卡特一同回来的军事顾问欺骗性地引诱众人说,举办一场小规模的婚礼更加合适,因为受人爱戴的波波卡钦去世后人们会进行严肃的哀悼,等到大军归来,人们都会陷入丧失亲人之痛,到那时隆重举办婚礼会显得不合时宜。

国王阿科尔纳瓦卡特同意了。他把女儿叫到面前,身边站着斯伊瓦特兰基,他说:"有件痛心的事,我们勇敢的战士波波卡钦在战争中被杀害了,为祖国的荣耀献出了生命。但是希南特卡特,他的副手,为我们赢得了战争。我要兑现自己的诺言,你将要成为他的妻子。在这个灰暗的时期,为了避免不得体的铺张和欢乐,你后天就完成婚礼,那是一个成婚的好日子。"

伊斯达克斯伊瓦特什么也没回答,而她的内心非常沮丧。她的爱人去世了,她的维毕里[2]将与那个残忍战士的披肩衣角打结。

---

1 纳瓦特语 *cihuahtlanqui*,也写作 *cihuahtlani*,指那些为男子找女子成婚的人,类似红娘。

2 纳瓦特语 *huipilli*,是古代纳瓦人的一种女子上衣,女子和男子衣角打结是纳瓦人婚礼的一部分,有类似永结同心之意。

这个不修边幅的男人已经向伊斯达克斯伊瓦特暗送秋波多年。她不想和他在一起。她宁愿把生命献给米克德卡斯伊瓦特[1]——"死亡之后",献给伊茨巴巴洛特——黑曜石蝶,那位在女子怀孕时进行屠杀的女性统治者。

伊斯达克斯伊瓦特的女仆在第二天早晨发现主人吊死在房梁上,一根龙舌兰叶纤维做的粗绳绕在她的脖子上。

在击败齐齐梅卡最后一个侵略者后,波波卡钦观察了一下自己的战士。他发现中将和他的几十个战士手下不见了,心中便有了不祥的预感。他把将领们召集起来,对所有战士下达命令:以两倍速度回到阿斯卡波查尔科。

经过几天的艰苦行军,将军波波卡钦昂首走近阿斯卡波查尔科城。在大神庙前,祭司们正在捆扎伊斯达克斯伊瓦特的尸体。悲伤的国王和希南特卡特站在一旁。这个背叛者冷漠地看着凯旋的军队。

伊斯达克斯伊瓦特的一位梅希卡女仆跑上前对波波卡钦说:"将军! 亲爱的梅希卡民族之子! 他们说你在战争中去世了。"她哽咽着告诉他希南特卡特撒的谎、他的骗婚计划和公主自杀的事。

波波卡钦无比愤怒,他的怒气超越了对任何战争的渴望。他

---

1 纳瓦特语 *Mictecacihuatl*,同 *Mictlancihuatl*。

紧握木剑，迅速跑上神庙，一下就把希南特卡特的头砍了下来。他来到爱人身边，发出失去亲人般的哀号，他的吼声震动天界。随后，他一把抱起伊斯达克斯伊瓦特，二话不说冲出城去。

波波卡钦穿过荒野原路折回，最终来到雪岭山脉，爬上巨大的冰川，最后来到世界的最高处。随后，他面向天空大吼："无上的神明，请听我的诉求！不要把伊斯达克斯伊瓦特从我身边带走！把她的灵魂送回冰冷的身体吧！让这个身体再次动起来！让我拥抱我爱的人，活着的、温暖的！你们不理解吗？我曾发誓我要永远在她身边！"

没有任何回复。诸神不能或不会回复。波波卡钦把伊斯达克斯伊瓦特的尸体放下，在她身边跪下，一边哭泣，一边向宇宙咆哮。

最后，诸神起了怜悯之心。他们没有把公主复活，而是把波波卡钦的灵魂融入古老的火山，然后把伊斯达克斯伊瓦特卧躺的身体融入山形，山峰逐渐变成了女子睡觉的样子。现在，这位勇敢的战士可以实现自己的诺言了，两个深爱着对方的人将永远留在那里，永远在一起，世纪延续多久，他们就能相拥多久。

阿科尔纳瓦卡特国王遭受背叛的蹂躏，他先给大家时间哀悼，同时亲自把剩余的叛党解决了。然而波波卡钦一直没有回来，国王派人去追寻他的踪迹。他们来到了雪岭山脉，看着国王最年幼女儿的雪白剪影在韦肖钦科城上缓缓升起，他们吓得目瞪口呆。

浓烟从邻近的巨大火山中冒出，突然一声巨响撼动了大地，火山喷发了，大火冲向天界，好似愤怒的哀求。

前来寻找的阿斯卡波查尔科人明白了发生的一切。他们回到城邦将其告诉了自己的国王。这对恋人的故事慢慢地传开了。住在高地的人们为纪念两人不灭的爱情，他们重新命名了这两座火山：那座沉睡的火山名为伊斯达克斯伊瓦特——白女，另一座活火山名为波波卡德贝特[1]——烟山。

时至今日，波波卡钦的灵魂还会时不时想起他的爱人。他沉痛的哀伤会摇动大地，把整个天空布满黑烟。

------

1 纳瓦特语 *Popocatepetl*，字面意思即为"烟山"，可以看出与波波卡钦的名字同根。*Iztaccihuatl*，字面意思为"白色女子"。伊斯达克斯伊瓦特火山和波波卡德贝特火山现位于墨西哥城东部。

德诺奇蒂特兰

时光在科尔瓦坎流逝，几代人过去了，波波卡德贝特火山时常喷出烟云，笼罩高地，而伊斯达克斯伊瓦特火山一直在白雪覆盖下沉睡。科尔瓦民族中的梅希卡人茁壮成长，逐渐成了当地人不可或缺的一部分。大约在离开七穴洞两百年后，梅希卡人进行了第五次新火祭，他们选出了新的统治者——德诺奇[1]，一位受人尊敬的将领。

---

1 纳瓦特语 *Tenoch*。

就在这段时期，一位名叫阿齐多梅特[1]的贵族决定从阿卡玛毕奇特里一世手中夺取科尔瓦坎的统治权。他派人谋杀国王，然后自立为王。

不久，维茨伊洛波奇特里托梦给德诺奇，说："哦，我的孩子，你听好！我的祖母亚奥斯伊瓦特[2]——战争之女，就要来保护我们了。我们是时候离开这里了。总算可以带着你的族人走向权力之巅。我要你控制他族、奴役他族，而不是被他族控制、被他族奴役！我们不必友好地向科尔瓦人提出请求。不用。我们直接开战，流血的战争。德诺奇钦[3]，穿上你最华丽的衣服。去阿齐多梅特面前，要求他把女儿嫁给你。我发誓，他一定会同意的。然后我会告诉你我的计划。"

德诺奇来到阿齐多梅特跟前，气势堪比多尔德卡人，豪放又不失优雅地向他解释了联姻的价值，这样他们可以有一个更加牢固的政治基础。阿齐多梅特思考了一会儿，同意了。

梅希卡人在蒂萨阿潘安排了一场婚礼盛典，科尔瓦人从未见过如此华丽的婚庆场面。维茨伊洛波奇特里再次和德诺奇对话，向他说明了恐怖的计划。"哦，我的孩子，你必须杀了公主，再把她的皮剥下来。然后让大祭司披上她的皮走到阿齐多梅特面前。"

---

1 纳瓦特语 *Achitometl*。

2 纳瓦特语 *Yaocihuatl*，意为"战女"。

3 纳瓦特语 *Tenochtzin*，*-tzin* 为表示亲昵的后缀，意为"亲爱的德诺奇"。

正当仆人们在为公主打扮的时候，梅希卡战士们冲进她的房间把她杀了。大祭司夸乌科阿特[1]小心翼翼地把公主的皮从肉上剥下来，然后穿上这件血衣。

"来吧，"德诺奇对阿齐多梅特、他的顾问团和护卫说，"你们快看，斯伊瓦科瓦特女神的肉身！"

阿齐多梅特和他的随从走上前去，夸乌科阿特出现了。天色昏暗，阿齐多梅特没能看清站在他面前的人。就在国王点的香燃烧起来之时，他绝望地大叫起来：

"他们剥了我女儿的皮！科尔瓦的主人们，我们要杀了这些邪恶的杂种，一个都不剩！"

他们立马跑开去召集自己的战队。德诺奇叫上自己的族人，赶忙离开科尔瓦坎。科尔瓦人很快追了上来。经过多次小规模的交锋，梅希卡人来到了分割特斯科科湖和肖齐米尔科湖的芦苇荡。他们从那里跳入含盐的水中。

没有更多的退路了。湖边的城邦不是科尔瓦人的同盟就是梅希卡人的敌人，他们对梅希卡人没有任何怜悯之心。科尔瓦人跟着敌人冲入沼泽地中。

要想活下来，得有奇迹发生才行。

---

1 纳瓦特语 *Cuauhcoatl*，意为"鹰蛇"。

德诺奇带领族人脱离了奴役，但现在这些梅希卡人在特斯科科湖岸的沼泽中挣扎。科尔瓦战士暂时退兵，伺机而动。梅希卡人哪儿也去不了。他们的北边和西边都是湖水，东边和南边又有敌人的兵营。

德诺奇看着身边成千上万个同伴泡在泛着恶臭的沼泽中挣扎求生，他突然灵光一现。他让族人向湖中心游。战士把盾牌弄弯，让女人和孩子坐在盾牌中央，他们开始游泳，紧紧抓住临时制作的盾牌小船，向西北推进。其他人摇动箭和矛来当作船桨。要去对岸需要游不少路，德诺奇带领族人到了湖中一座无人荒岛。科尔瓦人仅留下了守卫部队观测湖岸，其他人都回到了科尔瓦坎。

"梅希卡人肯定没戏了。"科尔瓦长官说，"没人能够在那个荒岛上活下来。"

梅希卡人到了岛上，暂时安全了。女人们开始在芦苇丛中四处寻找食物，她们找到了许多鱼。然后，她们让男人赶快搭建蒸房[1]，把身上的污浊和晦气都洗掉。这项工作很快就完成了。净身之后的搜寻部队发现了水禽，在芦苇丛深处还找到了隐藏的泉水。

当天晚上，梅希卡人非常兴奋。虽然身边只有武器和衣服，他们围在沙石和沼泽上的篝火旁，看着星空，唱着古老的歌。

最后，一切变得寂静无声，人们都睡下了。大祭司夸乌科阿

---

1 纳瓦特语 *Temazcalli*，古代纳瓦人进行高温蒸浴的地方，除此功能之外，还有宗教巫术价值。

特在梦中听见一个声音：

"哦，忠诚的仆人！你的人民已经找到了我在这座无名岛上为你们准备的礼物。留心了，还有更多东西等着你们。你还记得我的预言吗？从这里往北方走，你会发现一只老鹰，快乐地静候在一棵长在石头上的仙人掌上，这就是传说中的德诺奇特里[1]。科毕尔的心脏滋养了这片贫瘠的土地，直到我预言的景象出现。你们就在那里安家，你们需要等待，你们会遇到不同的民族。你们将拿起箭和矛，和邻近的部族战斗，最后征服他们，把他们变成奴仆。

我的王国——德诺奇蒂特兰城就会在那里诞生，它是梅希科的宝石，是梅希卡人的疆土，老鹰高歌，在空中翱翔捕猎，群鱼在水中穿行，蛇的身体被撕开。德诺奇蒂特兰，奇迹诞生的地方。"

大祭司立马醒来，他叫醒首领和他的顾问团，把自己的梦告诉了他们。众人在清晨开始搜寻。几小时内，德诺奇和手下到了战神指示的地点，一个山洞边的碎石地。一棵仙人掌独自矗立在碎石上。一只老鹰停在仙人掌上，用喙正撕开一条蛇。老鹰的余光瞥见梅希卡人靠近，它抬起头看了看，低下头继续撕咬。地上散落着各种类型、各种颜色的羽毛：蓝色的伞鸟、红色的朱鹮、翡翠色的绿咬鹃。羽毛间散落着几百只珍禽的头颅、尸骨和爪子。

---

1 纳瓦特语 *Tenochtli*，意为"石头仙人掌"，即长有仙人掌的石头。

维茨伊洛波奇特里对每一位梅希卡男人、女人和孩子说:"哦,梅希卡人,你们终于到家了!"

所有人喜极而泣,大喊:"应许之地!好几代人的梦想终于实现了。让我们叫来所有族人。为战神建起神庙,为我们自己建立城市。"

这一年是"二·房屋":按照大洋对岸的历法,是公元1325年。

当务之急是给维茨伊洛波奇特里建庙。梅希卡人从小岛各处找来泥土,垒起一个平台,在上面搭建土庙[1]。尽管这一圣址显得很破旧,他们还是放上了战神的雕像,把他骸骨的捆束也放了进去。在这座长满芦苇的岛上,他们还能供奉什么呢?哪有合适的石头和木头建造砖石结构的祭台?这块是有争议的领土,德巴内卡人和科尔瓦人都宣称拥有主权,但两国从没有为了这点荒凉的沼泽大动干戈。

"或许我们可以投靠阿斯卡波查尔科。"有人建议。

"阿科尔纳瓦卡特里国王肯定会大怒。"德诺奇反对说,"我们得找些东西来进行贸易,以此换得我们所要的东西。"

其他领主有一个想法:"我们可以把芦苇荡中的动物抓来以物换物,这里有鱼、龙虾、蝌蚪、青蛙、蜻蜓、水蚤和各种鸭子。"

---

1 纳瓦特语 *Tlalmomoztli*,建于路边放置神像的小庙。

德诺奇同意了。他们开始尽可能四处捕捉猎物，然后拿去湖岸边的小村镇交换木料和石料。在洞穴边泥土压成的平地上，他们为自己的城市奠基。房屋和维茨伊洛波奇特里神庙建起来了。地方虽然不大，但是他们造得很精美。

很快，战神又一次和大祭司对话，他说："就此定居，开始扩张。把土地分成四部分，让每个大街区都建设自己的城镇。把众神分配到每个区域。"

梅希卡人照做了。德诺奇蒂特兰城永久地分为：莫约特兰、德奥潘、阿斯达卡尔科和库艾波潘[1]。四个街区排列在宗教中心周围，维茨伊洛波奇特里的神庙就矗立在芦苇房之间。这是值得好好庆祝的时刻，因为他们不再是梅希卡人，他们现在也是德诺奇卡[2]人——德诺奇蒂特兰的居民。

十二年里，这座城市通过贸易的方式慢慢成长起来，他们尽可能避免军事冲突。然而内部矛盾日积月累。在"一·房屋"年，即公元 1337 年，城市遭遇了分裂。一部分人来到岛屿的北部，他们在那里发现一个土堆，认为是上天的旨意，于是建立了一座新的城市，名为特拉德洛尔科[3]。

作为统治者，随着年龄增长，德诺奇在宗教中心的责任也越

---

1 纳瓦特语 *Moyotlan*、*Teopan*、*Aztacalco* 和 *Cuepohpan*。

2 纳瓦特语 *Tenochca*。

3 纳瓦特语 *Tlatelolco*，现位于墨西哥城北部，为一处历史遗址。

来越大，顾问团队认为应该把职能划分给不同的人。他们把受人尊敬的街区首领特拉卡德克潘和女祭司伊兰库艾伊特[1]招来，管理德诺奇蒂特兰城的内部宗教事宜。德诺奇继续负责外交、贸易和国防事务。伊兰库艾伊特获得了斯伊瓦科瓦特这一头衔，她祖上拥有科尔瓦血统，这意味着她有多尔德卡之根，德诺奇卡人非常珍视这一外来的正统，并以此产生民族自决的合法性。

德诺奇人生的最后一年，德诺奇卡人得知特拉德洛尔科向阿斯卡波查尔科新国王德索索莫克[2]寻求帮助，要求他立自己的儿子夸夸乌毕查瓦克[3]为梅希卡人城邦的国王。德巴内卡国王答应了。现在，特拉德洛尔卡[4]人可以享受成为德索索莫克伙伴国带来的永久利好。

德诺奇卡的首领也不甘示弱，派出使节前往科尔瓦坎。自梅希卡人逃离科尔瓦人的土地已经过了55年，科尔瓦坎国王纳乌约特[5]态度更加开放包容，他愿意恢复两个民族的关系。经过一番考虑，纳乌约特推荐梅希卡战士奥波奇特里·伊斯达瓦钦最小的儿子阿卡玛毕奇特里。外交使团在特斯科科城找到了他，他们说服

---

1 纳瓦特语 *Tlacatecpan* 和 *Ilancueitl*。

2 纳瓦特语 *Tezozomoc*。

3 纳瓦特语 *Cuacuauhpitzahuac*。

4 纳瓦特语 *Tlatelolca*。

5 纳瓦特语 *Nauhyotl*。

了阿卡玛毕奇特里来执政。

加冕礼在整修后的神庙进行。祭坛的边上，大祭司为阿卡玛毕奇特里涂油抹水，把绿松石王冠[1]戴在他头上。阿卡玛毕奇特里现在成了德诺奇卡人的领袖，他负责保护他们，保证他们实现最终的目的。

阿卡玛毕奇特里国王和比他年长的伊兰库艾伊特成婚了，她成了第一位王后。虽然伊兰库艾伊特没有为国王留下子嗣，但是她帮助阿卡玛毕奇特里出色地管理王宫内政，国王许多的成功事迹背后都有她做顾问。国王还从每个街区选出一位妻子，其中就有德斯卡特兰·米亚瓦琴[2]，她是第二任王后，她与伊兰库艾伊特的友谊关系带有传奇色彩。阿卡玛毕奇特里一共结了八次婚，有十二个孩子，其中维茨伊里维特二世成了首领，他是德斯卡特兰·米亚瓦琴的孩子，由伊兰库艾伊特一手带大。

德诺奇蒂特兰和阿斯卡波查尔科之间的贸易越来越频繁，关系越来越稳固。然而，德诺奇卡人感觉自己受到德巴内卡人的约束日益增强，最终，德诺奇蒂特兰成了阿斯卡波查尔科的附属国，他们每年需要向国王德索索莫克上交许多贡品。德诺奇卡人还需要与阿斯卡波查尔科的敌人战斗，比如恰尔科城。在这些战争中，

---

1 纳瓦特语 *xiuhhuitzolli*，尖顶的绿松石王冠。

2 纳瓦特语 *Tezcatlan Miyahuatzin*。

他们证明了自己超凡的战斗力，德索索莫克允许德诺奇蒂特兰的战士对他们自己的敌人发动战争，比如肖齐米尔科和夸乌纳瓦克[1]。

阿卡玛毕奇特里有一次前往阿斯卡波查尔科进行外交访问，他在集市上看见一个相貌出众的年轻奴隶，他当即就爱上了她的美貌。他把她买下，安排她在德诺奇蒂特兰做他的情妇。这位德巴内卡女子称自己是贵族的后代，她为国王诞下一子：伊茨科瓦特，他将超越母亲卑躬屈膝的地位，称霸世界。

尽管战事和赋税让德诺奇蒂特兰城蒙受不少损失，但是这座年轻的城市持续发展，他们运送石料和泥土，在岛的东部不断向外扩展，那里的水盐度更低，同时他们在王国的周围和邻近的湖岸建造了滨湖菜园系统。慢慢地，周边城镇的梅希卡人来到这里和德诺奇卡人通婚。他们建立了一个市场。很快，四面八方的小船开始在这里汇聚，外乡人和旅行者在这里受到尊敬，大家都可以售卖自己的货物。

德诺奇蒂特兰发展得越来越好，国王和顾问团计划在简陋的砖石结构上搭建一座新的神庙。这座小的石造塔庙不仅献给战神维茨伊洛波奇特里，还献给了雨神特拉洛克，德诺奇卡人非常需要这位丰产神的帮助，因为他们住在一片荒凉的土地上，对农业很不利。

---

1 纳瓦特语 *Cuauhnahuac*。

德诺奇蒂特兰城的第一部律法在阿卡玛毕奇特里执政期间完成。他的外交政策帮助这个国家结交了许多盟友，同时也减少了许多军事冲突。在位二十年后，阿卡玛毕奇特里去世了，他的丰功伟绩铭刻在历史中，人们难以忘记。在他的领导下，游牧的、流亡的、被俘的梅希卡人都成了正式的公民，并且在中部高地各民族间赢得了不小的声誉，对各地也有不小的影响力。

　　阿卡玛毕奇特里生命的最后几日，他把街区首领都召集起来。城邦的律法没有明确德诺奇蒂特兰的王位是世袭制，但只有出色的男性可以成为领袖候选人。国王催促街区首领推选继任者。他们一致同意让维茨伊里维特二世成为新国王，那时他只有十八岁，却已身经百战、聪慧过人。

　　阿卡玛毕奇特里相信，他已经把德诺奇蒂特兰交到值得信任的人手中，于是留下肉身，飞向了天界，在那里维茨伊洛波奇特里隆重地欢迎他，给予了他荣耀。

特拉卡埃莱尔[1] 和梅希卡的崛起

德诺奇蒂特兰的国王们都已在漫长的历史上留名。而有一位国王真正走出了梅希卡之路，他思想敏锐、内心强大，引导着梅希卡的领袖们度过了一个多完整的双日历周期，即 52 年之久。

他的名字叫特拉卡埃莱尔。

出生与童年

"十·兔子"年，即公元 1398 年。白色的晨雾浓厚，笼罩着

---

1 纳瓦特语 *Tlacaelel*。

整个黑暗的特斯科科湖，好似从黑曜石镜子中冒出的黑烟，迷惑人的心智，令人心生憎恶。雷暴云堆叠起来，挡住了初升的太阳。特拉洛凯吼出雷声，闪电从紫灰色的天空中劈下。

浓雾的中心是德诺奇蒂特兰城所在的小岛——梅希卡人应许的家园，他们一同在祈祷。小石庙成了整个城邦的希望和族人长久以来的理想的总和。

"三·鹰"这一天，就在新年前的一小时，阿亚乌斯伊瓦特[1]王后生下了第一位王子：齐玛尔波波卡[2]。阿亚乌斯伊瓦特是德索索莫克的女儿，维茨伊里维特二世和她结婚是为了巩固他和阿斯卡波查尔科的关系。现在，这位年轻国王的另两位妻子像勇敢的战士，为他生下孩子。

维茨伊里维特二世站在宫殿里，虽然这座城邦的君主他只有20出头，但他的脸上已有纵横交错的白色瘢痕。王家顾问团队站在他的四周，他的沉默与接生婆们的命令声形成鲜明对比。他的年轻弟弟们和他们的妻子也在场，他襁褓中的儿子齐玛尔波波卡以盾牌为床，难以入睡，一位奶妈不断地来回晃动着。一个习惯了战争和条约的男人，现在被迫干等着，什么都不能做。出生是母亲和守护者的专属工作。男人此时显得多余。

1　纳瓦特语 *Ayauhcihuatl*。

2　纳瓦特语 *Chimalpopoca*。

很快，侍奉卡卡玛希瓦特[1]王后的接生婆开始战吼，称赞年轻的母亲，因为她赢得了"战争"，成功"捕获"了一个婴儿。接生婆把孩子包起来，对孩子说："你来到了世上，可爱的小男孩！我们真正的父亲——邻近之主[2]，人类灵魂的创造者，将你送来人间，一个充满疲乏和饥渴的地方。这里没有休息、没有欢乐、没有满足。王子，也许你会存活一段时间。你能成为我们的骄傲吗？或许你会了解到你的血统，见到你的家人，加入我们的社区。

　　"我们想知道，我们的祖父母给了你什么。也许邻近之主会赋予你一些能力、一些小的职务。但你同样有可能没有任何优点。你可能生来就会贪污腐败、罪恶深重。黎明来到之前，我们什么也不知道。

　　"啊，珍贵的项链[3]，尽可能休息吧。你的斗争还长着呢。你能看见你的家人聚在这里。你最终来到他们手中。别哭。你会生存一段时间。你是梅希卡人的王子，你一辈子会肩负生活的重担。或许你只在这里待一会儿。有可能我们的祖父母会把你提前召回天界，仅让我们瞥见你的脸。不管结果如何，我们听天命。"

　　接着，接生婆就把脐带剪断，把孩子包入襁褓中交给国王。

1　纳瓦特语 *Cacamacihuatl*。

2　英语原文 *the Lord of the Near and the Nigh*，应为纳瓦特语 *Tloque Nahuaque* 的英语译文，有学者认为此神即为 *Ometeotl*，二元神。

3　对新生儿的昵称。

之后，按照惯例，家庭中的一位男性成员会把脐带和胎盘埋在战场中心，确保孩子朝向战士成长发展。家人们都心怀尊敬地对孩子说话，给他中肯的建议，提醒他肩负的责任。

出生礼进行到一半时，男孩开始愤怒地大哭。没人能够让他安静下来。他的脸涨得通红，同时带有敌意地踢着父亲的手。

"我知道他该叫什么了，"维茨伊里维特说，"特拉卡埃莱尔——愤怒的男人。"说着，他把男婴放在母亲的胸前，孩子边喝奶边发出尖锐的嚎叫声。

几个小时之后，同样的过程又经历了一遍。夸乌纳瓦克公主米阿瓦希维特[1]生下了国王的第三个孩子。这个孩子虽然在接生婆说话的时候没有尖叫，也没有乱踢，但他握紧双拳，皱起眉头盯着在场的所有人。

"又一个生气的孩子。"国王笑了，"很好。我们就以祖先梅希特里父亲的名字来给他起名字吧。瞧啊，莫德库索玛[2]——生气的王子。"

王家占卜师查阅了历法书，要求在第三天早晨进行洗礼，因为第四天是个不祥的日子。工匠用苋菜种子揉成面团给每个孩子做了一个小盾牌和四支箭，另外还有腰布和披肩。预定的日子到

---

1 纳瓦特语 *Miahuaxihuitl*。

2 纳瓦特语 *Motecuhzoma*。

了，他们在太阳刚升起时把两个孩子带去宫殿的后院。德诺奇蒂特兰的所有贵族围在一个水盆边上，接生婆面朝西方，开始为特拉卡埃莱尔施洗。

"哦，战士，亲爱的孩子，你来到我们之间，二元神把你从最高的天界送来。你的灵魂在那里出生，我们尊敬的羽蛇神在你母亲的肚子里给了你肉身。现在，玉裙女神帮助你在人间获得地位。"

接生婆往孩子头上倒水，然后继续说："尝一尝，你要接受它。这种液体维持了所有的生命。它还有净化功能，把我们内心的污浊洗去。让这深绿色的水深深地流入你的灵魂，把安排在你生命之初的邪恶都洗去。"

接生婆清洗完特拉卡埃莱尔后，把他举向空中，献给诸神，她一共举了四次：第一次献给祖父母，第二次献给神圣母亲和守护者，第三次献给德奥蒂瓦坎的主人，最后一次献给太阳。她拿出苋菜籽做的武器模型，请求维茨伊洛波奇特里赐予孩子必要的勇气，让他在战场上英勇善战，并且能够升入天界。接着她又对他同父异母的弟弟重复了这个仪式。

最后，接生婆逐一叫出了他们的名字："噢，特拉卡埃莱尔！噢，莫德库索玛！拿起你们的盾牌、你们的箭、你们的长矛——所有让太阳喜悦的武器！"

接生婆弯下腰为他们系上斗篷，绑上腰带。就在她忙的时候，她们的哥哥伊茨科阿特[1]，虽然只有九岁，但动作快如闪电，抓起特拉卡埃莱尔已经干掉的脐带，叼在嘴里跑开了。

"噢，特拉卡埃莱尔，亲爱的弟弟，学习战场之道吧！你的肉体不属于你自己。它将从你身上被剥去，而你会受到尊敬！你的功绩与献身将使太阳感到高兴，因为那是他的食物和水。现在听我召唤阵亡者：来吧，雄鹰战士和美洲虎战士！来吧，拿走特拉卡埃莱尔王子的脐带。吃他的肉，吃得高兴呀！"

齐玛尔波波卡、特拉卡埃莱尔和莫德库索玛三兄弟在断奶开始说话后，花了大量时间陪伴在父亲身边，学习梅希卡社会的贵族生活方式。维茨伊里维特对他们非常严厉，也让他们肩负起许多责任，当他们逃避职责或不遵守贵族高度规范的言行标准时，就会用龙舌兰刺或燃烧的辣椒烟严厉惩罚他们。

当然，男孩们也有时间像其他孩子一样玩耍，学习消遣的游戏和球场上最为重要的运动。他们还练习射箭和投掷长矛，与其他贵族的儿子比赛。

孩子们的姑母玛特拉尔希瓦琴[2]，也就是维茨伊里维特的妹妹，嫁给了特斯科科国王伊希特里尔肖齐特[3]。当兄弟俩四岁时，她又生

---

1 纳瓦特语 *Itzcoatl*。

2 纳瓦特语 *Matlalcihuatzin*。

3 纳瓦特语 *Ixtlilxochitl*。

了个孩子，名叫内萨瓦尔科约特。玛特拉尔希瓦琴时常会回到德诺奇蒂特兰看看，两兄弟非常喜欢他们蹒跚学步的小表弟。

上学

按照 260 天一年的历法，13 年过去了，莫德库索玛和特拉卡埃莱尔的父亲把两人叫到面前，他们的母亲、王室的长辈也在场。国王当众告诉他们，作为王子下一步需要做的事情。

"听好了，我的孩子。我们灵魂的主人——邻近之主要求你们来到这里。尽管你们来自我的身体，也曾在你们母亲的腹中待过，但创造之主哺育了我们所有人。他带来真知，只有他才能明察秋毫。

"所以，请理解我，在你们还在襁褓中时，我们便把你们供奉给了卡尔梅卡克[1]——神圣的贵族学校。你们马上就要去报到，开始在那里学习，完成神圣的任务：清洁擦拭我们挚爱的羽蛇主人，他是我们的学习之主。你们依旧是'贡品'，因为你们属于羽蛇神，是他的所有物。

"啊，我的指甲、我的头发[2]！你们不再依靠你们的母亲，她

---

1 纳瓦特语 *Calmecac*，梅希卡人的贵族学校，进校后实行寄宿制。

2 对孩子的昵称。

们曾给你们喂奶、换尿布。你们已经变得强壮，有了自卫的能力，而且机灵敏锐。现在就去你们的新家吧。那是个流泪的地方。所有的贵族都会把他们的孩子送过去，像打磨贵重的珠子一样让老师打磨自己的孩子。你们很快就会成熟，像绿咬鹃羽毛一样生长，生命的赋予者在时机成熟时，会按照他的意愿把你们放入他神圣的头巾上。

"当你们在夜最深时，在哭得最厉害时，记得王国的统治者都是从那里出来的。他们都是有权势的人，都是团结的战士。所以你们要努力，不能偷懒。要谦卑地接受艰苦朴素的生活，远离各种恶习。让饥饿成为你们的引路者。用龙舌兰的尖刺来克制肉体的欲望，让身体忍受寒冷。在那里只有思想和内心才最重要。尽可能多地学习能学到的一切。把自己变成家人、族人和城邦的骄傲。"

在卡尔梅卡克，男孩们和齐玛尔波波卡待在一起，他已经住了二百六十天了。和每一个贵族青年一样，他们和祭司一同住在学校。前几年的主要任务都在杂务上：清洗、打扫、运送生火用的木头、调制为宗教仪式用的颜料、修补神庙、照料学校的农作物。食物在学校里进行严格分配，但是男孩们从不抱怨饥饿。当祭司呼唤他们，就会立马赶去。他们进行斋戒和苦行，在晚上短暂的几小时里进行仪式所需的清洁。他们是德诺奇蒂特兰城的王子，唯一的缺点就是毫无克制的自豪感。

他们学习民族的历史，学习彩绘的抄本，前人煞费苦心把这些古籍保存了将近几个世纪。祭司教会男孩们历法知识，他们一起阅读历法书。男孩们记住了所有的圣歌和神圣仪式，以此让诸神保持高兴，让宇宙之轮滚动下去。数学、工程、农业、律法和政治科学，各类需要用以治国的学科他们都要学习。

渐渐地，男孩们长大了。在年轻战士和经验丰富的老兵的带领下，他们经受了严苛的身体训练。他们学习了武术，让身体达到极限。这些年轻人还精于使用各类武器，战术演习和战术指挥也已烂熟于心。

每个男孩在不同的领域拥有突出的成绩。齐玛尔波波卡，素来冷静，善于内省，在管理和外交上更有作为。特拉卡埃莱尔，可能是学校中最聪明的男孩，在科学、宗教礼仪和军事战术上发挥特长。莫德库索玛是三人之中最强的战士，在武器使用上展现了惊人的技艺，同时他启发他人的能力也非常突出。

当学校允许探望时，内萨瓦尔科约特偶尔会来城中度假，探望他们。他表现出对表哥们的钦佩。然而最后，他也进了特斯科科的卡尔梅卡克，四人接触就更少了。

十六岁时，两兄弟开始参加小规模的战争。最后，两人成了学校的学生长[1]，他们为新生展示绳索诀窍。特拉卡埃莱尔甚至成了

---

1 纳瓦特语 *tiachcauh*，指在学校中资历比较老、行为出色的学生。

学生教师[1]，有权管理并纠正自己的同伴。两人在很短的时间内就每人俘获了四个战俘，于是他们被授予梅希卡特·特基瓦——"梅希卡战士"的称号。他们的父亲以他们为傲，亲自授予他们战服、战甲和徽章。

就此，他们毕业了。

德巴内卡之战

维茨伊里维特在位的十八年间，阿斯卡波查尔科和德诺奇蒂特兰两城的关系有了长足的发展。国王德索索莫克不断向东北方扩张领土，在女儿的要求下，他减轻了对梅希卡人进贡的要求，特别是因为德索索莫克考虑到他的外孙很可能会成为德诺奇蒂特兰城的下一任国王。但是作为交换，德索索莫克要求他的女婿参加对阿科尔瓦[2]人的战争，而维茨伊里维特的妹妹玛特拉尔希瓦琴王后就住在阿科尔瓦的首都城市——特斯科科。

兄弟两人没离开卡尔梅卡克多久，齐玛尔波波卡的母亲就不幸去世了。族人还有附属国的居民都为王后的死哀悼。他们的悲伤刚刚平息，维茨伊里维特又在战争中被杀害。而凶手正是他妹

---

1 纳瓦特语 *telpochtlahto*。

2 纳瓦特语 *Acolhua*。

夫伊希特里尔肖齐特的军队。

街区首领和城邦的其他领袖再次聚集起来选出了一位新的国王。考虑到和阿斯卡波查尔科的关系，他们的选择没有悬念：齐玛尔波波卡。人们一致推举他，助他登上王座。

很快，齐玛尔波波卡继承了外祖父的衣钵，同时增加了复仇的意志。这位年轻的国王最终把特斯科科城包围起来，把他的姑父逼到特拉洛克山脚下一片稀疏的树林中。十六岁的内萨瓦尔科约特无助地从树枝上看着梅希卡战士杀死了阿科尔瓦人的国王。

在漫长的战事中，特拉卡埃莱尔和莫德库索玛展现出了惊人的战斗力和领导力。他们的哥哥把他们提升至军队中更高的地位。德索索莫克让特斯科科成了德诺奇蒂特兰的进贡国，以此表达对齐玛尔波波卡忠心的认可。然而，内萨瓦尔科约特躲进了韦肖钦科附近的山中，他不确定表哥们对他是什么态度，但是他很确定德巴内卡人会要了他的小命。

经过与恰尔科的漫长战役，两国达成停战协定。特拉卡埃莱尔娶了恰尔科国阿玛凯梅坎[1]的公主——玛基琴[2]。她是特拉卡埃莱尔唯一的妻子，并且为他生了十多个孩子，其中有一个女儿叫马奎尔肖齐琴[3]，后来成了诗人。特拉卡埃莱尔在战场上证明了自己，

---

1 纳瓦特语 *Amaquemecan*。

2 纳瓦特语 *Maquitzin*。

3 纳瓦特语 *Macuilxochitzin*。

他获得了巡官[1]的称号，并有了自己的司法团队。他帮助国王加强法制建设，在德诺奇蒂特兰城内进行司法奖惩。

在舅舅伊茨科瓦特将军的帮助下，齐玛尔波波卡开始建设堤道，把德诺奇蒂特兰和特拉科潘两城将近四英里路连接起来。特拉科潘是阿斯卡波查尔科附近的一个德巴内卡人管理的港口。在兄弟两人的催促下，齐玛尔波波卡见了他的外祖父，为内萨瓦尔科约特说情，试图说服德索索莫克让这位阿科尔瓦王子在他的保护和监视下住在德诺奇蒂特兰。

最后，齐玛尔波波卡请求年长的外祖父同意建设一座水渠，从查布尔德贝克山引水，同时出资用木头完成这项工程。德索索莫克同意了，但是他的慷慨之举并不符合其他孩子的心意，他们中许多人管理着不同的德巴内卡潘城邦。最看不过去的是科约阿坎[2]国王马西特拉[3]。对他来说，梅希卡人就是些下人，不配拥有国王的赠予。

德索索莫克于 1426 年去世，在位约四十年。他的儿子塔亚钦[4]继承了他的王位，然而马西特拉在阿斯卡波查尔科贵族间煽动了一场叛乱，成功篡夺王位。齐玛尔波波卡支持塔亚钦，两人密

---

1 纳瓦特语 *Topileh*，古代阿兹特克官职，负责军队的监管、训练和福利保障等工作。

2 纳瓦特语 *Coyoacan*。

3 纳瓦特语 *Maxtla*。

4 纳瓦特语 *Tayatzin*。

谋杀死马西特拉，夺回阿斯卡波查尔科。他们得到了受压迫的阿科尔瓦人的支持，想让内萨瓦尔科约特出任特斯科科的国王。然而他们的计划破灭了：内萨瓦尔科约特被德巴内卡军队击退，塔亚钦惨遭杀害。

齐玛尔波波卡为自己的城邦和人民感到担忧，他试图向马西特拉让步，决定在他父亲的神庙中把自己祭献了。但是齐玛尔波波卡被俘获带去阿斯卡波查尔科。他被关在一个笼子里展示，慢慢地遭受饥饿的摧残。最终，他找到一个方式结束自己的生命，多少守住了一些尊严。

齐玛尔波波卡的死讯很快传到了德诺奇蒂特兰，人们惶恐不安。然而，特拉卡埃莱尔冷静的外表下怒火中烧。城邦的贵族将王位交给莫德库索玛，但是他遵从比他地位更高的舅舅伊茨科瓦特。新任国王和他的顾问团没有其他选择，他们无法对抗整个德巴内卡王国。

"我们将彻底服从马西特拉国王。"领袖们宣布，"为了免遭全体歼灭，我们最好带上战神维茨伊洛波奇特里，主动投奔马西特拉，这样他可以根据自己的意愿处理我们。一些人可能可以活下去。他可能会赦免一部分人，这样我们就能在阿斯卡波查尔科做奴隶。"

特拉卡埃莱尔站起来，他感到恐惧，对聚在一起讨论的长者们说："这算什么，梅希卡兄弟们？你们在做什么？你们简直已经丧失了理智。你们冷静下。请理智地看待这个问题。德诺奇蒂特兰城中哪来的懦弱，令你们觉得我们不得不和阿斯卡波查尔卡[1]人同流合污！"

他面向国王，说："陛下，这是怎么回事？你怎么能同意这种事？把我的话告诉族人。让我们一起寻找守卫家园、守卫荣誉的方法。千万不能就此低三下四地成为敌人的阶下囚。"

伊茨科瓦特转向自己的顾问团，说："你们还是决定要去阿斯卡波查尔科吗？现在我觉得这是一件很不光彩的事。我们要为民族的荣誉背水一战。你们现在聚在一起，所有的德诺奇卡领袖：我的叔叔伯伯、兄弟和侄子，人民都非常尊敬你们。你们之中谁敢去和马西特拉对话，了解他的想法？如果他们决心灭绝我们，对我们的困境不怀任何同情，那我们就得上，兄弟们。必须有一人站出来去阿斯卡波查尔科，不要恐惧，梅希卡人！"

没人愿意站出来，每个人都非常害怕死亡。于是，特拉卡埃莱尔站了出来，大胆地宣布："我的国王，我的好主人，你不要担心。不要失去希望。我们在场的亲戚似乎更喜欢大眼瞪小眼，不愿意回复你的恳求，我自愿做使节去见马西特拉及任何你需要派人去的地方。我不怕死。我们每个人都会死。死亡今天降临或明天降临并无多大区别。一直活着是为了什么呢？此时此地是我生

命最能体现价值的地方。我选择光荣地死去，为守护我的家园而死去！我的主人，派我去吧。我愿意去。"

伊茨科瓦特起身拥抱特拉卡埃莱尔。"亲爱的外甥，我对你的灵魂和坚定的决心感到惊讶。作为对你勇气和付出的回报，我会给予你数不尽的奖励，凭我的权力，如果你在任务中不幸身亡，为国捐躯，我会让你的孩子衣食无忧，这样他们就会记得这一天，永远记得你。"

特拉卡埃莱尔看着身边其他王子懦弱却又愤怒的脸庞，他挺直胸膛，迈着大步子离开了。他穿过堤道来到特拉科潘，从这里接近重兵把守的阿斯卡波查尔科入口。

"怎么回事？"一个守卫喊道："快看谁在一边大喊一边向这里靠近！你不是梅希卡国王伊茨科瓦特的外甥吗？叫特拉卡埃莱尔？"

"是的，就是我。"

"好，那你想去哪里？你不知道我们的主人命令我们不让任何梅希卡人进入这座城吗？我们会杀了你！"

"我知道，但你们也一定知道信使无罪吧。德诺奇卡国王和他的顾问团派我和你们的国王对话，所以我恳请你们让我进去。我保证我会再从这扇门出来。如果你们想杀了我，我会主动把自己交给你们。但先让我把消息送达，我保证没有任何报复性意图。"

特拉卡埃莱尔说服了守卫，他们给他放行。他来到国王面前，表现得彬彬有礼。马西特拉认出了他，感到非常惊讶。

"你是怎么进入阿斯卡波查尔科而没有被守卫杀死的？"

特拉卡埃莱尔解释了之前发生的事，马西特拉面无表情地听着。

"你想要什么，外甥？"

"我想请陛下宽恕德诺奇蒂特兰。我兄弟的反叛未经思考，给我们造成了很大的伤害。我们城里的老人和小孩因为您的禁止通商令正忍受着苦难。我们的城市在您军队的重击下动荡不安。我们想结束两国之间的敌对状态。现在伊茨科瓦特是国王。陛下，您能否劝劝您的军事顾问团？让我们能够获得自由，不像曾经那样成为你们的奴仆？"

马西特拉似乎被这番恳求感动了。"外甥，我祝福你们。虽然我无法做任何保证，但是我会和我的顾问团以及兄弟们商议，他们是德巴内卡人各国的国王。但是你要知道，决定权不在我的手中。很有可能你的提议会遭到拒绝。"

"我该什么时候回来得到您的答案？"

"明天来吧。"

"那怎么和守卫交代？陛下您能否保证他们不会杀了我？"

"你的本质会令你毫发无伤，这就是保证。"马西特拉回答。

特拉卡埃莱尔鞠躬后离开了。他再次遇到守卫，他向他们打招呼："兄弟们，我刚和你们的国王交谈完毕，现在回来了。我要把他的口信带回给我们的国王。如果你们肯放行，我会非常感激。我寻求和平，没有任何黑暗的想法。我明早会回来完成最终使命。明天杀我和今天杀我，我都是死。我答应你们，我最后会把自己交给你们。"

守卫让他走了，特拉卡埃莱尔回到了德诺奇蒂特兰城，告诉国王发生的一切。国王整晚都在祈祷和思考。一早，他把特拉卡埃莱尔叫来。

"我最亲爱的外甥，你把生死置之度外，执行这项任务时表现得非常仔细、非常用心，对此我很感激。你把接下来我说的话告诉马西特拉，告诉他，我坚持要他表明阿斯卡波查尔科是愿意放手，让我们不再拥有庇护，还是想认可我们，再次成为朋友。如果他回答说我们没有希望了，他会消灭我们，那就用这支给死人涂的白垩膏，涂在他身上。然后拿这些羽毛戴他头上，就好像他已经死了一样。把这块盾和这些金箭给他，作为华丽的徽章。然后替我告诉他，请他注意了，我们会尽一切可能灭了他。"

特拉卡埃莱尔回到阿斯卡波查尔科。守卫们再次让他进城，但是他们低声讨论如何在城中袭击他，把他杀死。在马西特拉的宫殿里，特拉卡埃莱尔把伊茨科瓦特的意志传达给马西特拉。

"啊，外甥，你要我说什么呢？真是令人心痛啊，虽然我掌管德巴内卡人的土地，但是我们的人民要求对你们发动战争。我能做什么呢？如果我去阻止他们，我和我孩子的生命就会有危险。

我的兄弟和顾问都对你很生气，他们要求杀了你。"

特拉卡埃莱尔点点头。"很好，陛下。这样的话，您的下属，梅希卡国王让我带话，你们要团结你们的力量和意志，你们要武装起来，因为从现在起，他不再服从您和您的人民，他已是您的死敌。不是他和他的人民战死沙场、沦为奴隶，就是您和您的子民。您很快会意识到你们发动了一场难以逃脱的战争。我把白垩和羽毛带来了，还有盾牌和箭矢。请允许我为您画上确信无疑的死亡。"

马西特拉为表示尊敬，迫使自己让外甥完成这一礼节。画完之后，他要特拉卡埃莱尔转达他对伊茨科瓦特坚持传统的感谢。他让手下帮助特拉卡埃莱尔从宫殿后的暗道离开。

"外甥，你别按照原路穿过城市。我们的守卫正等着杀你呢。我的仆人会告诉你怎么走，在此之前，请先接受这些礼物，这样你就能保护自己了。你很有礼貌，也很勇敢，值得拥有这些。"

特拉卡埃莱尔接过武器，悄悄离开了阿斯卡波查尔科。当他站在城墙大门口时，他情不自禁地对守卫说：

"啊，德巴内卡人！啊，阿斯卡波查尔卡人！你们是怎么守护的城市呀！好好约束下自己吧。阿斯卡波查尔科很快就会从这个世界上消失，一块砖石也不留！每个人都会被祭祀、被烧死。所以，准备受死吧，蠢货。我代表梅希卡国王伊茨科瓦特及整个德诺奇蒂特兰城，公开向你们所有人宣战！"

守卫们又气又疑惑，他们追上前去想杀死特拉卡埃莱尔，但是他勇敢地面对他们。没等他们弄清楚发生了什么，特拉卡埃莱尔已经杀死了几个人。大部队聚集起来，特拉卡埃莱尔趁乱撤离。当他回到德诺奇蒂特兰，伊茨科瓦特公开地赞扬他的勇气和智慧，同时把他列为战争顾问，特拉卡埃莱尔获得了特拉科奇卡尔卡特——"大将军"的称号。特拉卡埃莱尔和弟弟莫德库索玛和其他军事领袖开始一同制订毁灭阿斯卡波查尔科城的计划。

然而，梅希卡子民们充满恐惧，他们请求国王允许他们撤离德诺奇蒂特兰。

"别怕，我的孩子们。"伊茨科瓦特安慰他们说，"你们会毫发无伤，我们将获得自由。"

"要是你们失败了呢？"平民问。

特拉卡埃莱尔代表国王回答："如果我们失败了，我们的命就在你们手上。我们的身体就是你们的食物。这样，你们就能复仇，把我们的血肉放在破烂肮脏的盘子上吞下[1]，以此玷污我们。但是，如果我们成功了，你们就必须发誓臣服于我们，给我们进贡，不断劳作，建造我们的房屋楼宇，发自内心地把我们视作主人。你们必须发誓把你们的女儿、姐妹和侄女交给我们，按照我们的意愿办事。当我们出发去战场时，不论我们去哪里，你们必须为我

---

1 阿兹特克文明中存在活人祭祀与食人肉的现象。

们带上补给和武器。最后，你们必须让你们自己和你们的所有物成为我们永恒的附属。"

平民和贵族都同意了这些条款，以血发誓。国王和他的将领们便开始他们的计划：他们答应帮助内萨瓦尔科约特成为特斯科科国王，同时与特拉科潘城的德巴内卡分裂分子达成协定。三个纳瓦王国成立了"三国联盟"[1]，也就是现在我们所认识的阿兹特克帝国。

内萨瓦尔科约特带领一支由韦肖钦卡[2]和德西科卡[3]战士组成的军队，坐船穿过特斯科科湖，从北部向阿斯卡波查尔科进发。特拉科潘和德诺奇卡军队由特拉卡埃莱尔带领，从南部进攻阿斯卡波查尔科。联军敲响战鼓，聚集在敌人的王国中，开始四处砍杀居民。

"每个男人、每个女人、每个孩子！"伊茨科瓦特国王命令，"一个都不留！拿走可以带走的东西，其他全都烧了！"

一些贵族逃跑了，但是被特拉卡埃莱尔追上，一直追到附近的山脚下。他们放下武器，请求将军开恩，他们答应给梅希卡人土地和财富，成为他们永久的附属国。特拉卡埃莱尔接受了他们的誓言。

---

1 纳瓦特语 *Excan Tlahtoloyan*。

2 纳瓦特语 *huexotzinca*。

3 纳瓦特语 *texcoca*。

与此同时，在阿斯卡波查尔科城中，内萨瓦尔科约特把躲在蒸房的马西特拉拖出来，当众把他祭祀了。

阿斯卡波查尔科城就此毁灭。

伊茨科瓦特任命他的外甥特拉卡埃莱尔担任斯伊瓦科瓦特[1]——国务大臣，近百年内的第一位。在接下来的几个月和几年内，他们一同打了更大的胜仗。三国联军对德巴内卡人打了一仗又一仗。每次胜利之后，土地就分给打胜仗的战士，元老们和大街区的首领在高地不断建立梅希卡殖民区，快速扩张贵族阶层。继德巴内卡之后，梅希卡人又把矛头指向肖齐米尔科和科约阿坎，并迅速获得了胜利。

特拉卡埃莱尔敦促自己的舅舅尽快搜集当地的历史书，并把它们付之一炬，然后用一个官方的版本替代。"我们的人民拥有一个英武的过去很重要，我们奋斗的目标是建立在过去时代辉煌的文明之上。如果我们要再现多尔兰的雄伟，那我们就不能让百姓想起卑微低下的历史片段。"

国王答应了。很快梅希卡人崛起的唯一历史传说在高地传开，

---

1 纳瓦特语 Cihuacoatl，原为女神，也是古代阿兹特克的官职、军衔，地位在国王之下，战争顾问之上。

这一著名的传说在日后被称为《未知史记》[1]。

德诺奇蒂特兰城从附属国逐渐成为盆地最强大的王国，而伊茨科瓦特的身体却每况愈下。国王奢华的葬礼持续了整整八十天，展现了他在短短十五年的时间里把族人的地位彻底改变的成就。

塑造梅希卡人

莫德库索玛在"三·蛇"年"十三·燧石"日，即公元1440年5月22日，继承了舅舅的王位。这位新国王被授予伊尔维卡米纳[2]——"天界射手"的称号，他继续留任特拉卡埃莱尔为国务大臣。两人停止军事活动约十二年之久，在此期间加强了新领土的行政管理。与特斯科科和特拉科潘协作，他们搭建了进贡关系的网络，以及一套管理新领土的官僚体系。商品和财产流动起来后，莫德库索玛·伊尔维卡米纳下令建造第四座大神庙，把伊茨科瓦特先前造的神庙围起来，搭起一座更大、更加华美的塔庙。

当这座宏伟的建筑矗立起来时，特拉卡埃莱尔开始给民众灌输思想：维茨伊洛波奇特里，梅希卡人的部落之神，比大家想象的

---

1 西班牙语 *Crónica X*，中部美洲学家把16世纪最早的关于中部高地民族的一手历史资料统称为这一名字，由于作者和原著已经不可考证，所以称为X，即"未知"之意。

2 纳瓦特语 *Ilhuicamina*。

要更加伟大。在与高地其他民族接触的过程中，梅希卡人拓宽了以前的神谱。和其他纳瓦人一样，他们也崇拜敬畏特斯卡特里波卡、希佩·托特克、羽蛇、特拉洛克和其他大量的神。但是特拉卡埃莱尔坚持认为维茨伊洛波奇特里是最高神，负责保持太阳在空中运行，值得族人最高程度的敬拜，同时他也坚持需要足够的鲜血来作为圣火的燃料。

除了把维茨伊洛波奇特里提升至天界之王，特拉卡埃莱尔还推出了一系列限制行为的律法，这些条文加大了贵族和平民之间日益增长的距离。这位国务大臣禁止工人阶层使用棉质衣服、拖鞋、唇塞和黄金。只有贵族的房屋可以有两层或两层以上。当众醉酒或者类似的平常罪行将得到严惩，犯人将成为奴隶或被祭祀。

特拉卡埃莱尔也对军队等级进行了划分，比如夸齐克 [1]、老鹰战士、美洲豹战士和奥多米 [2]。他建立了男性的军事义务教育体系，在所有地区都设立了平民学校 [3]，这样所有街区的男孩都能接受战争训练。

1452 年，由于缺乏石料、人手不够，梅希卡人暂停建造大神

---

1 纳瓦特语 *Cuachic*，意为"剃发的人"，是梅希卡军队中威望最高的人。因为要剃掉大部分的头发而得名。

2 纳瓦特语 *otomi*，原指奥多米人，后因为奥多米人常作为梅希卡人的雇佣军，后成了梅希卡军队中的一类头衔。

3 纳瓦特语 *Telpochcalli*，与贵族学校 *Calmecac* 相对。

庙。莫德库索玛向恰尔科城寻求帮助，但是遭到了拒绝，由此也引发了一场血战。在战争期间，中部高地经历了持续三年的大干旱。沙尘暴和饥荒摧毁了当地人居住的谷地。人们由于过度饥饿，开始吃自己的孩子或自己的族人，以此存活下去。

德诺奇卡人最终俘获了几百名察尔卡人，把他们祭祀了献给维茨伊洛波奇特里和特拉洛克。他们认为十二年内没能提供足够的鲜血，冒犯了两位神，想以此平息他们的怒火。然而，这还不够。莫德库索玛让特拉卡埃莱尔重新组织军队，他短时间内就组成了队伍，并让他们年轻的弟弟特拉卡韦潘担任首领，他曾在军事顾问团中与另两个兄弟凯查尔夸乌和斯伊瓦瓦凯[1]担任埃斯瓦瓦卡特[2]。

军队照原路向恰尔科进发。在阿梅卡梅坎[3]附近，梅希卡人遭遇埋伏。每个恰尔科男人拿起木剑和盾牌，愤怒地突袭梅希卡人。梅希卡军队很快对这次发兵感到后悔，他们不得不拼个你死我活。军队围成一个圈进行战斗，一些人只求不要死掉，另一些人期望胜利。战斗非常激烈，也很迅速，双方都有死伤，慢慢地战场上躺满了尸体，战士们混乱一片，已无战术、秩序可言，他们愤怒

---

1 纳瓦特语 *Quetzalcuauh* 和 *Cihuahuaque*。

2 纳瓦特语 *ezhuahuacatl*，古代阿兹特克官职名，指行刑者或最高领袖的顾问，字面意思为"血雨、鲜血倾注"。

3 纳瓦特语 *Amecamecan*。

地左右挥动武器，最终分崩离析，体力透支倒在地上，活下来的战士尽力把战俘拖走。

死者中，有莫德库索玛和特拉卡埃莱尔的三个兄弟。其他的将领把他们的尸体带到首领的面前，国王开始痛哭，哀叹不已。

"哦，我亲爱的弟弟们啊！你们很幸运，因为你们死得勇敢，死得光荣。去吧，现在就戴上无价的羽毛和美丽的玉石，让你们的英勇战绩包裹你们，把你们送去天上，你们得到了我们民族的荣耀，还有你们的兄弟国王对你们的尊重。"

然后，莫德库索玛转向特拉卡埃莱尔，他一直冷漠地站在国王的身边。国王问："特拉卡埃莱尔，你怎么想？兄弟们的尸体躺在这儿呢。"

国务大臣回答："陛下，我对他们的逝世既不感到恐惧，也没有感到悲伤。这就是战争的意义。想想我们的父亲维茨伊里维特，他在你我当政前就死在了科尔瓦坎。他英勇无比，我们会永远记住他。我们的兄弟不应该付出更多吗？梅希卡人需要这样的英勇就义！你和我在梅希科执政，但江山代有才人出，总有一天会有人替代我们。那还有什么好哭的呢？我们还要哀号多久？我们没时间沉浸在悲伤中。还有很多事要做！"

两位领袖组建了一支更加庞大的军队，把阿梅卡梅坎包围起来。奇怪的猫头鹰从米克特兰飞出来，预示着恰尔科的厄运即将在漆黑的夜晚到来。破晓之际，梅希科的战士发动袭击，把敌人一举歼灭。几千人遭到祭祀。大雨终于来了，三国联盟慢慢地也恢复了生机。

特拉卡埃莱尔学到了珍贵的一课。德诺奇蒂特兰城不断发展壮大，内萨瓦尔科约特利用他出色的堤岸建造术，在特斯科科湖上建立起大堤，以阻挡净水。与此同时，特拉卡埃莱尔与祭司们一同设计了精细的每月祭祀系统，确保定期有血祭。德诺奇卡人反复被教导：如果没有活人祭祀，那么太阳将无法升起，第五纪也会走向尽头。

莫德库索玛开始感到担忧，需要那么多活人用来祭祀，得从哪里找呢？大神庙落成典礼将近，到时需要大量的鲜血。他的兄弟让他不用担心。

"船到桥头自然直。只要你愿意，我们可以把自己的孩子用来进行每月祭祀，他们都是太阳之子。神庙建成之后，不会缺少用来祭献的人的。我已经考虑过从今天起我们该做些什么。我们不能等到战神发怒了再去发动战争。这样不行，我们需要一个便捷的市场，这样我们可以和我们的主神一起去购买祭祀用的活人，那是帮助他火焰燃烧的躯体。这样，一旦维茨伊洛波奇特里心情不愉快，只要一伸手就能抓住他要的祭品。这些活人市场就是我们的附属国。我们需要定期安排战争，不要把他们的战士当场杀死，而是把他们捉来像花朵一样用于祭献众神，在祭祀石上绽放红色的花朵。"

就这样"花之战"[1]开始了，鲜血之花史无前例地在梅希科大地上绽放。

比国王更伟大

莫德库索玛·伊尔维卡米纳在位将近三十年，他把联盟的疆土拓宽至墨西哥湾。在他去世后，他的人民爱戴他，他的敌人们害怕他。特拉卡埃莱尔引导德诺奇蒂特兰的所有领袖一起推选莫德库索玛十九岁的儿子阿夏亚卡特[2]为国王。这位年轻人在位十三年间，他的伯伯继续担任斯伊瓦科瓦特——国务大臣。他在一些方面有突出成就，他镇压了特拉德洛尔科的暴动，让这座姐妹城市永远成为德诺奇蒂特兰城的一部分。但是他针对普雷佩查人的战争以失败告终，他的其他许多军事尝试也没有很大成果。1481年，阿夏亚卡特去世，三国联盟中阴谋四起，人们力求分裂。

阿夏亚卡特的弟弟蒂索克[3]继承了边疆问题频发的王国。他的加冕礼之战损失惨重，似乎成了国难的先兆。在他执政的五年内，梅希卡人节节败退。特拉卡埃莱尔依旧担任国务大臣，他和蒂索

---

1 这类捕捉用于祭祀活人的战争称为"花之战"。

2 纳瓦特语 *Axayacatl*。

3 纳瓦特语 *Tizoc*。

克的兄弟，阿维索特[1]将军密谋，把国王毒死，为了保证族人的安全，免遭毁灭。

国王去世后，八十八岁的特拉卡埃莱尔准备让阿维索特成为德诺奇蒂特兰的国王。但是在此之前，联盟的领袖们前来拜访他，其中包括内萨瓦尔科约特的儿子内萨瓦尔毕里[2]。他们请求特拉卡埃莱尔亲自担任国王。

"我的孩子们啊，我非常感谢你和特斯科科国王来看我。但我想让你们告诉我……在我将近九十年的生命里，自从打败阿斯卡波查尔科之后，我做过什么？我担任过什么职务？我一无是处吗？你们想知道为什么我从未给自己加冕，也从未用王家徽章行使权力吗？你们不理解我的判断还有任命的价值吗？你们认为我没有秉公执法吗？领主上任和撤职都是在我命令之下！你们觉得我破坏了王国的律法，穿戴只有国王才能拥有的珠宝、服饰和凉鞋吗？我穿的是礼袍，戴的是神的面具！我用这双手，和维茨伊洛波奇特里一样，举起祭祀之剑，砍出祭祀之血！如果我做这些事做了将近一个世纪，那么我就是国王，我也一直是国王！你们还要我成为怎样的国王？"

贵族们低下头，接受了特拉卡埃莱尔推荐的人选阿维索特，

1　纳瓦特语 *Ahuizotl*。

2　纳瓦特语 *Nezahualpilli*。

在他的管理下，三国联盟恢复生机，进一步扩张了领土。

特拉卡埃莱尔在阿维索特登基后一年去世，尽管他拒绝了王座，他的人民还是给了他闻所未闻的荣耀。族人们哭泣了好几个月，叫喊着一个新的名号，一个前无古人、后无来者的名字。

他们叫他塞马纳瓦克·特佩瓦尼——世界的征服者。

征服与勇气

召唤

兄弟姐妹们，我们要如何重述德诺奇蒂特兰城灭亡的传奇故事？我们要如何唱出那些痛苦的叫声？如此史诗般的悲剧让一本又一本书充满哀伤。

让我们用硝烟与灰烬绘出征服的面貌。让梅希卡人的终结成为浴火之城的剪影，那是死亡之火，用印第安人彩色古抄本滋养的大火。

朋友们，你们在颤抖吗？你们在我身边哭泣吗？

这片战场，散落着印第安人的头颅，混乱[1]占了上风。纳瓦人

---

1 此处的混乱与秩序相对，指宇宙中无序的力量和本质。

称呼这位双面敌人[1]为"烟镜"，他们的先民称其为"飓风"。大家会看到这位黑色之神的手正在摧毁中部美洲。

西班牙人在印第安民族之间挑拨离间。火器、疫病和托雷多剑[2]的破坏力不小，旧恩怨又来火上浇油。尸横遍野，死亡征服了一切，成了统治者。

似乎一切都逝去了。

但我们不还站在这里吗？见证了秩序与创造的胜利。

许多东西遭到破坏，无数生命消逝，古老的思想被抹去。然而新的民族建立起来了，一个融合民族将诞生，在压迫的熔炉中将锻造出勇敢持久的语言。

墨西哥人。墨西哥裔美国人。奇卡诺人[3]。第五个太阳自豪的后继者。

如果你们仔细看着我们重塑的灵魂，将会见到灵魂般的摹图，那是我们曾经的模样，模糊不清但难以磨灭，时刻等待着开放的心灵来感知，等待着被装饰在徽章[4]上，就像多纳希公主[5]无与伦比

---

1 指上句中的"混乱。"

2 西班牙语 *acero toledano*，字面意为"托雷多钢"。西班牙帝国时期托雷多市出产各类钢制战争武器，以剑居多。

3 西班牙语 *chicano*，指住在美国的墨西哥人。

4 瓦哈卡州的徽章上有多纳希公主在阿托亚克河边被砍下的头颅形象。

5 萨波德卡语 *Donají*。

的面容；等待着被刻在印章上，就像夸乌德莫克国王尊贵的侧颜；等待着被记录在画中，就像马背上的艾兰迪拉。

我们是他们的后代，继承了他们不屈的灵魂。

这些最后的故事是我们自己的故事，混血儿的信件、手稿和音乐。是我们写下这些文字，是我们唱出这些歌，用心传递给一个又一个灵魂。这些文字和歌曲活在我们的历史中、我们的诗歌中、我们的口中、我们的心中。

我们永不忘记。

玛里纳里和科尔特斯的到来

特拉卡埃莱尔死后十三年，在科阿查科阿尔科斯[1]诞生了一个女婴，这座沿海附属城邦位于纳瓦人的三国联盟[2]与尤卡坦半岛玛雅帝国之间，她的出生日是"七·草[3]"，是与"草"这一历法符号相关为数不多的吉日，出生地在奥卢塔[4]，孩子的父母是当地的贵族，同当地其他上层人一样，接受了纳瓦领主的语言和文化，并

---

1 西班牙语 *Coatzacoalcos*，地名，纳瓦特语词源意为"蛇躲避之处"，现位于维拉克鲁斯州。

2 指梅希科–德诺奇蒂特兰城、特斯科科城与特拉科潘城三个纳瓦人王国的联盟。

3 纳瓦特语 *malinalli*，意为"用来编绳的草"。

4 纳瓦特语 *Oluta*。

将其置于自己的波波洛卡[1]文化之上。尽管这个女孩有受洗的名字（世人早已遗忘），人们常以她出生日的符号称呼她，并且总会简化为"玛里纳里"。

玛里纳里受洗之日与梅希科其他女婴受洗的日子并无差别。一位接生婆把她献给天界，然后仔细地清洁她的身体，所有人来到世上都会带着恶，她要把一切罪恶洗去。接生婆把她包在襁褓中，走进屋子放在婴儿床上，这是神圣母亲的象征，然后接生婆会向神圣母亲祈祷。

"你是我们所有人的母亲，约瓦尔蒂希特[2]，夜之女巫。你的双臂如摇篮一般，双膝宽阔。孩子已经降临。她在天界最高层被创造出来，那里是二元天宫。我们挚爱的祖父母：二元之父与二元之母，是他们让她飞向这片土地，她将在这里经历磨难，忍受疲惫。但是我们把她留给你，亲爱的母亲，放在你的腿上，抱在你的怀里，她将会找到力量度过黑夜之主和他的鬼怪为她准备的苦难。接受她吧，母亲！别让她受到任何伤害！"

几个月后，玛里纳里的父母依照贵族的传统，把女儿带去羽蛇神庙，把她献给未来要服侍的神。"啊，主人。"祭司吟诵道，"你的仆人在此。她的父母把她带来，作为贡品献给你。请接受这

---

1 纳瓦特语 *Popoloca*，是奥尔梅克人后代的一支，所用语言属于米赫–索凯语系（*mixe-zoque*）。

2 纳瓦特语 *Yohualticitl*，阿兹特克文明中的助产女神。

位可怜的姑娘，让她成为你的所属物。如果她存活下来，她将在此服侍你，打扫这间罪与泪的房屋。贵族的女儿们无助地向你哭泣，将从你的内心懂得奥秘。主人，请对她展现慈悲之心，依照你的意愿爱护她。"

玛里纳里长成了蹒跚学步的孩子，一直待在母亲身边，看着她纺纱编织、烹煮打扫；看着她管理家务、指挥仆人。到了一定年纪，祭司把她臀部和胸部的一部分肉作为祭品献给了羽蛇。由于出生在双语贵族家庭，玛里纳里学会了当地的波波洛卡语，以及精英和商人阶级使用的纳瓦特语。从通俗话语到贵族话语，她很快掌握了多种不同的语言表达方式。

玛里纳里渐渐长大，她发现自己的城镇隶属于一个更大的政治体——遥远的德诺奇蒂特兰城。每年，贡品和祭品照例从奥卢塔送往新的国王莫德库索玛[1]二世手中，有时还要送去成群的孩子，进献给特拉洛克山上的神庙。如同其他年轻人，玛里纳里逐渐意识到生命的不公，她对人民的领主怀恨在心。但这是世界的法则，她能做的非常有限。她的人生轨迹也只能循规蹈矩。七岁起，她便承担起家务。她心里清楚，几年后她将开始在神庙中的服侍工作。在那儿待一段时间后，她会嫁给一位战士，拥有自己的家庭，延续这样的轮回。她对自己的身份角色表现出顺从。

---

1 其更为熟知的译名为蒙特祖马，原因是后人把纳瓦特语原名 *Moteuczoma* 误读为 *Montezuma*。

然而，出现了一些征兆，一切发生了变化。起初，一颗拖着烟尾的星星在夜空出现，那是一颗炽热的彗星，释放着宇宙的火焰，就好像有人在天界划了道口子。这颗冒着火焰的彗星每天黄昏时分出现在群星之间，然后每天凌晨又会消失，德诺奇蒂特兰城的人民对此感到惊恐万分。

此后不久，玛里纳里的父亲去世了，这位年轻的女孩儿心痛不已。服丧期过后，她的母亲改嫁，之后又生了一个男孩。父母对他的溺爱令玛里纳里不由自主地产生了嫉妒心。很快，玛里纳里也开始了在羽蛇神庙的工作。

这一切不会持续太久。

一天晚上，当她在黑暗中醒来准备仪式清扫，一双有力的手抓住了她，把她带走。这位年轻的姑娘发现自己身处一群希卡兰戈[1]的玛雅奴隶之间。有人把她卖给了邻近塔巴斯科地区的一位玛雅贵族，他是波东壑[2]这座沿河村庄的领主。和其他奴隶一样，她主要干累人的体力活。然而，她学会了琼塔尔语和尤卡坦玛雅语[3]，她的价值渐渐变大。她思维敏捷，语言能力出众，因此得到了主人的尊重，也有了一个昵称——德内巴尔[4]：伶牙俐嘴。

---

1 西班牙语 Xicalango，现位于坎佩切州。

2 西班牙语 Potonchán，源自琼塔尔玛雅语 Potonchan，现位于塔巴斯科州。

3 玛雅语系下的两种不同语言。

4 纳瓦特语 Tenepal，词源有待考证，字面意义或为"善于言说"。

玛里纳里发现玛雅人和自己三国联盟的纳瓦人没有很大差异。他们崇拜近乎相同的神祇：万物之母、创造者、雨水、破坏、太阳、月亮，只是名字不同。他们使用相同的神圣太阳历法。当地人实际上有时也会称呼她为"乌库布·艾布[1]"，同纳瓦特语名字的意思一样。

与玛雅人共同生活期间，一些讲述奇闻的流言蜚语开始在当地散播开来。有人看到海上漂浮着带有翅膀的巨型建筑，还有白皮肤长着胡子的人；德诺奇蒂特兰城的战神庙失火；闪电劈向火神殿；德诺奇蒂特兰城边的特斯科科湖水变得沸腾，吞噬了许多房屋；人们找到一只头顶烟镜的怪鸟，把它带给国王，莫德库索玛在光滑的镜面中看见一支入侵的军队，他们骑在闪着银光的巨鹿身上；双头人在德诺奇蒂特兰城的街道上游荡，他们被带去莫德库索玛研究巫术的黑屋。国王一见到这些双头人，谣言便被验证，随即怪物们就消失了。

最令人悲伤的是"蛇女[2]"的声音。夜晚的死寂之中，德诺奇蒂特兰城的街道上可以听见她绝望地叫喊："孩子们啊，我们必须弃城！但我可以把你们带去哪里？你们想去哪里？"

玛里纳里十七岁时，塔巴斯科地区的人民对一则消息感到吃

---

1 琼塔尔语 *Vukub Eb*。

2 纳瓦特语 *Cihuacoatl*。

惊：一座沿海村庄——阿赫克音佩奇[1]，被来自海上满脸胡子、长着金发的外族人袭击了。多数入侵者被杀死，少数受伤的幸存者逃回了长有翅膀的飘浮城堡中。

人们低声讨论，觉得古老的预言或许是真的，那位曾经独自离开的祭司最终回来了。这些从未见过的外乡人会是黎明之主的先遣队吗？玛雅人称他为克乌克乌尔坎[2]，纳瓦人称其为羽蛇，他们挚爱的主人。

二十四个月之后，主力军队到达了。那一年是"一·芦苇"，羽蛇出生的日子，也是他死去，或者说离开的日子。一大群奇怪的男人登陆塔巴斯科河河口，并从那里一路逆流而上。玛里纳里的主人派出战士对付侵略者，但他在一场战争中失去了将近一千名手下，人们觉得肯定有魔力作祟。那些长满胡子，全身裹着银色金属的人用带火和烟的武器，闪光的金属坚不可摧，飕飕飞来的炮弹还没看清就夺走了当地战士的四肢和生命。

波东麈的领主咨询了他的祭司们，他们认为新来的这些人具有神力，即便不完全是神，也具有天界的力量和装备。最好和平对待他们，宁愿屈膝也不要冒险惹怒天界。于是，领主筹集了许多礼品送给这些具有神力的人，以此展现他的尊敬，礼品中包括

---

1 玛雅语 *Ah K'iin Peech*。

2 玛雅语 *K'uk'ulkan*，即"羽蛇"之意。

二十位美丽的女奴隶，玛里纳里是其中之一。

这位年轻的女子没有任何期待。仪仗队靠近陌生的军队驻地时，领主和他的手下警惕地看着巨大的四脚野兽，似乎它们正守护着驻地。这些动物比人高，全身披着闪光的银色金属。突然从他们头上传来尖响的呼啸声，他们身后的树林爆炸了，树叶如雨般唰唰落下。一位高大的男人向他们走来，一头棕红色的头发，两眼是浓稠的蜂蜜色。他骑在最大的那只动物身上，野兽用两条后腿站起，大叫一声如雷鸣一般，然后四脚落地，砰砰作响。那男人在它耳边低语了一下，这才渐渐安静下来。

高大的男子开始说话，是玛里纳里从未听过的语言。一位年纪更大的男人穿着黑色袍子，从树林里走向前开始翻译。

"首领说，如果你们配合，这些武器就不会伤害你们。"

村庄首领随即展示了他的礼品，双方开始商讨。高大的男人说自己叫科尔特斯[1]，是一位遥远土地上的国王派他来的，那片土地叫西班牙。侵略者似乎对黄金尤为感兴趣，他们通过一位叫阿基拉尔的翻译问哪里可以弄到更多黄金。玛里纳里猜测这位阿基拉尔可能是一位祭司。

"科尔瓦-梅希卡人有。"首领手指向西边回答，"就在那里，在梅希科，在德诺奇蒂特兰。"

---

1 西班牙语 *Cortés*。

一番考虑之后，科尔特斯接受了礼物，把二十个女奴隶分给了他的手下。玛里纳里被分给了阿隆索·埃尔南德斯·普埃托卡雷洛[1]，他一头乌发，皮肤洁白，比玛里纳里大不了多少。阿基拉尔把二十个奴隶聚集在一起，对她们说需要抛弃原来的信仰，因为那些都是虚假邪恶的神，她们得接受唯一的真神——耶稣，以及他的母亲玛利亚，她是天堂的女王。

尽管玛里纳里觉得承认自己文化的神祇虚假邪恶是件非常愚蠢的事，但是她仔细听了阿基拉尔对耶稣的描述：他是圣母玛利亚之子，在被杀死进入天堂之前宣扬爱与宽容，劝人向善。耶稣的传说故事中包含了许多与她的民族和玛雅人近似的传统。

当阿基拉尔说耶稣的牺牲代表不需要更多人牺牲时，玛里纳里特别注意了这一点。很明显，科尔特斯要把这个新的神和他的母亲强加在海岸地区和中部高地的人民身上，这意味着战俘祭祀的终结。可以想象，许多部落受到的压迫也将结束。

她说她接受新的信仰。她低下头接受了洗礼，一同分享了奇怪的新圣礼，阿基拉尔称其为神的血肉，这与传言中梅希卡贵族吃战俘的血肉极为相似，因为战俘在这一情境代表了诸神。阿基拉尔给了玛里纳里一个新名字——玛丽娜。她的嘴角露出了笑容。诸神确实在发挥作用，她受洗的名字与她的出生日听起来很像。

---

1 西班牙语 *Alonso Hernández Puertocarrero*，西班牙征服者。

仪式结束。她被护送到一座飘浮的城堡上，跟随新的主人，住进他的营队。

西班牙人驶离了海岸，几天后到达了一个广阔的海湾。他们看见两个巨大的独木舟，上面坐着穿着华丽的祭司和贵族。他们受邀上岸。阿基拉尔立马想上前对话。但是他们中没有人听得懂玛雅语。

"谁是你们的代表？"一位贵族用纳瓦特语问道，"谁是你们的首领？"

双方都听不懂对方在说什么，紧张的气氛越来越浓。玛里纳里可以预见糟糕的结果：德诺奇蒂特兰城压迫性的统治会利用人们的困惑与冲突来稳固自己的权力，甚至和敌人联盟来赶走西班牙人。毕竟，这些纳瓦人非常骄傲、残暴、鲁莽，就像那些一次又一次伤害她的人一样。

然而，命运把玛里纳里推向一根杠杆。她灵感突现，感受到自己可以战胜族人的对手，感受到自己可以通过这些外来者来改变中部高地的各个民族的命运。

尽管她的内心与隐藏的恐惧斗争，她还是顺应了命运的安排。她走上前，对纳瓦贵族说：

"我的主人，你要找的首领和大家分开站在那儿。"她指向科尔特斯。

阿基拉尔对玛里纳里说:"玛丽娜,你会说他们的语言?"

"是的,尊敬的祭司。我从小就会了,这是这个王国与人民的语言。"

阿基拉尔向科尔特斯转述了她说的内容。科尔特斯便把她叫到身边。"从现在开始,你是我的舌头,听懂了吗?"他通过阿基拉尔向玛里纳里说,"像祭司一样,你必须随时和我在一起。现在,就让我们和这些人交谈一下。"

在时间之轮向前滚动之前,她感到一双粗暴的命运之手握住了她理想的灵魂,把它推向杠杆的支点。

依旧是同一个太阳划过牢固的蓝色天界,然而一个新的时代即将开始,在钢铁与黑曜石的交锋中,太阳将浴血升起。

夸乌德莫克受刑

在玛里纳里的帮助下，科尔特斯逐渐把三国联盟的敌人变成自己的盟友，其中最重要的便是特拉斯卡拉王国，该国为征服者提供了几千名雇佣兵，宣誓对西班牙王权及基督教神绝对忠诚。

纳瓦人很快学会了尊重科尔特斯身边这位光鲜亮丽却又凶残犀利的翻译。他们称呼她为"玛林琴[1]"——受人尊敬的玛丽娜。科尔特斯则成了"玛林齐内[2]"——玛林琴的主人。玛林琴这个名字在

---

[1] 纳瓦特语 *Malintzin*，-*tzin* 是表示亲昵的词尾。

[2] 纳瓦特语 *Malintzineh*。

西班牙人的嘴里则被念成了玛林切[1]。因命运讽刺的转变，玛里纳里日后将被以玛林切这一名字记在人们心中，而这个名字正是背叛与卖国的代名词。

随着西班牙人向德诺奇蒂特兰城推进，莫德库索玛内心充满了恐惧。他的御用巫师及祭司们给出了不祥的预言。凶兆映射出人民的宿命。莫德库索玛尽力避免毁灭，他派出代表团用财富贿赂科尔特斯，希望他不要带队靠近，但这毫无用处。军队继续前进。

国王感到绝望，他派了一队男巫，命令他们向西班牙士兵施法。然而他们的法术无效。在他们垂头丧气打道回府的路上，被一个年轻人拦了下来，他大声喊叫，好似喝醉了一样。

"你们这群人在做什么？莫德库索玛在等什么？他到底怕什么？看看有多少人因为他懦弱的战略和愚蠢的错误而受伤，又有多少人被踩踏杀害！啊，但一切都太晚了，对于梅希科来说太晚了，很快王国会化为灰烬。看看你们这群愚蠢的家伙，看看你们的城市，命中注定要被焚毁！"

随即这群巫师在异象中看见德诺奇蒂特兰城燃烧的场景，人们惨死在街上。当恐惧从他们眼前消失，他们才意识到黑烟镜也曾与他们同在。但即便是神的旨意也无法激励莫德库索玛采取行

---

1 西班牙语 *Malinche*。

动。他反倒陷入更深的绝望之中。

"我们接受审判。"莫德库索玛哭喊道，"我们能做的就是等待终结。"

1519 年 11 月，西班牙人到达了德诺奇蒂特兰城，王国的壮丽折服了所有人，这样他们就更加坚定要把这里的财富占为己有。国王垂头丧气地迎接了科尔特斯，内心惴惴不安。他允许科尔特斯身披战甲的军队穿过堤道，踏入城市。

西班牙人起初佯装出一副彬彬有礼的样子，很快就把莫德库索玛软禁了，关在他自己的宫殿里，不断加强对德诺奇蒂特兰城的控制。然而，当科尔特斯不得不离开城市去对付另一位敌对的征服者时，他的手下打破了紧张而脆弱的平静。那段时期，阿兹特克人正在庆祝多西卡特节[1]，那是瞻仰战神维茨伊洛波奇特里的日子。西班牙人担心当地人造反，关闭了所有通向舞蹈院子的入口。当庆祝开始时，西班牙士兵发动袭击，杀死了几千名梅希卡人。

征服者们这下激起千层浪，形势变得不利，梅希卡人开始反击。科尔特斯回来时正巧见证了暴动的高潮。双方在街道与河道上激烈斗争，梅希卡人渐渐占了上风。西班牙士兵带上所有能带走的财富开始逃亡。他们把莫德库索玛从宫殿窗口扔出来摔死，以示愤怒。愤怒的梅希卡人向他们投去如雨般的黑曜石匕首和箭

---

1 纳瓦特语 *Toxcatl*。

矢作为反击，将科尔特斯和他所有的部下赶出了这座城市。

国王的年轻弟弟奎特拉瓦克[1]继承了王位，过着战后苦乐参半的日子。不过，好景不长，梅希卡人的胜利也很短暂。在任何人都不知情的情况下，西班牙人留下了一个致命武器。

天花。

赶走西班牙人后的几个月内，疾病给了梅希卡人重击。1520年10月至11月间，成千上万人死于天花。许多人忍受着饥饿，因为他们起不了床找食物，身边的人也病入膏肓，难以帮助他们，这些不幸的人在床上饿死。即使是幸存者也由于非常虚弱而无法种地收割。饥饿和营养不良的流行完成了毁灭。贵族们也难逃一劫，奎特拉瓦克也得了天花。

在劫难后的灰暗时期里，剩余贵族们选出了一位新的国王——夸乌德莫克，莫德库索玛的十八岁侄子。1521年春，在墨西哥谷地多数地区经历了天花瘟疫暴发后，科尔特斯下令包围德诺奇蒂特兰城。大半个夏天，年轻的梅希卡国王组织兵力设法抵挡了西班牙人入侵整整八十天，但是死伤严重。

梅希卡人的城市最终毁灭了。1521年8月12日傍晚，乌云聚在城市上空。夸乌德莫克最后一次站在神庙的台阶上，以独立的统治者身份向他的人民说：

---

1 纳瓦特语 *Cuitlahuac*。

"我们的太阳躲了起来，我们的太阳遮住了自己的脸，让我们深处黑暗之中。但是，我们相信他会再次回来，再次升起，点亮我们前方的路。当他留在地下世界的时候，让我们聚在一起，相互拥抱，把我们所爱、所珍视的一切藏在内心最深处。

"我们一起把神庙、学校还有球场都烧了；抛弃我们的街道、我们的家；封闭自我，直到新的太阳升起。愿尊敬的父母们不要忘了指引年轻人。愿他们时刻提醒自己的孩子，我们的大地母亲直到今日对我们有多么好，这片我们称为'阿纳瓦克'的土地有多么好。

"我们的命运如同避风港保护着我们，其中还有先人与父母们留在我们心中的尊重与道德规范。现在，必须要让我们的孩子把这些告诉他们的孩子，一切会好起来！她会再次挺立！她会恢复力量完成她神圣的使命，她会的，我们挚爱的大地母亲，这片我们称为'阿纳瓦克'的土地！"

这天晚上，大雨滂沱而下。人们把自己锁在屋中。夸乌德莫克带着一队战士乘坐独木舟，手持黑曜石匕首和盾牌，决定在湖上袭击并撞沉西班牙人舰队的三桅船。然而，在西班牙弓箭手和步兵的群射之下，夸乌德莫克最终投降了。

他被带到科尔特斯面前，伸手握住科尔特斯腰间的短剑剑柄，西班牙人以为他要袭击首领，但是国王跪下来，没有要伤害他的意思。

"我已尽了全力，但你还是击败了我的人民，毁灭了我的城市。"夸乌德莫克心碎地说，"我请求你现在杀了我。这样你将结束梅希科王国，因为其他你想要的都得到了。这是诸神明确的旨意。"

但是科尔特斯拒绝杀死夸乌德莫克。他需要一位傀儡首领来控制梅希卡人。夸乌德莫克让剩余的战士投降，不久西班牙人便开始在城中四处掠夺，寻找黄金。梅希卡人的房屋遭到破坏。尸体堆得很高，然后被付之一炬。神像被推倒敲碎，人们从德诺奇蒂特兰城和特拉德洛尔科逃离来到岸边，但无处可去。

当时一位歌手为此情此景创作了一首哀歌：

流亡无情，你们
征服了特拉德洛尔科的人民。
大火蔓延
我们懂得何为痛苦
疲乏不堪
我们变得被动，哦，生命的赋予者。
哀号声四处响起，
泪水如雨一般洒落在特拉德洛尔科。
梅希卡女人
跑向岸边。

灵魂的流放

我们能去哪里？

没错

他们不得不离开梅希科城。

废墟里冒着浓烟

笼罩了一切。

这一切出自你之手，

哦，生命的赋予者。

梅希卡人，请记住

是我们的神将他的愤怒

带到人间，他巨大的力量

落在我们身上。

西班牙人不顾梅希卡人所遭受的苦难，把梅希科城翻了个底朝天。最终，他们找到了被藏起来的财宝，但是比他们想象的要少，而传说中莫德库索玛的宝物没有任何线索。征服者们非常生气，因为他们此前留下的黄金也下落不明。

没有一个当地人肯说出黄金在哪里，科尔特斯对此感到非常惊讶。不论他的部下多么努力打听和搜寻，梅希卡人一直保持缄默。

科尔特斯下令让他的财务主管胡利安·德·阿尔德雷特[1]拷问当地的领主们。他叫来三个人：夸乌德莫克、特拉科钦[2]和德特雷潘凯查尔[3]。西班牙士兵在他们手脚上涂上油，再把他们架到火上。

夸乌德莫克忍住了剧烈的疼痛，一声不吭，他的顾问也什么都没说。但是特拉科潘的国王没能忍住，他对夸乌德莫克哀号："我的君主，真的太痛了。"

夸乌德莫克眉头紧锁朝他讥讽道："你以为我会觉得这是愉快的蒸汽浴吗？"

当科尔特斯意识到这些贵族不会开口时，他下令停止酷刑。他看着虚弱的国王和炭黑色的四肢摇摇头，感到难以置信。

"我无法理解你。"科尔特斯低声说，"你就简简单单告诉我你们的财富在哪里不就好了，为什么不说呢？莫德库索玛的财宝在哪里？"

夸乌德莫克盯着征服者，冷漠地说："我国家的财富就藏在你的身边，藏在湖的边上。你们眼瞎看不见罢了。"

科尔特斯花了许多年下令清淤排水，他认为黄金和银子都被梅希卡人在逃离时扔到了水中，但是他对此举难以理解。

---

1 西班牙语 *Julián de Alderete*。

2 纳瓦特语 *Tlacotzin*，夸乌德莫克的顾问。

3 纳瓦特语 *Tetlepanquetzal*，三国联盟中特拉科潘城的国王。

然而，梅希卡人真正的财富在于对岛屿的改造，他们开掘宽广的河道，建起丰饶的滨湖花园、高高的塔庙、巨大的市场，还有先人留下的彩色抄本。

当然，这些对于西班牙人来说没有任何价值。

三年半里，夸乌德莫克一直被拘禁着，作为傀儡首领。1525年2月27日，一位叫作梅希卡尔钦戈[1]的告密者告诉科尔特斯：梅希卡人要杀了他和其他西班牙人。于是，夸乌德莫克和其他十位贵族在第二天被绞死。

梅希科最后一位国王就此死去。王国灭亡。

---

1 西班牙语 *Mexicaltzingo*。

希特拉里[1] 之痛

在征服者的蹂躏之下，大家能听到那些印第安母亲在哭泣吗？她们因自己的丈夫和孩子去世而悲伤，因家园被烧毁而痛哭，为自己遭受肉体之苦而哀号。多么痛心的合唱，至今仍回荡在墨西哥的黑暗中。

恐怖的哀号声凌驾于其他声音之上，令人无法忘记。从小我们就知道要远离她悲惨的叫声，远离她时常游荡的水域。

---

1 纳瓦特语 *Citlatlli*，"星星"之意。

La Llorona[1]，我们这么称呼她，低声念这个名字，她就听不见我们了。

她就是哭泣女。

德诺奇蒂特兰灭亡后，邻近的肖齐米尔科是第一个接受天主教和西班牙统治的城市，那里的滨湖菜园非常有名。肖齐米尔科最后一位国王阿波奇基亚乌钦[2]皈依了天主教。1522 年 6 月，他接受了洗礼，基督教名为路易斯·科尔特斯·塞隆·德·阿尔瓦拉多[3]。拥有这个名字之后，西班牙人同意他继续在城中担任傀儡首领，监督自己的城市重建为一座欧式新城。

国王的家人也接受了洗礼，包括他最小的女儿，她的教名为克拉拉·佩尔佩图阿·科尔特斯[4]。尽管她带着尊严冷漠地接受了这个西班牙名字，但在她的内心中她永远是希特拉里——天界之星。

希特拉里的父亲和埃尔南·科尔特斯商量之后，决定把她嫁给迭戈·费尔南德斯[5]，一位级别很低的西班牙军官。包办婚姻在肖

---

1 西班牙语，字面意为"哭泣的女人"。

2 纳瓦特语 *Apochquiyauhtzin*。

3 西班牙语 *Luis Cortés Cerón de Alvarado*。

4 西班牙语 *Clara Perpetua Cortés*。

5 西班牙语 *Diego Fernández*。

齐米尔科的贵族之间是不成文的规定，所以希特拉里没有反对父亲的安排，然而西班牙人对她文化的不断改造令她感到沮丧。

迭戈对希特拉里很好，不过是以西班牙人的奇怪野蛮方式。他铺张浪费，给她送许多礼物，时不时给予她过分的关注，然而在有些方面对她却不闻不问，迭戈让她独自操持家务。希特拉里很少抱怨，也没有受到过公开的虐待，只是对迭戈的同伴格雷戈里奥·比利亚罗伯斯[1]时不时到访，对她挤眉弄眼感到厌恶。

不久，希特拉里为迭戈生下两个儿子，马丁和塞巴斯提安。不过希特拉里悄悄地给他们起名为埃卡钦和波奎辛[2]。两个男孩都是开心果，他们很调皮，也很勇敢。尽管社会发生着巨变，一家人过得相对安稳快乐。迭戈对妻子家族的历史传统有些兴趣，他们之间的关系渐渐发展成朋友一般轻松的友谊。希特拉里对丈夫文化中神的奇特秘密也逐渐感到明晰，因为和她一辈子信仰的本族文化出乎意料地相似。

希特拉里——克拉拉·佩尔佩图阿，开始过上新的生活。她的西班牙语不断长进，最终通过审阅天主教教士的手写文献学会了阅读。克拉拉在家中融合了各种文化，把日子过得平平安安，

---

1 西班牙语 *Gregorio Villalobos*。

2 纳瓦特语 *Ecatzin* 和 *Pocuixin*。

突然有一天，迭戈带着惊人的消息来到她面前。

"克拉拉，我必须回趟西班牙。"迭戈解释道，"我的父亲病了，我得照顾重要的家族生意。我离开的日子里，要托你照顾好我的土地和孩子。我请格雷戈里奥时不时来看看你，如果你需要什么，交给他去办就行。"

"但是迭戈，你在西班牙有兄弟。他们无法处理你的家庭事务吗？如果不行的话，你可以带我们一起走吗？"

"带上你……你在开玩笑吧，克拉拉。我可以想象我的母亲见到我把一个印第安女人带回家时的反应。"

希特拉里对迭戈的轻视感到愤怒，她气得汗毛直竖，认为自己的尊严受到了伤害。"我可是公主，迭戈。她应该感到光荣才对。"

迭戈摇摇头，微微一笑说："你什么都不懂。听好了，我无法带上你。你和孩子们不会有问题的。我最多回去六个月。"

迭戈就此离开，希特拉里一切都靠自己。她和孩子过得很安稳，直到格雷戈里奥开始来访。由于迭戈不在，他得寸进尺，问希特拉里要吃的喝的，一边又用难听的话侮辱她。

这种不恭的行为逐渐变成骚扰和身体侵犯。

"如果你敢说出去，或者向你的兄弟或父亲抱怨，"一天格雷戈里奥把希特拉里按在墙上准备亲吻她，对她低声说道，"我保证把你和你的混血孩子扔到街上去，或者让你们承受比这更惨的结果。我说到做到，你这个贱人。"

希特拉里没有质疑他的话，因为她知道男人什么事都做得出来，特别是这些西班牙男人。她尽可能忍着，等着迭戈回来。即便她的丈夫不相信她所说的，只要他在就可以震慑一下他卑劣的同胞。

不久，来了一封信。

信的开头满是祝福和客套话，感觉就是欲抑先扬，希特拉里跳过这段话直接看中心内容。

"为了保持家庭经济稳定，我不得不同意了一门婚事。她的名字叫伊莎贝尔·苏尼加[1]，来自一个富有的贵族家庭。她将同我一起回到肖齐米尔科。为此，我得为了全家做出一些调整，这对你来说肯定会很艰难。克拉拉，你是妾室，可能无法和我的妻子同住一屋。如果你不想搬回你父亲的城邦住，我会为你和孩子们就近找一处漂亮的住所。"

后面还有些这样的内容，希特拉里直接把信扔到火里。她怒火中烧。妾室？依据肖齐米尔卡人的传统，她和迭戈已经结婚了，还是在一位柔弱的西班牙神父见证之下。这个头脑简单、没有教养的人竟敢把她当妓女一样对待？这些粗野的西班牙人根本不懂何为文明的征服。当梅希卡人征服肖齐米尔科时，他们没有推倒

---

1 西班牙语 *Isabel Zúñiga*。

当地人的建筑，没有损坏神像，也没有给贵族新的名字。他们没有像对待畜生一样对待肖齐米尔科的王室。

希特拉里看着身边西班牙式的房屋，她握紧拳头想抹去迭戈·费尔南德斯所有的痕迹。

此时，大门突然打开了，没有敲门声。是格雷戈里奥，他酒气冲天，向希特拉里抛着媚眼。

"印第安小公主，我饿了。"他含糊地说，"我要吃点东西。然后我还要你。"

希特拉里抓起神龛里的圣母像，咬紧牙关，击中了他的太阳穴，他倒在地上一动不动。

接下来的几分钟希特拉里极度慌乱。她把尸体从门口拖走，把两个儿子叫醒，带着他们在星空下穿行，走向两岸满是花朵的河道。肖齐米尔科因这条鲜花河道而闻名。

"妈妈，我们要去哪儿？"马丁——埃卡钦，昏昏沉沉地低声问道。

"我们去采花。"希特拉里强装冷静，回答说，"我们得去市场上卖花。"

她的内心对不同的女性产生了愤怒情绪。最主要的对象便是"蛇女"——母性与繁殖女神。尽管在本纪元之初，蛇女和羽蛇一同创造了人类，但是她也在某个关键时刻抛弃了自己的孩子。传说她不断回到那个抛弃孩子的地方，哭喊着失去了的孩子。希瓦

德德奥 [1]——生产中去世的女子，同样延续着这一形式，她们强大的精神力量每四年会回到那个时刻，去寻找她从未见过的孩子。

人们认为蛇女也会保护索瓦埃赫卡特 [2]——那些因悲惨的经历及痛恨变成的充满报复心的哭泣女灵。自小大人们就告诉希特拉里，这个凶残的女神和她的索瓦埃赫卡特一同住在湖中及河道里。当西班牙人穿过大洋来到这里，女神便从水中出现，在德诺奇蒂特兰、肖齐米尔科和恰尔科三座城里游荡，向人们宣告厄运即将来临。

希特拉里记得，小时候有一次在死寂的夜晚听到抽泣和哭叫声。她突然醒来，走向床边，听见一个可怕的声音在喊："哦，我的孩子，你们的末日已经到来，我们得马上离开！我的孩子，我该把你们带去哪里？"

希特拉里和孩子们站在一条河道边上，身边是浮动的滨湖花园和菜园，花朵在月亮邪恶的眼神之下反射出骨白色。两个男孩看起来也很苍白，他们的肖齐米尔科血色被月光抹去。

希特拉里想到了科尔特斯的情人玛里纳里。尽管她在征服者身边尽其所能制造了很多破坏，科尔特斯最近还是从她身边带走了他们的儿子，一同回了西班牙。

---

1 纳瓦特语 *Cihuateteo*，字面意为"女神"。

2 纳瓦特语 *Zohuaehecatl*，字面意为"邪恶的风"。

自豪、愤怒、恐惧和无助，这些情感如致命的大火充斥着希特拉里的内心。她慢慢走进水里，对两个儿子说："从这里采花更容易。孩子们，快来妈妈身边。我得照顾好你们。"当两个孩子蹚水走向她时，她把他们紧紧抱进最后一个爱的怀抱，随后拖着两人一起跳进河中。银色的月光照着河道。

这是转变的代价，复仇心的沉重代价。在滨湖菜园和花园之下，希特拉里和孩子们离开了人世。

很快，希特拉里转世了，复仇的恶灵、抽泣的夜鬼。她四处夺走她人作为母亲的快乐，让别人感受自己的遭遇。

当孩子开始消失，人们就会窃窃私语，说是索瓦埃赫卡特在作祟。

西班牙人称其为哭泣女，对她无尽的哭喊与愤怒感到恐惧。

一座教堂建了起来，肖齐米尔科也变了样，但是哭泣女一直留了下来。每日的钟声宣告黄昏降临。如果月亮高高挂在空中，孩子们就会躲进被窝吓得瑟瑟发抖，从那张扭曲的嘴里叫出的声音令人害怕，因为那个女人在身体和精神上受过太多的痛苦。

大人们起初在听到这恐怖的哭叫声时，仅仅在胸前画十字，因为他们确信这声音来自当地奇怪的野兽。但是嚎叫声太长，不断重复，几个勇敢的人不畏黑夜，想亲眼看看这哭泣声的源头会是什么。一开始，他们在门口、窗前和阳台里找，然后就到街上去，这些疯狂大胆的冒险者最终发现一个雾气和月光形成的纤弱身影在路上行走。

那是个女子，身穿白衣白裙，脸被浓密凌乱的头发遮挡，踏着缓慢无声的脚步，穿过整座城市，四处寻找，不停地哭泣。她时不时双膝跪地，抬起恐怖的头，用发狂的双眼往两边看，嘴里喊道："孩子啊！孩子！我的孩子在哪里？"

那些亲眼看见这一幕的人吓得目瞪口呆，跟大理石塑像一般站着一动不动，听着绝望的叫声浑身颤抖。

不过，如魔法一般，到了一个时间，哭泣女会独自走回湖中。身后或许会跟着几个大胆的人，看着她慢慢滑入黑色的水中，消失得无影无踪。

有时，这位哭泣的归来者会在双臂中抱着一个活的婴儿。

艾兰迪拉

无助、心碎、勇敢、抗争，梅希科的女子们以不同的方式抵御外族。但没有人能像艾兰迪拉那样成为抗击西班牙人的英雄象征。她骑在白色公马背上，马蹄高高扬起踢向敌人的形象深深地留在人们心中。

西班牙征服者很快从纳瓦人居住的中部高地向四周扩张。向来贪婪的科尔特斯想让中部美洲的所有民族向西班牙俯首称臣。其中一块他看中的地区就是米奇瓦坎——普雷佩查人的家园。

西班牙人会发现这块土地很难征服。

普雷佩查人世世代代居住在巴茨夸洛富饶的湖岸边。这个王国早已有了传奇色彩。那里的空气清新干净，景色优美难以言表，出生在这片土地上的幸运儿都认为是得到了神的恩福，他们在扩大领土的同时懂得与大自然和谐相处，感恩诸神给予他们的天然财富，由此孕育出独特的文化。

在希古安瓜[1]国王的领导下，统治阶级为民着想，普雷佩查王国社会经济繁荣昌盛，百姓安居乐业。提玛斯[2]在老国王的众多顾问中最受人尊敬，他智慧过人，有真知灼见，为贵族们制定利国利民的政策贡献了宝贵意见。

提玛斯有个女儿，名叫艾兰迪拉——"爱笑的人"。十六岁时，她爱咧嘴大笑，带着高傲和嘲讽的笑，这一张扬之美让其他女子对她避而远之。当她向着自己的倾慕者这么恐怖地笑时，她黑色的眼睛会捕捉塔拉斯卡的太阳之光，闪烁着无情的戏谑。

众多战士爱慕这位皮肤黝黑的女子，普雷佩查的军队首领纳奴玛[3]也在其中。他心中时常想着艾兰迪拉无与伦比的美貌，她在风中、湖上和山间的样子。纳奴玛对她的爱不仅是肉体上的，他欣赏艾兰迪拉过人的才智。

然而，艾兰迪拉并没有儿女情长之意，她热爱身边的大山平原、森林湖泊及和风煦日。

---

1 普雷佩查语 *Ziguangua*。

2 普雷佩查语 *Timas*。

3 普雷佩查语 *Nanuma*。

纳奴玛依旧尽其所能地做出尝试。

"艾兰迪拉，你怎么能这么残忍地对待最爱你的人？"

"纳奴玛，你知道的。"这位年轻姑娘面容平静地回答，"我一个男人都不爱，我觉得我不会永远爱着一个人。"

"你说过无数次你拒绝成为月亮女神夏拉唐嘉[1]的女祭司。那么，你总有一天要接受一位丈夫。"

"永远都不会。我拒绝拥有一位主人。想到这就让我反感。"

"主人？如果你接受我作为余生的伴侣，我只会是你的奴仆。我对你的爱没有止境。我很欣赏你。"

艾兰迪拉高傲地嘲笑纳奴玛。"对于像你这样的战士而言，有比女人更为重要的东西去爱慕崇拜。"

"我不理解，艾兰迪拉。"

"你是不理解，我也没指望你会理解。"

她怎么会抛弃大自然而献身给某人？既然已把自己献给祖国，她为什么要向一个人宣誓永恒的爱？她怎么能忘却自然的广阔而让自己囿于一个男人？

希古安瓜国王最终去世了。他的儿子提姆辛查[2]继承了王位。

---

1 普雷佩查语 *Xaratanga*。

2 普雷佩查语 *Timzincha*。

除了君王更替，统治阶级没有太大变化，提玛斯继续为新的君王建言献策，纳奴玛则继续领导普雷佩查的年轻战士。

虽然眼下一切平和，但令人担忧的谣言已经临近，在人们之间慢慢传开：渴望复仇的嗜血神派出蛮族入侵。他们用火舌烧毁了先人们开拓的家园。

一天，来了一则消息，是德诺奇蒂特兰城使者送来的信：超出人类认知的士兵破坏了大海围绕的土地上最强大的帝国，把威严的阿兹特克民族之血洒入无尽的特斯科科湖中。

巴茨夸洛湖上飘荡着哀歌。战士们团结一致，精神上做好了战争的准备，为自由民族的荣耀而战。

这些年轻的普雷佩查人为保卫自己的领土愿意战斗到最后一刻，这是属于他们的王国。他们自由生活，雄鹰自由飞翔的王国。

然而，即便战士们愿意为自己的国土战死沙场又怎样？他们的国王在敌人面前会颤抖。秦齐查[1]是一位非常懦弱的君王。他优柔寡断，这让米奇瓦坎陷入混乱。他会重蹈莫德库索玛的覆辙，在入侵者面前投降吗？会效仿夸乌德莫克，勇敢战斗吗？

艾兰迪拉感到心痛。她想到自己手捧的清泉将会染上族人的鲜血，在林间穿过的愉悦风声将变成女人和孩子的尖叫声，一切在远方外族神的大火中燃烧。

---

1 普雷佩查语 *Tzintzicha*。

从中部高地传来的消息令战士们感到悲伤。月亮也害怕地升起，它的倒影在湖中与艾兰迪拉凝视的目光相遇，她很想在蓝天白云中重新创造家园的自由。

入侵者不断靠近，这群不受欢迎的人贴着花丛前进，在树影下时隐时现，把泥土踩进晶莹剔透的泉水。

高傲的笑容背后藏着一张痛苦的憎怒脸，艾兰迪拉向庄严的提玛斯说出犀利的字句。

"父亲，你是我的血液之根，不能允许战士们因虚弱和恐惧而放下雄鹰般自由飞翔的灵魂。我们的勇士们不可以放弃保卫国土，这样我们的孩子才能生活在神明应允的永恒幸福花园之中。愿抗击外敌的手不会软弱，不会和沾有我们兄弟鲜血的手紧握。"

提玛斯看着女儿，自豪感在胸中油然而生。随后在他开口时，他注意措辞试图让所有人都感受到的恐惧平息下来。

"亲爱的孩子，我们要有耐心。让我们耐心等待派去边境的信使回来报信。我们会祈祷侵略者克制破坏的野心。现在，我们必须保护好年轻人，祈求众神让和平的花歌[1]与希望常在。"

艾兰迪拉对女人和小孩重复了她父亲的话，教会他们如何最好地保护自己免遭可能面对的侵犯和危险；教会他们如何在斗争的关键时刻最好地相互帮助。

---

1 纳瓦特语 *in xochitl in cuicatl*，指可以唱的诗歌。

消息到了，征服者已经跨过边界，向塔希玛洛阿[1]进军，很久以前普雷佩查人曾在这里击败了阿兹特克人。走在西班牙军队最前面的是克里斯托瓦尔·德·奥利德[2]，科尔特斯的大将之一，他两腿跨在一只奇怪的野兽身上，有点像巨大的鹿。

国王非常紧张，允许自己的军队与西班牙人正面交锋。在战士们发动之前，艾兰迪拉独自找到纳奴玛，两眼含泪说道：

"听着，指挥官。你追求我很久了，一直想赢得我的爱。虽然我不能给你任何属于王国的东西，但是我保证会把我的身体和灵魂交给你，只要你可以保护王国的湖泊不受玷污；不让敌人摧毁我们的家园、杀害我们的族人。我的思想和血肉将永远是你的，就在这——米奇瓦坎。我们将在郊野还有河湖的岸边一起欣赏长满万色花朵的花园。只要自由的种子生长起来，我们将看着我们的孩子长大成人，然后自豪地说我们无人能敌，无人能够奴役这片土地。你听见没有，纳奴玛？为我们的一切而战！"

艾兰迪拉的话在纳奴玛心中回荡，他冲到军队最前方，向王国边境的塔希玛洛阿进发。尽管西班牙军队有其他王国的战士指引，但普雷佩查战士们比他们到得更早。传言在纳奴玛面前成真。侵略者们使用坚不可摧的武器把战火和死亡喷向四方，他们骑在

1　普雷佩查语 *Taximaroa*，现为墨西哥米却肯州伊达尔戈城（*Ciudad Hidalgo*）所在地。

2　西班牙语 *Cristóbal de Olid*。

身披战甲的巨型野兽身上，轻松地指挥它们用沉重的蹄子踩向普雷佩查战士。

战阵如毁灭之旋风。普雷佩查人没有任何取胜的机会。

地平线上的哨兵把战败的消息送到了都城慈音春廛[1]。国王秦齐查请他的顾问们提出建议。他不顾提玛斯等人提议重新制定战略再打一仗，躲进了乌鲁阿潘[2]的山洞要塞避难。他在那里接待了入侵者的一支使团。埃尔南·科尔特斯早就听闻米奇瓦坎是个富饶之地，他通过中间人劝秦齐查投降并效忠于西班牙国王卡洛斯五世。

在慈音春廛及米奇瓦坎全境，所有人脸上都挂着疑问和绝望。民族自豪感在年轻人胸中燃烧。年长的人已经接受了失败，因为他们知道像秦齐查这样的国王，没有一点志向，肯定会把民族带向耻辱的战败，就和阿兹特克人所经历的一样。

艾兰迪拉带着女人和孩子躲到山洞和岛屿上，这样他们就远离危险了。她鼓励年轻人说，要相信神力，神力会帮助他们战胜入侵者。

纳奴玛远远看着爱人的一举一动，不敢走近她，也不敢正视

---

1 普雷佩查语 *Tzintzuntzan*，为普雷佩查文化的核心地区，遗址现位于米却肯州。

2 普雷佩查语 *Uruapan*，同名城市现位于米却肯州。

她。他的斗志被敌人的压倒性优势及自我怀疑所消磨。他应该再次与那些外星人般的征服者交战，还是把自己交给那些难以理解的神从而变成令人憎恨的奴隶呢？

侦察兵报告，克里斯托瓦尔·德·奥利德的军队离首府越来越近。这位指挥官带着部下不紧不慢地推进，因为他相信自己的军队肯定能赢。

当西班牙人距离慈音春麋还有一天路程时，一支先遣代表团带着沉重的货物来到城门口。他们解释说，由于秦齐查国王对科尔特斯表示遵从友好，这些是给他的礼物。除了一箱一箱的财宝，使节还送了一只大型猎犬给他，作为普雷佩查王国效忠卡洛斯五世的礼物，这只狗本来是弗兰西斯科·蒙塔尼奥[1]的。

"奥利德上校明天将会进城。"使者在离开前说道，"他要看到米奇瓦坎王国的财宝，然后向这块土地的新主人——西班牙国王汇报。"

整座城的人都被他们国王的懦弱震惊了，首领们聚在一起商讨行动方案。纳奴玛非常冷静，他从远处听到国王的大臣和军官们商量是否要违背国王意愿背叛国王，拿起武器全力与西班牙人战斗。

---

1 西班牙语 *Francisco Montaño*，科尔特斯的部下。

当众人满怀激情地表达微弱的希望时，纳奴玛内心中投降的欲望越来越强。艾兰迪拉的声音在他心中开始变得模糊。

提玛斯最终和祭司们站在一边，他们决定在神庙召唤夏拉唐嘉——冷酷无情，充满报复心的月亮女神。她会真正地指引大家。

普雷佩查人称为阴塵提洛[1]的时刻到了，太阳沉入地平线，月亮如银盘慢慢升起，伴随着螺贝和铜锣敲打出的悲伤旋律，一切都浸润在她的光辉之下。国王的顾问和祭司们都入座之后，慈音春塵的人们聚在一起，开始参加无声的宗教仪式。

突然间，一声他们从未听到过的尖叫声穿透了夜晚的宁静，在场的人都感到极度恐慌。不和谐的叫喊声飘忽不定，回荡在四周。四位战士走进神庙，牵着西班牙人送给他们国王作为卖国谢礼的猎狗。看着这只野兽疯狂扭动的眼睛和发出恐怖尖叫又窄又长的鼻口，许多人陷入了恐慌。

蒙塔尼奥的猎犬愤怒地咆哮，它用力撕咬，试图挣脱。

战士们把这只野兽放到了祭祀石上，它的腹部和口鼻朝上。猎狗发狂的眼神落到了悬在天边的明月之上。它停止了狂叫，开始悲伤地长嚎，发自胸腔最深处的哀号。

祭司脸色惨白，拿起黑曜石刀捅进猎狗的胸膛，把温热的心脏取出。

---

1 普雷佩查语 *Inchantiro*。

犬吠声慢慢退去。

纳奴玛见此景吓得发抖，但是随即一个更为恐怖的声音在他耳边低语。

"今天这只怪物死了，明天西班牙人也得这么死！"

他把脸转向艾兰迪拉，看见她的面孔因神秘骇人的冷笑而变了形。

"你不懂你在要求什么。"纳奴玛说。

"我很清楚。纳奴玛，你就是那位可以战胜西班牙人军队的将领。我不是向你发过誓吗？当你凯旋，我就是你的奖赏。"

"那如果我失败了呢？"

"那我会去你的墓前哭泣，在你的墓地上栽满我们土地上最美丽的花。"

听到这里，纳奴玛全身颤抖。

"别担心，亲爱的。"他从紧咬的牙缝中磨出这句话，"有必要的话，我一定会战斗到死。"

艾兰迪拉好奇地看着他，就好像要看透他的灵魂。

"我们不能投降，指挥官。我们要比之前更强、更伟大。神灵不是一直在保佑我们吗？阿兹特克人两次想征服我们，不都被我们用聪明的策略赶回去了吗？或许火神库里卡韦里[1]用土造人不是

---

1 普雷佩查语 *Curicaueri*。

真的？当我们在水中破散，他不曾想用灰烬再次创造？难道他没有用金属重造人类让我们变得更加坚强？纳奴玛，你们这些战士不是金属做的吗？还是在见到那些野蛮人后在战场上就会变成傻笑女子？纳奴玛指挥官，上战场后绝不能心慈手软。我知道你是我们最勇敢的战士。你，也只有你，可以带领我们的军队战胜入侵者，保护我们的王国。"

纳奴玛在艾兰迪拉不屈不挠的爱国信仰前无言以对，他低下头离开，准备带领军队战斗。

当西班牙人第二天早上靠近城门时，普雷佩查人像猛禽一样冲向他们。战争的嚎叫声在米奇瓦坎的湖泊和岛屿上此起彼伏。矛和箭遮蔽了天空，黑曜石刀锋向敌人刺砍，巨石高高地抛向野蛮人的军队。

然而，这些付出全然徒劳。西班牙人更为高级的武器和战马胜过普雷佩查人的战队。太阳被年轻人的血液染成红色，烟尘中充满火药和死亡的气息。马的嘶鸣声盖过了普雷佩查人的叫喊。

纳奴玛下令撤退，残兵退回城内。

艾兰迪拉非常恼火，盯着纳奴玛看。他大步走到艾兰迪拉身边，感到心碎，用沾满鲜血的双手抓住她的肩膀。

"我们被打败了，去你的！"他大喊，"说吧，你还要我做什么？"

"去死！"艾兰迪拉向他吐口水说，"像个战士一样死去！你让我恶心，纳奴玛。不过很快西班牙人会让你知道不愿为祖国牺牲的人是什么下场。"

纳奴玛看着艾兰迪拉高傲的背影远离，他最终崩溃了。他决定立马向国王还有奥利德长官禀报。他和他的军队会放下武器，向科尔特斯俯首称臣。

当提玛斯得知王国的军队很快就要投降后，他去找艾兰迪拉。"我们必须逃离这座城了，尽可能多地带上身强体壮的人，这样才能发起抵抗。"

艾兰迪拉面色铁青，身体颤抖，对纳奴玛的卖国行为感到愤怒，她立刻同意了父亲的建议。夜幕降临，他们带上一支队伍向山中进发。这样，她便远离了曾经珍爱的男人展现出的懦弱，也远离了尊敬她的百姓，艾兰迪拉热泪盈眶，她心中满是愤怒，对族人惨遭杀害感到痛苦。她的民族如今安危未定，勇士也放弃战斗。她必须另寻方法。

那天早上，西班牙首领按照约定进入慈音春廛，受到了纳奴玛的欢迎，他向外国军人下跪。征服者们在普雷佩查王国的中心庆祝胜利，摧毁了当地人信仰的象征物，以及对自己在世界中的错误认知，即错把自己当作世界上战无不胜的民族，认为只要上帝允许他们看多远世界就有多大。

慈音春麀变成了凄凉的幽灵，随着征服者一步步踏进，它吞噬了过去，把其余生长在这片土地上的人笼罩在痛苦之中。

普雷佩查人的神像被砸碎后，一个象征着异域宗教的十字架被树立在神庙里。

纳奴玛点点头，他无法后悔也不能感到失望。一切都合适。如果西班牙人唯一的神能够轻而易举地拿下普雷佩查人的众神，他又有什么机会去反抗这些野蛮人呢？

远方城市的上空浓烟滚滚。无助的泪水涌出，在艾兰迪拉的唇边留下苦味。她和其余居民在巴茨夸洛城躲避期间，把痛苦的怒火积藏在心中。

艾兰迪拉和父亲一起组织难民和湖边的当地人成为志愿军。一支反抗力量在慈音春麀城周边建立起来了，他们蓄势待发，加强戒备，做好了最坏的打算。

自此，普雷佩查人和西班牙人之间不断有小规模战争爆发，试探性的袭击以确定西班牙军队的弱点。纳奴玛明白背后起义的领袖是谁。秦齐查国王回到城中向奥利德当众下跪，受洗获得西班牙名字弗朗西斯科之后，这位指控官表示会亲自镇压起义军。他内心麻木不仁，一心只想找到艾兰迪拉，让她在他面前下跪，不是为了让她用崇敬的目光仰望他，尽管这是他一直以来所渴望得到的，而是为了一次性彻底击败她，把那目中无人高傲的微笑从她脸上抹去。

族人之间反目成仇，艾兰迪拉为此感到羞愧，她大声尖叫，想知道为什么一个伟大的王国就此慢慢消失，就像雨水任风吹打，淹没了嘲鸫的歌声一样。

然后奇迹发生了。

在一次突袭中，一队起义军战胜心理上的恐惧，捕捉了一头西班牙人的巨型野兽。对普雷佩查人来说，这些和骑士一同出现的坐骑已是毁灭与恐惧的象征。而这头野兽在没有主人的情况下，没有反抗，顺从地跟着他们走。

战士们把这头白色公马带到艾兰迪拉面前，作为希望的象征。这片伟大土地上的人，在某种程度上，报复了西班牙人的夺权。

艾兰迪拉被这匹马迷住了，于是她和马一起在树林里待了好几天，展现出对大自然深深的尊重，以一种超越它原本主人的方式渐渐学会与马建立紧密联系。

一周之后，她从森林中骑着白马飞奔而归，起义军们惊讶无比。他们对艾兰迪拉的尊重加深为敬畏。马在空地上疾奔，艾兰迪拉的秀发在空中泉水般地流动，两者形成鲜明的对比，却又如此和谐。艾兰迪拉才十七岁，便通过自身的勇气和意志掌握了敌人的奥秘。

艾兰迪拉开始同普雷佩查战士们一起打突击战和游击战。她骑马打仗的形象鼓励了战士们，帮助大家越战越勇，同时也震慑了那些叛徒。

年迈的提玛斯见女儿在马背上如此潇洒狂暴，他认为这些野兽可能是收复失地的关键。他打算派人把马偷过来，越多越好，这样艾兰迪拉就能训练其他人驾驭它们。

马成了突击战的首要目标。几周之内，起义军抢到了十几匹马。提玛斯挑选了最强壮灵活的年轻男子作为骑兵。艾兰迪拉把自己所掌握的一切都教给了他们，帮助他们与马建立起紧密关系。几次成功的小规模战争中，普雷佩查骑兵展现了他们刚强的意志力，提玛斯决定趁势进军慈音春廛，把故土从敌人手中夺回。

骑兵开道冲在最前面，后面跟着一万多普雷佩查勇士，他们视死如归，洪水般涌入慈音春廛，身上带着吊索、箭矢、长矛和短剑。提玛斯请求女儿和百姓一起留在后方，但是艾兰迪拉不屈不挠，跟在了出征队伍的最后。

战争非常激烈，一直打到晚上。双方都损失惨重。但是克里斯托瓦尔·德·奥利德有特拉西卡拉人和梅希卡人作为盟友，另外还有纳奴玛和他的部下帮助。提玛斯被迫退回神庙，暴乱在此终结。

这一仗打得漂亮，但是最终还是输了。

战后，奥利德在黑暗中走着，检查尸体，寻找西班牙同伴。天渐渐亮了起来，毁灭的全景也愈发清晰。

地上铺满了尸体，主要是普雷佩查人，另外还有梅希卡人、特拉西卡拉人和西班牙人。非凡的米奇瓦坎之子——美洲最伟大的文明之一，真正地衰败了。

幸存者在神庙中喊叫。奥利德感到大为震惊：一队战士冲进神庙无情地杀死里面的起义军。杀手们是纳奴玛的残军，他用残忍的语气下令让他们不留活口。他愤怒的唯一目的便是找到艾兰迪拉，然后羞辱她、伤害她。他发狂似的叫着她的名字，叫声中夹杂着恐惧和痛苦。没有任何回应。那双野兽般的眼睛徒劳地在战败者之间搜寻。艾兰迪拉不在其中。

纳奴玛和他的部下把同族人一个个地杀死，对那些伸出的双手和请求声置若罔闻。

老提玛斯在受伤者之中，他的鲜血浸透了他热爱的土地。纳奴玛无情地从亲人的尸体上踩过去，冲向他鄙视的那个女人的父亲，举起黑曜石之刀准备刺向他。

此时，艾兰迪拉骑在白马身上闯进门来，她内心充满正义的愤怒，口中高声尖叫，径直冲向叛国贼。马蹄就是她的武器，她驾驭白马精准地踩向无耻的懦夫，那位她曾想托付自己的人。

艾兰迪拉跳下马，走到父亲身边，年迈的提玛斯在弥留之际不断地颤抖。

"做真实的自己，孩子。"他喘息道，"米奇瓦坎敞开双臂等着你。没有人会成为你的主人。"

艾兰迪拉用坚毅的手合上了父亲的双眼，她跳上坐骑，策马冲出庙门，从目瞪口呆的西班牙军队之间穿过，踏过城门，奔向遥远的群山之中。

她和白马消失在树林间。

再也没有人见过艾兰迪拉。

多纳希

距德诺奇蒂特兰以南 200 千米的萨波德卡王国早已终结。蒙特阿尔班[1] 的巨大建筑群矗立在山巅，出自萨波德卡人之手。这座城曾被遗弃、空置了几百年，其间无人问津，直到"云人"[2] 来到这里将其据为己有。米西德卡人和梅希卡人时常骚扰位于瓦哈卡中央谷地的其他王国。许多勇敢的战士为保护高尚的萨波德卡民族

---

1 西班牙语 *Monte Alban*，现为历史遗址，位于瓦哈卡州。

2 对萨波德卡人的一种称呼，萨波德卡语为 *ben'zaa*，但根据作者之后的行文内容来看，此处应该指米西德卡人。此处或为作者误用了别称。

而牺牲，人民一词在他们自己的语言里叫 Be'ena'a[1]。

　　萨阿齐拉[2]是萨波德卡民族最后的都城，历来都是由身经百战的国王领导这座城市。科希伊奥埃萨[3]是第四任国王，同期的三国联盟国王是阿兹特克人阿维索特，他不断扩张纳瓦人的领土。当科希伊奥埃萨发现有波奇德卡商人间谍出现在他领土上时，立马下令处决了这个人。阿维索特则以此为由头向科希伊奥埃萨宣战。

　　第一座沦陷的萨波德卡城市是瓦西亚卡克[4]，然后是米特拉[5]。之后，阿维索特对整个德万德贝克地峡区域发动战争，这让科希伊奥埃萨不得不和萨波德卡人的宿敌米西德卡人建立历史性的和平关系。他们组成了五万人的联合军队逼退了阿兹特克人。战争又僵持了几个月，阿维索特最终认为外交手段是唯一解决冲突的方式。

　　阿兹特克国王把自己的女儿科约里卡琴许配给了科希伊奥埃萨。两国联姻确保了萨波德卡地区的稳定。科约里卡琴为萨波德卡国王生下几个孩子，其中一位就是萨阿齐拉的下一任国王——

1　萨波德卡语，即"人民"之意。

2　萨波德卡语 *Zaachila*。

3　萨波德卡语 *Cosijoeza*。

4　纳瓦特语 *Huaxyacac*，即现在瓦哈卡州（*Oaxaca*）的词源，意为"金合欢之地"。

5　纳瓦特语 *Mitla*，现为历史遗址，位于瓦哈卡州。

科希伊奥比伊[1]，还有可爱的多纳希公主，这个名字在萨波德卡语中是"伟大灵魂"的意思。

多纳希出生不久，她的父母拜访了蒂波特[2]，他是祭司，也是一位占星师，他会用古老的巫术窥见可能的未来。蒂波特用玉米粒和一本彩色的抄本占卜，他郑重地向两人揭示他所见到的内容。

"这个漂亮的婴儿会健康茁壮地成长，成为举止尊贵优雅的公主。萨波德卡民族会尊重她，爱戴她，她也会热爱自己的人民。但是，在将来她可能要为自己的百姓献出生命。"

尽管蒂波特强调这只是孩子将来的一种可能性，女王还是感到极度悲伤。

过了许多年。多纳希的确长成了受人敬爱、美丽动人的公主。她待人真诚，对萨阿齐拉的百姓慷慨大方，人们对她也表示顺从和尊重。

预言的第一部分成真了。国王和王后私下感到惴惴不安，害怕预言的剩余部分也会发生。

阿兹特克人和萨波德卡人之间的联盟让米西德卡人感到不悦。脆弱的和平在两个世仇民族之间消磨殆尽，直至崩溃。科希伊奥

---

1 萨波德卡语 Cosijopii。

2 萨波德卡语 Tiboot。

比伊被派去掌管德万德贝克地峡地区，他要做好防御工作，以免敌人入侵。

阿兹特克人的强大势力曾一度把米西德卡国王匝乌音丹鞑[1]控制在海岸地区。但是自外族人从翡翠色的大海那边到来后，他们发现自己在和一个新的强大敌人对抗。没过多久，西班牙人的军队在弗朗西斯科·德·奥罗斯科[2]的指令下到达了萨波德卡地区，他们决定攻下瓦西亚卡克。

当地很快陷入暴力冲突，米西德卡人则趁机入侵。多纳希公主，虽然不像她的兄弟们那样可以作战，她在战争中也尽可能做了自己力所能及的事，她照顾受伤的士兵，甚至包括被抓来的米西德卡俘虏。

在敌人的战士中，有一位是匝乌音丹鞑的儿子——奴卡诺[3]。这位帅气的王子受了严重的伤，多纳希负责照顾他。战争在他们身边蔓延，两个贵族年轻人开始深入了解对方。他们心中对彼此表示尊重，甚至产生了好感。

"你和我，我们没什么太大差别。"多纳希一边为奴卡诺敷草药，一边对他说，"我的父母也是来自两个世仇民族，但是他们相

---

1 米斯特克语 *Dzahuindanda*。

2 西班牙语 *Francisco de Orozco*，曾为埃尔南·科尔特斯的炮兵首领，协助他一同攻占了德诺奇蒂特兰城。

3 米斯特克语 *Nucano*。

爱了。也许我们可以一同解决这些冲突，请求我们的父母停止战争。西班牙人在他们巨大的坐骑上挥舞刀剑，我们此时互相残杀没有任何意义。"

"你的才智和你的美貌一样。"奴卡诺说，"如果你能找到办法帮我逃走，我很快就会把这个计划告诉我的父亲，晓之以理，让他信服。"

他们的计划被一个出乎意料的吻封存起来。几天后，多纳希为奴卡诺打掩护，让他从哨兵身边溜出去，他没有回头路可走。

然而，多纳希公主并不知道父亲和西班牙人之间的密谋，西班牙人拿下了瓦西亚卡克，想和萨波德卡人联盟。虽然科希伊奥埃萨的妻子是梅希卡人，拥有阿兹特克王族的血统，但是他很清楚该做什么。他向科尔特斯及远方的国王卡洛斯五世表示忠诚，断绝了与德诺奇蒂特兰的关系。

弗朗西斯科·德·奥罗斯科掌管了瓦西亚卡克，他利用自己的权力，要求萨波德卡国王和米西德卡国王停止敌对关系，不然的话就对他们进一步征服。他宣布这片土地已经属于西班牙国王，这是他们唯一的领主，从今往后他们必须效忠西班牙国王。这样就不会发动战争了。

奴卡诺最终到达了蒙特阿尔班，敦促他的父亲听取他的意见。米西德卡国王于是向多纳希的父亲提出了两个民族和平团结的愿望。

"即便你想对抗西班牙人，"奴卡诺说，"你也会需要科希伊奥埃萨和他的儿子们帮忙。只有联合在一起才能抵御威胁。"

米西德卡国王非常反感地唾弃道："二十年前，科希伊奥埃萨与阿兹特克人为伍，背叛了我们的联盟。我很难保证他不会再度欺骗我们，给我们带来灾难。"

"父亲，我告诉你，他的女儿也会介入劝他的。"

匝乌音丹鞑本想反驳，不过欲言又止，他想到了另一种让科希伊奥埃萨诚实可信的方法。他去见了奥罗斯科，表示愿意效忠卡洛斯五世并停止战争。

但是有一个条件。

"我们米西德卡人，"他说，"不止一次成为科希伊奥埃萨政治奸计的受害者。我需要他们保证不破坏我们在蒙特阿尔班的要塞及其他城市。以一位人质——多纳希公主的性命为担保，如果破坏协定，那么她就得死。"

科约里卡琴王后不想听她丈夫解释。

"我被送到你身边不也是为了达成契约？你不也破坏了协定和那些大胡子破坏者站在一边？我不相信你能够保护我们的女儿。蒂波特的预言在我心中分量很重。"

然而消息传来，德诺奇蒂特兰城已经沦陷。萨波德卡国王别无选择。他同意了匝乌音丹鞡的要求。

科希伊奥埃萨把消息告诉多纳希后，她目瞪口呆。

"公主，那些征服者已经要求大家和平相处，但是米西德卡人想要你作为和平的保障。亲爱的多纳希，你要去蒙特阿尔班了，在我们祖先建造的宫殿中生活。和'云人'同住后永远也不要忘记你的家乡。我们也不会忘记你。"

多纳希恳求父亲三思，但是国王无动于衷。

"你爱你的人民，不是吗？这就是你需要做的，为他们的安全考虑吧。"

公主最后屈服了，在自己的兄弟还有西班牙人的护送下到达了蒙特阿尔班，交由米西德卡人看护。当地人用与她地位相称的礼节迎接她，在她面前下跪。

米西德卡人的顺从感觉像是嘲讽。

多纳希住在豪华的屋子里，但实际上就是个监狱，奴卡诺王子很快就来看她了，他因羞愧而脸红。

"我帮你逃跑就换来这个下场？"她问道，"你竟然让你父亲把我作为人质？我记得我们的计划中没有让我入狱这一部分。"

"请原谅我，多纳希。这样的安排与我无关。我尝试和他理论，但是我们两个民族之间的沟壑比我想象得要深。"

"没错！"公主唾弃道，"现在让我一个人待着。我不想看见你。"

几周过去了，多纳希——"伟大灵魂"之公主，在幽禁中保持苦行的信念。她不苟言笑，在阳台上满脸高傲地来回踱步。当周边森林中的鸟儿歌唱，当她看见嘲鸫的巢被晚风吹动，多纳希的心中就会充满悲伤。

飞过的鸟儿都是凶兆的预言者，她陷入沉思。她在脑海中回想过去尊贵愉快的生活，突然灿烂地笑了起来，嘴里低声自语，她看见母亲科约里卡琴在神的指引下来到宁撒林达尼[1]，挖出父亲的心脏。

在幻境中，祖父阿维索特一脸严肃地从阴影中走出来，让她马上行动。

"多纳希，逃吧。逃出禁闭。你美丽动人，声音悦耳好似木画眉[2]。但是你的血管里流的是战士的血。你必须把自己的民族从奴役中拯救出来。别再保持温和，要有愤恨。抖掉你身上的枷锁。回到罗阿洛[3]，看着灌木丛中亲吻的鸽子咕咕歌唱，享受这份快乐。回到属于你的潟湖，太阳从上面划过，白鹭与月亮在那里相恋。"

她头脑中的形象消失了，留下的是对自由的渴望。

西班牙神父胡安·迪亚斯[4]来到蒙特阿尔班为贵族施洗让其皈

---

1 萨波德卡语 Ninza Rindani。

2 学名 Hylocichla mustelina，一种鸫属鸟，分布于墨西哥南部沿海及德万德贝克地峡。

3 萨波德卡语 Roalo，地名，位于萨阿齐拉。

4 西班牙语 Juan Díaz。

依天主教，多纳希觉得受人羞辱的感觉更重了。轮到她时，神父授予她教名唐娜·胡安娜·科尔特斯[1]。

十二月，寒风起，多纳希的内心更加凄凉，她在高台上不停地踱步，以此来面对悲凉的内心。奴卡诺急切地想给她一些安慰，他说服父亲给她一位萨波德卡女佣照顾她的起居。

这位女仆来自基恩戈拉[2]。她自豪地告诉公主，在她的家乡发生了一场战役，科希伊奥埃萨击败了阿兹特克君主并夺走了他的女儿。

"虽然在你身上发生的事令人愤恨，"她轻声说道，"但我的民族自豪感毫不动摇。你的父亲可能已经放下了他的武器，但是你的兄弟科希伊奥比伊就驻扎在不远处，他等待奇迹发生，等待为你赢得自由的时刻到来。"

听完这番话，多纳希的内心变得坚定无比。

两周之后，经过冬至狂欢，米西德卡人喝得烂醉，不省人事。多纳希在阳台上看见后，走进屋子叫醒了女仆。

"我待在这里是对我家人和民族的侮辱。快走吧！从这些喝醉的守卫之间逃离。告诉我的兄弟，敌人们沉睡了。快来把他们都杀死。"

---

1 西班牙语 *Doña Juana Cortés*。

2 萨波德卡语 *Guiengola*，地名，字面意为"巨石"，现为历史遗址，位于德万德贝克地峡北部。

科希伊奥比伊没有迟疑。他带领战士悄悄潜入蒙特阿尔班，打算毫不犹豫地杀死米西德卡军队。然而，警告声比他们先一步到达了米西德卡宫殿。看守长官怒气冲天，冲进多纳希的房间。

"姑娘，你是人质，和平的祭品。既然你的国王食言了，你的生命也就到头了。今晚你就会死。"

看守们把多纳希拖走，根据米西德卡国王数月前的要求，把她带到阿多亚克河[1]边。

当众人逼迫多纳希在芦苇丛中跪下时，公主露出蔑视的笑容。远处，萨波德卡胜利的欢呼声充斥着蒙特阿尔班的街道。沿着山坡，风把喊叫声吹到了勇敢的多纳希耳边，但对她来说已是挽歌。

看护首领举起黑曜石刀砍下了多纳希的头颅。阿托亚克河水在悲伤的月亮之下被染成了鲜红色。

战鼓声依旧。战士们喊出自己的战歌。但是科希伊奥比伊和部下搜遍了整座城，还是找不到多纳希。

米西德卡人缄默不语。没有人会说出她的下落。

直到奴卡诺从躲避处走出来，跪倒在科希伊奥比伊面前，泪流满面。

"不用找她了，主人。我的父亲有言在先。你到达的时候，她

---

1 纳瓦特语 *Atoyac*，位于瓦哈卡州。

的守卫已经完成了他的旨意。你的'伟大灵魂'妹妹已经死了。"

守卫在行刑之后便逃走了。萨波德卡人找了好几天，终于找到了多纳希躺下的地方，就在阿托亚克河畔。土堆上一枝美妙绝伦的紫色百合盛开着。

族人心怀崇敬，小心翼翼地把她尸体挖出来。当他们在躯体边上发现多纳希的头颅，发现她的脸侧着朝东方看时，吓得跳了回来。死后虽然过了很久，但是她的身体保存得很好，没有腐蚀。在她前额和太阳穴的位置，长出了那株雄伟的神圣百合的根。

祭司们说这是奇迹。神迹。

此后，西班牙人控制了萨波德卡人的群山和谷地。但总有一天，萨波德卡人会再次雄起，夺回祖先的土地。

三百年后，瓦哈卡政府需要为城市设计徽章。他们询问当地人民，听他们的意见。

人们选择用他们深爱的"伟大灵魂"多纳希公主的脸庞。

古典纳瓦特语音译表（译者制）

为统一古典纳瓦特语的汉语音译，本表按照该语言的发音方式与特点对常用音节和词汇进行对应翻译，希望能把古典纳瓦特语专名翻译标准化。

一、纳瓦特语语音与正字法简介

1. 短元音字母：

a、e、i、o

2. 长元音字母：

ā、ē、ī、ō

3. 辅音字母：m、n、p、t、c、qu、s、x、tz、z、ch、tl、l、y、hu-、cu-、-uc、^（声门塞音，标注在词末元音上）、`（声门塞音，标注在词

中元音上）[1]

4. 辅音音素：

	双唇	齿龈	齿龈后	硬腭	软腭	双唇软腭	声门
鼻音	m	n					
塞音	p	t		k	kʷ		ʔ
擦音		s	∫				
塞擦音		t͡s	t͡ʃ				
边塞擦音		t͡ɬ					
边近音		l					
半辅音				j		w	

5. 辅音与元音主要组合方式与简例：

［m］：ma、me、mi、mo、michin、Camaxtli

［p］：pa、pe、pi、po、pāqui、Xōchipilli

［n］：na、ne、ni、no、nomīl、tlàtoāni

［t］：ta、te、ti、to、tetl、tōtōtl

［s］：za、ce、ci、zo、nictlazòtla、Tezozomoc

［t͡s］：tza、tze、tzi、tzo、tzàtzi、Nopiltzé

---

1 本表的正字法参照"卡洛齐-洛尼"古典纳瓦特语正字体系，略不同于原书作者的拼写方式，例如，原书中的声门塞音由字母h表示。

［t͡ɬ］: tla、tle、tli、tlo、tletl、tzontli

［l］: 仅在词中 -la、-le、-li、-lo, citlālin、calli、Colhuacan

［ʃ］: xa、xi、xo、Mexico, Coyolxāuhqui

［t͡ʃ］: cha、chi、cho、chicōme、Chapōltepēc

［j］: ya、ye、yi、yo、yōllòtli、yāuh

［k］: ca、que、qui、co、caqui、quēmâ

［kʷ］: cua、cue、cui、-uc、Cuauhnāhuac、tēuctli

［w］: hu-、-uh, hua、hue、hui, auh、euh、iuh, huēhuê、
Chālchiuhteuh

［ʔ］: 词中 à-、è-、ì-、ò-、èecatl、tlàtoa；词末 -â、-ê、-î、-ô、
tlacuāzquê、cihuâ

二、常用音节译音列表

a 阿、e 埃、i 伊、o 奥（由于短元音、长元音和带声门塞音的元
音区别意义的作用不大，因此翻译时不作区分）、-u 乌（不作为单元音
使用）

［m］: ma 玛、me 梅、mi 米、mo 莫

［p］: pa 巴、pe 贝、pi 毕、po 波、pan 潘

［n］: na 纳、ne 内、ni 尼、no 诺、nan 南

［t］: ta 达、te 德、ti 蒂、to 多、tin 丁、ton 侗

［s］: za 萨、ce 塞、ci 斯伊、zo 索、-z 斯、zan 桑、cen 森、cin 辛

［t͡s］: tza 查、tzi 茨伊、tzo 措、tzin 钦（男子）/ 琴（女子）、tzon 琼

［t͡ɬ］: tla 特拉、tli 特里、tlo 特洛、-tl 特、tlan 特兰

［l］: 仅在词中、词末 -la 拉、-le 莱、-li 里、-lo 洛、-l 尔、-lin 林

［ʃ］: xa 夏、xi 希、xo 肖、-x 西

［t͡ʃ］: cha 恰、chi 齐、cho 乔、-ch 奇、chan 廛

［j］: ya 亚、yo 约、yan 彦、yauh 亚乌

［k］: ca 卡、que 凯、qui 基、co 科、-c 克、can 坎、quen 凯恩、con 孔

［kʷ］: cua 夸、cue 库埃、cui 奎、-uc 库

［w］: hua 瓦、hue 韦、hui 维、-uh 乌

专有名词表

本列表包含了书中出现的大部分人名与地名，旨在帮助读者查询和记忆。

A

阿卡玛毕奇特里：科尔瓦坎的国王，科西科西特里的儿子。

阿齐多梅特：科尔瓦坎的一位领导人，一路追杀梅希卡人进入德西科科湖。

阿齐乌特拉：米西德卡人神话中的城市。

阿科尔纳瓦卡特：德巴内卡人的国王。

阿卢希：大自然的守护精灵，会使用魔法。

阿斯卡波查尔科：德巴内卡人的城邦，与梅希卡人有密切关系。

阿斯特兰：纳瓦（阿兹特克）民族古老的起源地。

埃赫卡特：风神，凯查尔科阿特的一种形态。

奥梅德奥特：二重力量，宇宙之源。

奥梅约坎：二元力量之所，奥梅德奥特的居所。

奥肖莫科：第一纪创造的第一位女性。

B

巴德卡特：药神，致幻仙人球的发现者。

巴茨夸洛湖：位于米奇瓦坎的多岛屿湖。

白鹭女："一·猴子"和"一·工匠"的母亲。

毕尔钦德库特里：奥肖莫科和斯伊巴克多纳尔的儿子。

波波卡德贝特（波波卡特佩特）：位于墨西哥中部高地的一座火山。

波波卡钦：梅希卡战士，一位阿斯卡波查尔科的流亡贵族，最后化身波波卡德贝特火山。

C

苍宇之心：羽蛇的兄弟，混沌之神。

茨伊茨伊米梅：一群想要吞噬太阳的女神。

D

达巴奥斯伊莫阿：第五纪最初最受人尊重的男女。

达莫安廛：神之居所。

大鞑：第四纪创造出的第一位男子。

大负鼠神：第五纪早期掌管世界的负鼠神。

德克斯伊斯德卡特：帅气的贝壳及玉石之神。特拉洛克与查尔齐乌特里库埃的儿子。第五纪之初变成了月亮。

德诺奇：带领梅希卡人离开科尔瓦坎，建立德诺奇蒂特兰城。

德诺奇蒂特兰：梅希卡人在德西科科湖的岛上建造的城市。

德奥蒂瓦坎：诸神之城与其在大地上的复制品。

德奥特：神圣力量。

德巴尔卡钦：多尔德卡国王，与肖齐特成婚。

德巴内卡：纳瓦人的一支。

德贝约洛特："山心"，德斯卡特里波卡的纳瓦尔里，巨型美洲豹。

德西科科湖（特斯科科湖）：曾经位于墨西哥中部高地的湖泊。

德斯卡特里波卡：混沌之神的纳瓦特语名字，羽蛇的兄弟，也叫作苍宇之心或飓风。之后转世成为多尔兰城的祭司。

德索索莫克：德巴内卡国王，与多位梅希卡统治者有血缘关系。

多尔兰：多尔德卡王国传说中的都城。

多尔德卡：在阿兹特克人之前统治墨西哥中部的伟大民族。

多尔德卡约特：顶尖工匠艺人、艺术。

多纳卡夸维特：母亲树，人类灵魂的源泉，矗立在奥梅约坎中央。

多纳尔里：阳光中包含的灵魂本质，纳瓦尔里之源。

多南琴：我们敬爱的母亲，母亲神的纳瓦特语名字。

多纳蒂乌廛：战士死后去的地方，东方的太阳天堂。

H

哈普恩达：尤努恩的普雷佩查公主。

胡纳合普：英雄双兄弟之一。

J

基拉斯特里：大地女神，常与"母亲"这一观念相联系。

飓风：苍宇之心的破坏性形态及别名。

K

卡玛西特里：森琼米米西科阿的首领。也叫米西科阿特或希贝·多德克。多尔德卡人的主神。

凯查尔科阿特：羽蛇的纳瓦特语名字，创造与秩序之神。

凯查尔贝特拉特：塞·阿卡特·凯查尔科阿特同父异母的姐姐。

科尔瓦：囚禁梅希卡人的纳瓦民族。

科尔瓦坎：卡尔瓦人的王国。

科毕尔：玛丽纳尔科的巫师国王。玛里纳尔肖齐特的儿子。他的心脏根据预言变成了一株仙人掌。

科西科西特里：捕获梅希卡人的科尔瓦坎国王。

科约尔夏乌基:带领四百个兄弟向母亲科阿特里库埃造反的女神。她被维茨伊洛波奇特里分尸,头变成了月亮。

夸乌科阿特:梅希卡人的大祭司。

夸乌特莱凯茨基:1. 梅希卡人的首领;2. 他的同名儿子,在维茨伊洛波奇特里的要求下,扔出了科毕尔的心脏。

库:神圣力量。

克乌克乌尔坎:羽蛇的玛雅名字。

M

玛里纳尔科:玛里纳尔肖齐特创建的王国。

玛里纳尔肖齐特:维茨伊尔钦的妹妹,大巫师,引领了一支分裂出来的梅希卡人。

玛雅阿布:尤卡坦半岛上玛雅人的土地。

玛亚韦尔:龙舌兰女神。唯一拒绝参与毁灭的茨伊茨伊米梅,与凯查尔科阿特结合。

梅斯伊特里:大地女神,丰产之源。

梅希卡:最后一支从阿斯特兰离开的纳瓦人,梅希科-德诺奇蒂特兰城的缔造者。

梅希丁:梅希卡人最初的名字,源自梅希特里。

梅希特里·恰尔齐乌特拉多纳克:据记载梅希卡人最早的领袖。

米奇瓦坎:普雷佩查人和一支离群的梅希卡人建立的王国。

米克德卡斯伊瓦特：死亡女神，亡灵界之后。

米克特兰德库特里：死亡之神，亡灵界之王。

米米奇：森琼米米西科阿之一，参与捕捉、杀死伊查巴巴洛特。

米西科阿特：卡玛希特里的别名。

米西德卡：云人，瓦哈卡扎维人的纳瓦特语名字。

N

纳瓦尔里：灵魂的另一种或动物形式。

纳纳瓦钦：年迈衰老的神，浑身脓疮，凯查尔科阿特之子。在第五纪之初变为太阳。

内奈：第四纪创造出的第一位女子。

Q

"七·胡纳合普"：米尔巴小神，"一·胡纳合普"的兄弟。

齐齐梅卡：墨西哥北部游牧民族。

齐科梅科阿特：农业女神，德斯卡特里波卡的妻子。

齐科莫斯多克：七穴洞，四百云蛇和纳瓦民族都在其中待过。

齐玛尔曼：凯查尔贝特拉特及塞·阿卡特·凯查尔科阿特的母亲。

齐南巴：浮水滨湖花园、菜园。

恰尔齐乌阿特："玉液"，神的鲜血。

恰尔齐乌特里库埃：河湖女神。

恰布尔德贝克山：位于德西科科湖西南岸，梅希卡人的军事基地。

S

塞·阿卡特·凯查尔科阿特：多尔兰城的领导者，羽蛇的化身。

森琮米米西科阿：四百云蛇，第五纪早期在大地上的半神。

森琮多多奇丁：醉酒小神。

斯伊瓦特兰巴：西方天堂，因生产而死亡的女子所去之处。

斯伊巴克特里：变成大地和大地女神的原始爬行动物。

斯伊巴克多纳尔：第一纪时创造的第一人。

斯伊特拉多纳克：星神。

斯伊特拉里库埃：既有爱又残暴的女神，具有母性的双面性。她是卡玛西特里的妻子，科约尔夏乌基、维茨伊洛波奇特里和南方四百神祇的母亲。

T

特拉洛克：雨神的纳瓦特语名字。

特拉洛坎：特拉洛克的居所，溺亡、麻风病人，以及被雷劈死的人所去的地方。

特拉洛凯：雨神的一群助手。

特拉尔德库特里：大地之主，梅斯伊特里的别名。

特拉德洛尔科：德诺奇蒂特兰的姐妹城市，由一支分裂出去的梅希卡人建造。

W

维茨伊尔钦：梅希卡人的大祭司。维茨伊洛波奇特里的化身。

维茨伊洛波奇特里：战神，梅希卡人的主神。

X

希巴兰克：英雄双兄弟之一。

希巴尔巴：亡灵世界的玛雅语名字。

希南德卡特：一位来自显赫家族的德巴内卡人战士，高傲残忍，是波波卡钦的对手。

希贝·多德克：泉水与重生之神。

修德库特里：时间与火焰神。

修科阿特：火神的纳瓦尔里，维茨伊洛波奇特里把它用作武器。

修特拉奎洛尔肖奇琴：多尔德卡王后。

修特拉尔琴：多尔德卡王后。

肖齐凯查尔：花与生殖女神。

肖齐米尔科湖：德西科科湖东南方的小湖泊。

肖齐特：发现普尔科酒的多尔德卡女王。

肖洛特：凯查尔科阿特的纳瓦尔里，陪伴太阳穿过亡灵世界的巨大猎狗。

血女：集血神（希巴尔巴的一位黑暗之主）的女儿。

Y

雅克尼奥伊：米西德卡传奇英雄。

"一·鹿"之主和"一·鹿"之女：米西德卡人的创世神。

"一·胡纳合普"：米尔巴小神，"七·胡纳合普"的兄弟，英雄双兄弟
"一·猴子"和"一·工匠"的父亲。

"一·猴子"和"一·工匠"：艺术之神。

伊维梅卡特：多尔兰城的一位恶毒的祭司，与德斯卡特里波卡为伍。

伊维蒂玛尔：塞·阿卡特在位前的多尔兰国王。

伊兰库埃伊特：梅希卡女祭司，第一个成为梅希卡国王的斯伊瓦科阿特
（即顾问）。

伊查："水巫"，玛雅人的一支。

伊茨巴巴洛特：即"黑曜石蝶"，分娩时去世的女性及夭折的孩子的主
神。茨伊茨伊米梅之一。

伊茨达克希洛琴：多尔德卡女王。

伊西切尔：即"彩虹之女"，生殖、生产及医药女神。

伊西姆卡内：①玉米女神，"一·胡纳合普"和"七·胡纳合普"的母亲。
②祖母的玛雅语名字，最老的两位神之一，万神之源。与纳瓦特语的奥
梅斯伊瓦特对应。

伊斯达克斯伊瓦特：德巴内卡公主，死后变成了休眠火山。

尤努恩：巴茨夸洛湖上的岛屿。